在森崎书店的日子

〔日〕八木泽里志 著

李盈春 译

南海出版公司

◂ 目录 ▸

◂ 上部 ▸

1

我在森崎书店的日子，是从夏初到翌年的初春。

这期间，我住在书店二楼的一个空房间里，每天过着埋在书堆里的生活。房间光线不好，又很狭窄，再加上旧书的霉味挥之不去，总有种阴暗潮湿的感觉。

然而直到今天，我从未忘怀过在那里度过的时光。

那个地方开启了我真正的人生，如果没有那段日子，我此后的人生必然过得没滋没味，单调而寂寞。

绝对无法忘怀的重要所在。

这就是森崎书店于我的意义。

那些记忆，至今仍鲜明地浮现在我眼前。

事情的缘起，突兀得如同晴天霹雳一般。

不，对我来说，那是比天上掉下青蛙还要惊人的事实。

那天，交往了一年的男友英明突然对我说：

“我要结婚了。”

乍一听到，我不禁一脑袋问号。如果他说“我们结婚吧！”我还能理解，或者说“我想结婚”，我也懂他的意思，但他说的是“我要结婚了”，这可太莫名其妙了。结婚是在双方同意基础上成立的誓约，所以他的用词完全错误。再说，这随便的口气是怎么回事？他的口气冷淡得就像在说“我在路边捡到一百块”一样。

那是六月中旬的一个周五晚上，我们结束一天的工作后，在新宿的一间意大利餐厅享用晚餐。那间餐厅位于酒店的顶层，可以眺望霓虹灯闪烁的美丽夜景，是我们俩都很中意的地方。

英明是比我早三年入职的公司同事，我从进入公司时起就暗恋着他，光是和他在一起，我的心就像蹦床一样怦怦直跳。这天晚上是我们久违的单独约会，我非常开心地喝着葡萄酒，可是——

听了他的话，我禁不住反问：“什么？”我以为自己听错了。但他又淡然地重复了同样的话：

“我明年要结婚了。”

“结婚？谁跟谁？”

“我和我女朋友啊。”

嗯？我不禁纳闷地侧着头。

“女朋友？”

没想到他竟然毫无愧色地说出了一个女孩子的名字。对方和我同期进公司，在不同部门工作，是个很讨人喜欢的女孩子，就连同为女人的我，都会忍不住想紧紧拥抱她。

相比之下，我不但个子高，长相也很普通。他既然已经和这么可爱的女孩子在交往了，为什么还要招惹我呢？他的心思我实在搞不懂。

一问才知道，两人两年半前就开始了交往。也就是说，比我们交往的时间还要长。我不仅不知道他脚踏两条船，甚至从未怀疑过，或是想过有这种可能性。我们的交往在公司里是保密的，我还一厢情愿地以为是他不想在职场造成尴尬，想不到对他来说，打一开始我就不是他的真爱，只是玩玩而已。究竟是我太迟钝，还是他有问题？

总之，他说两人都已见过对方父母，下个月就完成订婚。我听得直发晕，脑袋里像有和尚在当当地撞钟。

“她说六月举行婚礼比较好，我怎么劝也不听。可是这么一来，今年不就来不及了吗？所以现在呀……”

我怔怔地听着从他嘴里吐出的话，只低声回了一句：“是吗，那不错啊。”这句话让我自己都感到惊讶。

“哦，谢谢你！不过，以后我们还是可以偶尔约会的。”英明微微一笑，笑容一如往常，犹如运动员般清爽开朗。

如果是爱情剧的话，这时应该会站起来，把葡萄酒劈头泼过去吧。但我一向不善于表露感情，总得过后一个人细细思量，才能厘清自己心里的想法，而且当时和尚的钟声也太吵了。

我精神恍惚地和他分了手，独自回到自己的公寓。等到头脑终于逐渐冷静下来，悲伤才势不可当地涌上心头。不是愤怒，就是纯粹的悲伤。猛烈的悲伤太有存在感，仿佛伸手就可以触及。

泪水止不住地夺眶而出。哭了好久，依然丝毫没有止歇的迹象。我连灯也没开，就这样瘫在房间中央哭泣，一边哭一边还傻傻地想，如果这汹涌而出的泪水是石油，我就发大财了，然后又为自己的傻气更加泪流不止。

好想有人帮帮我啊，我迫切地想。

可是我无法出声求救，只能独自悲泣。

难堪的境况还在后面。

因为同在一家公司，即使不情愿，也难免要打照面。英明的态度一如往日，却令我愈觉痛苦。不仅如此，有时还会在餐厅或茶水间遇到他的未婚妻。也不清楚她知不知道我和英明的事，每次见面，她总是粲然一笑，向我打招呼。

没过多久，我就变得完全吃不下东西，夜里也辗转难眠。体重直线下降，即使靠化妆尽力掩饰，脸色也苍白得像死人一样。上班的时候，泪水也时不时就涌出来，不得不一次次躲到洗手间吞声饮泣。

过了两个星期，我感到无论肉体还是精神都到了极限，终于向上司提出辞呈。

最后一天上班时，英明还开朗地跟我说："就算辞了工作，还是可以在一起吃饭呀！"

同时失去了男友和工作，那苦涩的况味，就仿佛突然被放逐到了宇宙空间一般。

我出生于九州，在当地大学毕业后就来到东京工作，因此认识的人都是公司的同事。我又很怕生，不太擅长与人交往，在东京没有任何知心朋友。

回想起来，我此前二十五年的人生一直都是“还过得去”。出生于还过得去的小康家庭，毕业于还过得去的大学，就职于还过得去的公司……有时我会想，这辈子大约也就这样了，不过倒也很知足。虽然不是幸福到极点，可也不是底层。我的人生本该是这样的。

对于这样的我来说，与英明的相遇是件非同寻常的事。向来被动的我，竟然和自己爱得如痴如狂的人成为恋人，本身就不啻为奇迹。或许也是因为这一缘故，这次所受的打击之深，无可估量，我完全不知道该如何应对。

到头来我采取的应对办法，就是一个劲儿地睡觉，睡得连我自己都感到吃惊。大概是为了逃避现实，身体才会变成这样吧！只要一钻进被窝，顷刻便沉入梦乡。在自己的小房间，这个只有我孤零零一人的宇宙空间里，我一连睡了好几天。

就这样过了一个月左右，一天夜里醒来时，我发现丢在一旁的手机上有留言电话。

虽然对手机屏幕上显示的号码没印象，我还是姑且先听听留言。只听一个爽朗的声音突兀地“嘿”了一声，然后说：

“贵子，你还好吗？是我呀，阿悟。我是在书店里给你打的电话，稍后请回我电话。啊，有客人来了，那就再见啰。”

我纳闷地偏着头。阿悟？这是谁呀，我根本不认识。他能叫出贵子这个名字，看来不是打错电话……书店又是怎么回事？

书店。念叨了好几遍这个词后，我终于恍然大悟。

阿悟，对了，就是阿悟舅舅啊！说起来，很久以前听妈妈说过，他继承了曾外祖父在神保町创办的书店。自从高中一年级的时候见过一面，我已经将近十年没见过他了，但那声音的确是过去听过的舅舅的声音没错。

我的背上顿时蹿过一股不妙的预感。这准是老家妈妈的主意。辞掉工作，又和男友分手的事，我只跟妈妈说过，多半是妈妈担心我，私下拜托了他什么。这么一来，肯定没什么好事。

坦白说，我不太擅长和这位阿悟舅舅打交道。他行事不拘一格，让人摸不清路数，对待任何人都自由奔放，我很讨厌他那种嘻嘻哈哈的感觉，就像个怪人一样，让我很讨厌。

不过小时候，我还蛮喜欢他的这种性格，每次妈妈回东京的娘家，我都要去他的房间找他玩。但等到了青春期，我就对他那怪异的个性感到不耐烦，悄悄躲着他了。加上那时他连份稳定工作都没有就突然结婚了，把亲戚们闹得鸡犬不宁。

所以，来到东京后，我也从没想过去见他，尽量避免和他发生瓜葛。

听了留言，直到第二天我才很勉强地打电话过去。如果我不打电话的话，几乎可以看到我妈像大魔王一样暴跳如雷的模样。我念小学低年级的时候，舅舅是二十六七岁，现在应该已经四十多岁了。

电话只响了一声，对方就已接起。

“你好，这里是森崎书店。”

“啊，是我，贵子。”

“哦！哦！”

话筒的另一边，阿悟舅舅的声音顿时高了八度，和从前一样活力十足。我慌忙把话筒从耳边拿开。

“好久不见！你还好吗？”

“啊，嗯，还好。”

“我知道你来东京了，不过贵子，你怎么都不来看我呢？”

“不好意思，我工作很忙。”

我随口敷衍道。

“可是你已经辞职了吧？”

猝不及防地被戳中要害，我不由得支支吾吾起来。指望这个人体贴识趣是不可能的。舅舅继续一个人不停地感叹着“好怀念啊”，然后突然说道：“我有个想法，如果你暂时不打算工作，不如来我这里好了？”

“咦？”突如其来的提议让我一时不知所措，舅舅滔滔不绝地继续往下说：“房租和电费燃气费也是笔不小的开支吧？我这里全都免费。如果你能来书店稍微帮下忙，那就太好了。”

一问才知道，现在书店是由阿悟舅舅一个人打理，他因为腰疼需要去医院诊治，因此想找一个人早上替他开门营业。舅舅自己住在位于国立市的家里，除了营业时间，书店里将只有我一个人，可以切实保障个人隐私。直到几年前为止，舅舅都是以书店为家，因此卫浴设备也很齐全。

我想了想，的确不可能一直保持目前这种状态。照这样过下去，钱转眼就会花光。可是，我现在又不想被别人干涉。

“这会给你添麻烦吧？”我想找理由拒绝。

然而舅舅丝毫不肯放弃：“有什么麻烦的！如果是贵子的话，我热烈欢迎。”

可是，桃子舅妈知道吗？我刚想这样问，又慌忙闭上嘴。

是的，他的太太，也就是桃子舅妈，几年前离家出走了。

那件事在亲戚间也引起轩然大波。舅妈离家出走时，舅舅那失魂落魄的模样，惹得我妈很是担心，说“会把身体搞垮的”。

我听说这件事时，对舅舅当然深表同情，但也感到事情有种不可思议的违和感。因为新婚之初，两人相亲相爱，桃子舅妈性情也温柔亲切，怎么看都不像是会离家出走的人。

回想起这些事，我正嗫嚅着的当儿，舅舅已经自说自话地替我做了决定：“那就这么定啦！”

我还在试图抵抗，说：“可是我有行李……”

舅舅立刻回说：“国立的家里是空着的，有的是地方，你把行李寄到那边，只带随身行李过来就行了！”看来一切都已安排妥当。

“为了贵子，绝对是这样做的好。你就相信我吧！”

可是，我该如何去相信一个已经十年没见面的人呢？

“那，我这边也要准备一下。”不等我回话，舅舅就说“有客人来了，回头再联系”，径自挂了电话。

茫然地听着电话挂断后的“嘟嘟”的声音，我愣在那里整个人都傻了。

2

两周之后，我站在神保町的车站里。

为什么会变成这样呢？突然之间，自己的人生就以措手不及的速度发生了天翻地覆的变化。

在那之后，我给妈妈打过电话，她问我“你是要回九州，还是去阿悟那里”，我不情愿地选择了后者。我心里雪亮，如果回了九州，就会被迫相亲结婚，再也无法回到东京。我辛辛苦苦来东京打拼，若是落得这样一个结果，岂不等于承认自己输得一败涂地了吗？我才不干。

许久没出门，只觉得身体晃晃悠悠的。好歹搭电车到了车站，从地铁站一上到地面，炽热的阳光霎时袭来。在我昏睡的日子里，季节早已悄然入夏了。头顶的太阳宛如十几岁的少年，闪亮耀眼。我从公司辞职时，明明觉得夏天还早得很，这时不禁有种连季节都背叛了我的感觉，心头泛起一丝感伤。

这是我第一次来神保町。外祖父的家在国立市，所以我此前一直没有机会来这里。

总之，我站在十字路口的信号灯前，环顾四周，觉得情况有些异样。

因为这条大街（也就是舅舅所说的靖国大道）的两旁，一排排全是书店，不管向右还是向左，触目所见，都是书店。

通常一条街上有一家书店就够多了，但这里倒有一大半都是书店。既有三省堂、书泉之类引人注目的大型书店，也有格外绽放光彩的小型旧书店。这些书店林立的景象，看上去颇有冲击力。对面水道桥一带的街上，盖了好几座办公大楼，反而让人感觉怪怪的。

我纳闷地侧着头，和一群午休的上班族一起过了路口，走在书店林立的街上，然后按照舅舅所说，途中拐到一条名为樱花路的小巷。想也知道，那里旧书店同样比比皆是。我不禁在心里暗自嘀咕，这可真是旧书的天堂啊！

在炽热阳光的暴晒下，我正思索着如何找到舅舅的店，就看到一家书店门前，一个男人正朝我用力挥手。那男人头发乱蓬蓬的，戴一副粗框墨镜，身材如同少年般瘦小，身穿短袖格子衬衫、松垮的棉质长裤，脚上趿拉着凉鞋，这模样我确实很眼熟，就是阿悟舅舅。

“哎呀，果然是贵子啊！”舅舅满脸笑容地说。

近距离一看，舅舅比过去老了许多。眼角已有了藏不住的深深皱纹，原本犹如薄命少女般雪白的皮肤上，斑点也多到令人惊异。不过眼镜后面的那双眼眸里，依然像孩子般闪闪发亮。

“你一直在店门口等我吗？”

“我想着你差不多也该到了。这一带不是全是旧书店嘛，我怕你迷路，就在这儿等你过来。我一直在找穿制服的女孩子，没想到贵子不知不觉已经长成大人了。”

这不是理所当然的吗？我们最后一次见面，还是我高中一年级去东京参加外祖父的周年忌时，自那之后已过去了近十年。不过舅舅给我的感觉，倒是跟我记忆中的一模一样。虽然已经四十多岁，他那大大咧咧的态度可是一点都没变。“威严”这种词，怕是这辈子都和这个人无缘吧！我十来岁时，正是对人与人之间的距离感格外敏感的时期，完全不擅长应对这种氛围。

舅舅一直在盯着我看，我移开视线，看了一眼书店。

“嗯，这就是曾外祖父创办的书店啊。”

打量着挂有“近代文学专营·森崎书店”招牌的书店，我不觉有些感慨。虽然不曾见过曾外祖父，但到舅舅这里，书店已传承了三代，说来也很了不起。

书店约三十年的楼龄，也许历史还要悠久。木造的小巧二层建筑，玻璃门里堆满了书。

“最初书店是在大正[①]时代，开在铃兰路上，不过现在早已不在了。所以说起来，这里算是第二代森崎书店。”

“哦。”

“好了，快进来吧！”舅舅半抢似的接过我行李，招呼我进店。一股霉味顿时扑鼻而来。

“有霉味！”我忍不住嘟哝了一句。舅舅笑着修正说：“我更希望你用‘雨后清晨般的潮湿感’来形容。”

到处都是书。在这个八叠[②]大小、光线幽暗的小房间里，一切都仿佛沾染着昭和[③]年间的气息。井然排列的书架上，堆满了文库本[④]和单行本[⑤]，全集之类的大部头则靠墙堆放，就连用来结账的小小柜台后面也全是书。万一发生大地震，这些书准会齐刷刷“雪崩”，把人死死压在底下。

“这里一共有多少本书？”我半是惊讶地问。

“这个嘛，大概六千本吧。”

“六千本！”我不由得惊叫起来。

---

①日本年号，1912—1926。

②日本以叠为日式房间的面积计量单位，一叠约合 1.62 平米。

③日本年号，1926—1989。

④日本一种小型规格的平装书，常见尺寸为 A6，比一般版本售价便宜，也较易携带。

⑤日本新书出版时称为单行本，多以硬皮精装的形式出版。

“店里地方小，这么多已经是极限了。”

“‘近代文学专营’是什么意思？”

“噢，我们主要经营日本近代作家的书。喏，你看这里。”

在舅舅的催促下，我扫了眼成排书本的书脊，虽然也有芥川龙之介、夏目漱石、森鸥外等我知晓的名字，但大部分作家我都从未听闻。即使是我知道的作家，也只是高中课堂上读过而已。

“亏你竟然能收集这么多人的书。”

听我这样说，舅舅笑了。

“这一带的书店几乎都是这样，各自经营某个专门领域的书。有专营学术书籍的店，也有专营剧本的店，还有些特别的书店，经营的是从前的明信片、照片，等等。这里可是世界第一的旧书店街哟。”

“世界第一？”

“没错。毕竟从明治[①]时代开始，这里就是文化中心，深受作家和文化人的喜爱。之所以拥有众多的书店，也是源于当时这附近建起了大量学校，经营学术书的书店随之急剧增加。”

“原来有这么古老的历史啊！”

---

①日本年号，1868—1912。

“是啊，这条街就是这样一个地方，历史一直绵延到如今。森鸥外、谷崎润一郎等作家都以这里为背景写过小说，现在也有很多海外游客来观光。”舅舅就像在说自己的事情一般，语气很自豪。

“我虽然住在东京，这些事情却一点都不知道。”

我坦率地表达了钦佩。而且我只是随口一问，舅舅就能解释这么多，老实说也很让我佩服。本以为他也没个正经工作，整天闲晃，没想到知道的事情还蛮多。现在想想，小时候去找他玩时，他的房间里也堆满了看上去很艰深的历史书和哲学书呢。

“下次随意走走看看好了，这里有很多有意思的地方。不过，今天暂且放在一边，我先带你去房间。二楼虽然堆满了藏书，房间还是很宽敞的。”

一看二楼的房间，我差点当场昏倒。那些店里放不下的“藏书”像小塔一样，在房间里堆得到处都是，连个落脚的地方都没有，简直就像科幻电影里未来都市的景象。老旧的空调倒是马力全开，但汗水照旧冒个不停。远处传来喧嚣的蝉鸣声。

我冷冷地看向身边的舅舅。说什么“我这边也要准备一下”，眼前这光景，哪怕一只老鼠也没办法舒舒服服伸开脚睡觉啊！

“哎呀，因为贵子你要来，我本来打算整理一下的。”舅舅抓了抓乱蓬蓬的头发，用解释的口气说，“可是三天前，舅舅我又把腰给闪了，这是开旧书店的宿命啊。不过我已经把书挪了一半到隔壁的空房间里，现在只要把剩下的赶快搬到隔壁，就可以住进去了。”

就在这时，楼下响起开玻璃门的声音，舅舅说了声“抱歉”，就逃也似的下楼去了。

我扫视了一遍房间，不由得长长地叹了口气。“赶快搬到隔壁”，说得可真轻巧。我有种上当受骗的感觉。可是以前租的公寓已经退了，只能住在这里。下了决心后，我便着手整理房间。

我跟书本奋战了整整一天，把堆积如山的书丢到隔壁房间，忙得汗流浃背。稍不小心，那些书就像触了神怒的巴比伦塔一样轰然倒塌，让我对书本的厌恶有增无减。

一直忙到晚上，我总算成功地把大部分书都搬到空房间，也救出了埋没在书堆中的矮饭桌。隔壁房间的书已经快堆到天花板，让我有点担心会不会把地板压垮。不过房子看上去很坚固，所以应该没问题吧。我用吸尘器吸走如恶灵般四下飞舞的灰尘，再拿抹布擦拭墙壁和榻榻米，房间终于光鲜了不少，好歹可以住人了。

就在我怀着几分满足感，像门神似的杵在门口时，舅舅关了店上来了。

“哦，已经收拾好啦！太棒了。贵子如果是十九世纪后半叶的英国人，准能成为一个非常能干的女仆。”

这话可真够莫名其妙的。唉，偏偏往后还得跟这个人好好相处。

“我累了，要睡了。”

“嗯，今天好好休息吧，从明天早上开始，就要拜托你啦！”

舅舅离开书店后，我草草洗了个澡，头发还没干就钻进了带着霉味的被窝里。

关了灯后，顿时觉得房间里寂无声息。声音仿佛都被拥挤的书本吸收了。

呆呆地望着微暗的天花板，心头不禁有些不安。“真的要在这里生活一阵子吗？好像很难习惯啊。”然而这只是一瞬间的事。一秒钟后，我已经呼呼大睡。

梦中，我是住在未来都市的女仆机器人。

那条街上的所有建筑，都是用旧书砌成的。

隔天早晨醒来时，一时不知自己身在何处。不经意地看了一眼旁边的闹钟，发现指针已指向十点二十二分。

我霎时回到现实，忍不住“啊！”地惊叫一声，跳了起来。

书店是十点开门，昨晚临睡前我已经定好了八点的闹钟，却不知什么时候又被关掉了。到底是谁这么坏心眼？当然是我自己咯。

这是何等的失态！其实我一向醒得很早，在公司工作三年，从未迟到过一次，还让我引以为豪呢。我顾不得换下睡衣，顶着乱翘的头发冲下楼，慌忙拉起沉重的卷帘门。夏日的阳光骤然洒进室内，我看到所有临街的书店都已开门营业，显然我已经太晚了。

怎么办？早上的大好商机就这样被我错过了，我该怎么跟舅舅交代？我陷入半恐慌的状态，穿着睡衣在柜台呆坐了足有半小时。让我吃惊的是，这期间没有一个人来。

之后也完全没有客人上门。路上有几个行人经过，但都很干脆地过门不入。我开始觉得自己在犯傻，于是到楼上悠闲地换了衣服，梳好头发，还简单化了个妆，这才重新下楼。

到了中午，总算有人逛进来，但买的几乎都是五十元、一百元一本的文库本，让我禁不住担心：照这个样子，这家书店撑得下去吗？我忍住了至少三十个哈欠，还打了两个盹。

一点左右，来了一个矮矮胖胖、头顶秃得很清凉的大叔。他一看到我坐在柜台后面，就惊讶地“咦”了一声，问：“阿悟呢？

你又是谁？来打工的年轻人？可是这里应该没钱雇人啊？”

大叔连珠炮似的向我发问，那态度感觉跟店里熟络得很。

“呃，舅舅今天两点左右会过来。我是他的外甥女贵子。与其说是打工，倒不如说是在这里借住。至于财务方面的情况，我不是很了解。”

我一口气说完，大叔兴味盎然地打量着我。

“嚯，原来阿悟有这么年轻可爱的外甥女？”

我朝他微微一笑。没被他看到刚才的丑态真是万幸。这大叔人可着实不错啊，看上去很温和，更可贵的是眼力也高。

“好久没看，又想看看志贺直哉的书了。喏，之前不是几乎都被我太太卖掉了吗？”大叔在书架间转悠着说。可是，这种事我哪里知道呀，毕竟今天才第一次见面。

“所以是放在哪儿？”

“什么放在哪儿？”

“就是志贺直哉的书啊。”

“哦，嗯……大概在那一边的什么地方吧。”

大叔顿时向我投来严厉的眼神，仿佛在评估我的斤两。

“你读书吗？”

“不，从来不读。”我笑吟吟地回答。大叔的表情立刻变得凶神恶煞，眼里寒光一闪，接着便展开长篇大论。

真是受不了，现在的年轻人根本不读书，只知道玩电脑、打游戏，简直没救了。就算读书，也都是看漫画、手机小说这种肤浅的东西。我儿子快三十岁了，成天就是打游戏。你听好，像你们这样子，只能看到这个世界的表象，如果不想变成那么肤浅的人，好歹看看这里这些了不起的书吧！

如此这般，大叔喋喋不休地教训了快一小时，这才抬脚走人。说了这么多，结果却什么也没买。我只觉得疲倦感席卷而来，半小时后看到阿悟舅舅过来时，就像看到了救命菩萨一样。

“今天怎么样？有没有发生什么要紧事？”舅舅一进书店就立刻查看账本，一边问道。

“没有。”我有气无力地说，“不过下午来了一个客人，脑袋活像顶上绒毛吹光光的蒲公英，跟我说了很多话。”

“哦，那是三郎[1]，我们店二十年的常客了。”

我不觉苦笑。“三郎”这个称呼还真是适合他。

“那个人啊，打心底热爱日本的文豪们，就是话有点多，我

---

①原文为“**サブさん**”，这个名字容易让人联想到 1936 年出生的日本著名演歌歌手北岛三郎、国民长寿动画《海螺小姐》中的三郎，等等，因而会用来形容比较传统、老派的人。

有时也很头痛。不过只要给他泡上茶，‘嗯、嗯’地随声附和着，过一会儿他也就回去了。”

“嗯……”我低吟了一声，原来做生意也是什么样的人都会碰到呀。不过常客这个词，在这个时代听起来就感觉很珍贵。

“对了，舅舅——”我想起今天最大的疑问。

“什么事？”

“这家店经营没问题吗？都没多少客人上门，买的又都是便宜书……”

舅舅愉快地扬声笑了起来。“是啊，如今这年头旧书不好卖嘛。听说老爸年轻的时候，开旧书店可是超赚的，因为那个年代的出版行业不像现在这么活跃，也没有电视，情况完全不同。不过从六年前开始，我们店也同时在网上销售，偶尔也能卖出几万元一本的珍稀书籍，所以还可以勉强运营下去。而且也有一群像三郎这样的常客，从老爸那一代起就一直很照顾我们店。贵子，你逛不逛旧书店？”

“有时会去 bookoff[①]，因为可以看漫画。”

“这样啊。如今都是这种大型连锁旧书店。咱们这里这种几

①日本大型连锁二手书店，全国拥有七百多家分店。

十年前的作家的书，在那种地方是不会有的，因为没有需求。不过社会上热爱旧书的还是大有人在，就是贵子的同龄人里，也不乏其人。对于这些人来说，这里就像天堂一样。不过我会这样说，是因为我正是其中的一员。”

“确实，舅舅的房间里也堆满了书。舅舅你继承这家书店多久了？”

“嗯，我是从老爸倒下时接手的，有十年光景了吧。不过跟其他店主比起来，我还嫩得很咧。他们可是开了三十年、四十年的店了。”

“嘀，真是厉害。这是个我有点无法理解的世界。”

“贵子，你也不妨读读书嘛。这里的书你只要喜欢，尽管拿去看好了。”舅舅微笑着说。

我只报以哈哈一笑。

3

之后我没再贪睡晚起，好歹算是把店撑起来了。幸运的是，中午以前店里通常都很闲，我只要坐在柜台后面发呆就行。

虽说换了住处，和以前相比，我的生活并没有很大的变化。每天早晨起来开店、看店，等舅舅一过来，我就算交了差，慢悠悠地回到楼上，钻进被窝里倒头又睡。

房间里只有最低限度的必需品，根本谈不上生活。不过这倒正合我意。以我现在的心境，老实说，对外界发生的一切都懒得理会。

阿悟舅舅通常在午后穿着上班族绝不会容许穿的宽松服装，一副散漫的模样出现。到了店里，他首先检查账本，确认网络订单，然后打电话絮絮叨叨地谈工作。

“哎呀，真是没办法呀……”

“实在很紧张呢。”

“得撑过去这关才行……”

舅舅在电话里时常会说这些话，似乎是在感叹经营状况，不过听他的口气，好像还蛮高兴的。

让我有些意外的是，旧书业界存在着一个相当庞大的网络。据舅舅的说法，他之所以能大量进货，店里的书之所以源源不绝，主要就是靠这种网络和人脉的支持。尤其是森崎书店这种专营店，只靠客人拿来卖的旧书，完全不够支撑库存，因此，如何通过公会定期举办的拍卖活动获得旧书就至关重要。

“没错，虽说是个人经营，业界的人脉依然是头等大事。这个道理是全社会普遍适用的。”舅舅扬扬得意地说。

话虽如此，舅舅距离我从外祖父那里得来的“旧书店老板”的印象，还是有着不小的差距。

外祖父是个生性固执的人，平素少言寡语，即使亲戚聚会时，作为全家的中心，他也一样安坐如山。我这个晚辈其实有些怕他，但外祖母总是笑着说：“谁叫他是旧书店老板呢，没法子啦。”

至于舅舅，则像软体动物一般绵软没主见。这是我第一次和他共处这么长时间，相处得越久，越是为他那黏黏糊糊的个性感到惊讶，甚至忍不住胡思乱想，没准桃子舅妈就是受不了舅舅这种脾气，才会离家出走。不过对上门的常客，他倒是表现得相当爽朗，会跟他们聊上许多。

我们很少谈工作以外的事，但过了一个礼拜，舅舅似乎终于忍无可忍了，一脸错愕地说：“贵子你怎么一直在睡觉，简直就是睡觉狂魔。”

“因为我正值贪睡的年岁啊！”我冷冷地回道。眼看舅舅按捺不住地想干涉我的个人生活，我才不会让他得逞。

“二十五岁是想睡觉的年纪吗？”舅舅装傻充愣地又说道。

“是啊，能睡的孩子长得快。”

“可是，难得有时间，何不去附近散散步呢？这里有大把有趣的地方。舅舅我从小就常来这里玩，到现在还没腻呢。”

“算了，我还是更喜欢睡觉。”

舅舅看样子还想再说，但我强行结束了对话，之后就像石头一样绷着脸，不管他说什么都一声不响。

哼！我在心里暗暗负气。舅舅一定向老妈问过我的情况，多少也该知道我经历了什么事，可是他却丝毫也不体谅我的心境，反而大大咧咧地说我是什么“睡觉狂魔”，让我对他很火大。

不知怎么回事，后来连常客三郎也知道了我的生活习惯，一见面就逗我：“喂，睡觉狂魔贵子！”

“这是谁跟你说的？”

我愤愤地问三郎。可是除了舅舅，还会有谁呢！这个人真让人恼火。

“亏你竟然能睡十五小时都不腻呢。”

“我没有睡十五小时，一般也就睡十三小时。”

我沉下脸来反驳。三郎一听，吃惊地摇着头。

“我二十来岁的时候，可是一头扎在书里，都舍不得去睡呢！”

“我只要决定了去睡觉，就去睡觉。”

“你这种固执的性格，跟阿悟就像一个模子出来的。”

“怎么可能！谁会像他那个笨蛋啊！”

“就连这种独特的幽默感也很像哟。”三郎说完，哧哧地笑了。

“哪里像啦，拜托别老把我跟他相提并论。”

“不不，你可不要瞧不起他。”三郎的声音突然严肃起来，“就算他是个笨蛋，那也是这家店的救世主咧！”

“救世主？”我瞪圆了眼睛反问。

“是啊，下次你问他自己好了。”

三郎故弄玄虚地说完，耍帅地挥一挥手，用西班牙语道了声“再见”，离开了书店。

无所谓啦，我心想。舅舅是救世主也好，不是也罢，我都没多大兴趣，我只想回到被窝好好再睡一觉。

话说回来，我的瞌睡实在大到自己都感到惊讶。我跟三郎说一天就睡十三小时，其实赶上书店休息的日子，我能睡上一整天。我恨不得睡啊，睡啊，睡到地老天荒。在梦里，我不用去想那些恼人的事情，梦是甘美无比的蜂蜜，我就如蜜蜂般追逐、飞向那个地方。

而清醒的时间正相反，简直没一件好事。即使不愿再想，我还是会时常想起英明，想起他笑起来的样子，他是怎样抚摸我的头发。就连他那有些任性的性格，因为自己五音不全而感到自卑，还有低得出人意料的泪点，我也全都喜欢。我知道自己这样很傻，但和他在一起的时候，我真的很幸福。那些回忆仿佛铭刻在了细胞深处，久久无法消失。

直到现在，我有时还觉得他那时对我说的话也许都是谎言，只是想跟我开个玩笑而已。他只是想吓我一跳，然后就会说："骗你的啦！"不过，这当然是不可能的，否则我就不会在这里了。

为了不想起这些事，就算是固执也好，别的什么也好，我总是一个劲儿地睡觉。

时间以无可挽回的速度在飞逝。

4

"贵子，你睡了吗？"

夏末的一个夜晚，舅舅在纸拉门外问我。一看闹钟，已经是晚上八点的关门时间。

"睡了。"我窝在被子里回道。

“睡了的人是不会回答的。”

“可是我已经睡下了呀，怎么说我也是睡觉狂魔嘛！”

“啊哈哈！”纸拉门外的舅舅笑了，“你生气了？怪我跟三郎说了这事。”

“当然生气了，把我说得像怪物一样。”

“好啦好啦，我也是担心外甥女，不小心说漏了嘴。谁叫那个人很关心贵子，跟我问这问那呢。你要不要出去走走？我现在要去一个地方，一起去吧？”

“不用了。”

我冲着纸拉门干脆地拒绝，舅舅却还不死心。

“又不是去干坏事，还是去一下吧？如果你肯去，我保证今后再也不干涉你的作息。”

“这话当真？”我怀疑地问。

“是啊，我们拉钩约定，骗你的话，给你打三百下手心。”

没办法，我一骨碌爬起来，用手指理了理头发，稍微打开纸拉门。

“说定了哦！”

从纸拉门的缝隙望出去，只见舅舅笑嘻嘻地点头。

“嗯，说定了。”

他的目的地离森崎书店很近。

“就是这里了。”说着，舅舅在小巷里的一家店前停下脚步。那是如今已不多见的木造老式咖啡馆，感觉打理这家咖啡馆的应该是位留着两撇胡子、不苟言笑的中年男人才对。灯光映照下，“思波尔”的招牌在黑暗中隐约浮现。

“这是我常来的地方。”

舅舅用力推开沉重的店门，醇厚的咖啡香气顿时弥漫开来。

“哟，阿悟，欢迎光临。”一个男人坐在吧台前，正往虹吸式咖啡壶里倒热水，见我们进来，立刻开口招呼。

“老板你好，这是我外甥女贵子。”

“啊，你好。”

我和舅舅并排坐在小小的吧台前，向老板点了点头致意。老板虽然没留胡子，但瘦长的脸孔显得成熟老练，气场十足，年纪在四十六七岁。再看看舅舅，不管多大都像个孩子一样，真希望他学着点。

“我要一杯综合咖啡。贵子你呢？”

“那我也一样。”

我打量着店里的环境。提灯发出淡淡的光辉，钢琴曲沉静地流淌着，是个异常宁谧的空间。发黑的红砖墙上，全是过去来过的客人们的涂鸦，和店里柔和的氛围融合无间。这种感觉太棒了，我感受到了久违的兴奋，也略微有了精神。

“这家店从五十年前经营到现在，有很多名人光顾过。”舅舅向我说明。

“是吗，这种沉静的氛围果然不是轻易就能营造出来的。”我重重地点头说道。

五分钟后，女服务生端来两杯咖啡。

“森崎先生，晚上好。”

“小朋好，这是我外甥女贵子。”

“你好。”我点头致意，名叫小朋的女孩子也灿烂一笑，向我问了声好。

“小朋是我们店的常客呢，她是个书迷。”

“哪里呀。”小朋说着，露出腼腆的笑容。不知道她是和我年纪相仿呢，还是比我小一点？她有一张白皙而丰腴的脸，说话的方式略显文静，黑色的围裙很适合她，显得娇俏可爱。我有种预感，我和她应该会很投缘，不由得有点高兴起来。

“怎么回事，贵子，原来你喜欢女孩子吗？这里也有男孩子哟！”说完，舅舅朝吧台里头招招手，“高野！”

“森崎先生，你好。”一个瘦瘦高高的年轻男人应声从布帘的缝隙探出头，向舅舅打招呼。

“高野，下次跟我外甥女约会吧！”

“喂！”我用力打了一下舅舅的手。

高野这个人似乎相当害羞，一句话就让他涨红了脸。

“高野他呀，希望有一天自己开一家咖啡馆，所以在这里学艺。不过他老是失败，总被老板骂。”

说到“总被老板骂”时，舅舅的口气听起来开心得很。老板插话说：“这种丢脸的事就别说了。”虽然觉得高野很可怜，但看他那瘦怯怯的模样，仿佛轻轻一推就倒，让我对舅舅的话也颇为认同。

之后舅舅也活跃得很。一位坐在附近餐桌的中年女性向他打招呼：“哟，阿悟！”他立刻回说：“哦哦，是柴本太太啊！”摇着尾巴坐过去。其他餐桌有人叫他，他又飞快赶到。

在书店的时候还挺一板一眼，一出门就换了一个人。我感觉自己就像被狗狗愚弄了的主人，忍不住叹了口气。

“谁叫阿悟在这一带很吃得开呢。”老板苦笑着对我说。他一笑起来，眼角就会出现温柔的皱纹。

“因为他也就待人亲切这个优点了。”我语带讽刺地说，“不过，我还是第一次喝到这么美味的咖啡，而且店里的气氛非常棒。”

老板低低地笑了：“谢谢。看来对第一次来这种店的年轻人来说，还是会有新鲜感的。你是叫贵子？以前没来过这附近吧？”

“是的，从没来过。不过最近开始住在舅舅的店里。”

“哦，森崎书店啊，那家店很不错。请好好享受神保町的生活。”

“嗯……”我怏怏地低吟。

“怎么了？”

“舅舅也说过同样的话。”

“那当然了，没有人比阿悟更热爱这里。”

“我不是很懂啦。”我又嘟哝了一句，“不过，我说这家店很棒，这可不是假话，我还会再来的。”

“随时欢迎光临。”说完，老板眯起眼睛微笑。

我们在店里坐了很久，直到夜深后才离开，和舅舅溜达着往回走。夜风已尽是秋的气息，凉飕飕地拂过脸颊。

舅舅后来点了一瓶啤酒，看样子已经喝醉了，脚步踉跄地走在我前面，嘴里念叨着“真是个美好的夜晚啊”。

仔细想想，上一次像这样和舅舅一起漫步，已经是儿时的事了。那时我们俩经常打着探险的名义，手拉着手在外祖父家附近晃荡一整天。是什么那么有意思呢？让我乐得叽叽喳喳，又蹦又跳的。我是家里的独生女，性格又很内向，舅舅对我来说就像个温柔的大哥哥，跟他见面让我开心得不得了。

怔怔地回想着这些事，更多的往事在脑海中鲜明地浮现。在舅舅那四叠半大的杂乱房间里，他蹩脚地弹着吉他，我们一起唱甲壳虫乐队的歌，也曾着迷地看手冢治虫、石森章太郎的漫画。想着想着，对走在前面的舅舅不禁涌起了几分当时的亲近感。

“对了，舅舅。”我朝着那不甚可靠的背影开口道。

“什么事？”舅舅回头望着我，那双眸一如少年。

“在我这样的年纪，舅舅在做什么呢？”

“这个嘛，一门心思在看书吧。”

“就只是这样？”我微感失望，“那跟现在也没多大变化嘛……”

“还有就是旅行。”

“旅行？”

“没错，就是在国内努力打工存钱，然后背上背包，游历世界各国。我去过泰国、老挝、越南、印度、尼泊尔，也纵穿过一次欧洲。”

想不到舅舅是如此富有行动力的人，我吃了一惊。

“为什么要那样做呢？就没有想过像一般人那样去工作吗？”

“是哦……”或许是回想起了当时的情形，舅舅交抱起双臂，缓缓说道，“简单来说，我想亲眼观察这个纷繁的世界，从而发现自己多种多样的可能性。我希望体验的不是其他任何人的人生，而是自己独有的人生。”

为了尝试自己的可能性而远走异国，最后却成了一家旧书店的老板，这不是有点矛盾吗？我不由得纳闷地侧着头。

不过，舅舅刚才说的那番话，和我小时候对他的印象截然不同。如今已长大成人的我，多少有点理解舅舅的心情。不受任何束缚，完全按照自己的价值观和感受来生活，这也是我大学时代梦想的事，只是我绝无付诸行动的勇气。

舅舅之所以可以过得如此自由奔放，秘密或许正在于此。想到这里，我不禁有些羡慕他。

“总之，二十来岁的时候我一直这样无所事事地闲晃，为此没少惹得我老爸发火。后来老爸病倒去世，我就继承了这家店。”

“你后悔过吗？”

“怎么会。”舅舅笑着说，“没有比这更适合我的职业了。对一个热爱读书的人来说，这条街的环境是独一无二的。能够在这里经营一家书店，让我感到很骄傲，对老爸、爷爷感谢还来不及呢。”

“是吗，这可真好啊，舅舅。”

“怎么说？”舅舅一脸茫然。

“因为你可以做自己喜欢的事，而且以此为生啊。”

“也没有啦。一开始我是相当抵触的，毕竟年轻时做梦也没想过，有一天会继承老爸的旧书店。直到现在，内心也还是很困惑。不过自己真正想要的是什么，也不是一时半会儿就能认清的，或许要花上一生的光阴才能逐渐明白。”

“那我……这样子什么都不做，是在浪费时间吧……”

舅舅凝视着我，温柔地微笑。“我不这么看。人生嘛，有时候试着停下来也是很重要的，就当是人生这场漫长旅途中的短暂休息。这里是码头，你这条船只是暂时在这里下锚停泊，等休息好了，再次扬帆出发就是了。”

“说得倒好听，那我睡个觉你还抱怨个没完呢！”我恶狠狠地说。

舅舅哈哈大笑起来。“人就是这样一种充满矛盾的生物呀。”

我也忍不住扑哧一笑。这句话用来形容他，真是一点都没错。“所以舅舅通过旅行、读书，学到了很多事？”

“是啊。不过，不管去过什么地方，读过多少本书，也还是会怀疑自己，是不是依然一无所知、一无所获？人生就是如此，迷茫和困惑无时不在，与生活相始终。山头火[1]不是有一首俳句吗？‘行行复行行，此身犹在青山中。’说的就是这回事了。”

“说起来，舅舅——”我想起一个久存于心的疑问，决定借这个机会问问看。

“嗯？”

“桃子舅妈为什么要离家出走呢？”

“嗯——我和她思维方式很相似，这是我们结合的原因，也是我们分开的原因。我们是在旅途中邂逅，坠入爱河，然而我们不可能一直继续同样的旅程，终有一天要走向某个港湾。我本以为我们的终点是一致的，可惜事与愿违。”

“这样啊……当时你是什么感觉？很伤心吗？”

“是啊……”舅舅仰望着被浓云遮蔽的天空，“伤心当然会伤心，不过……”

“不过？”

“不过，不管她现在在哪里，做什么，还是希望她过得幸福。”

---

①种田山头火（1882—1940），本名种田正一，日本自由律俳句的著名俳人。

“可是，”我难以理解他的心情，“舅妈是抛下舅舅出走了啊！”

“桃子是我唯一真心爱过的女人，这个事实一生都不会变。我们共同生活的回忆，至今仍铭刻在心底。在这层意义上，我依然爱着桃子。”

为什么舅舅会这么想呢？我很想再问，但路灯映照下，舅舅瘦小的背影显得说不出的落寞，让我再也开不了口。

那天晚上，我不知为何迟迟无法入睡。我的情绪异常亢奋，直到深夜依然无法平静。

在被窝里翻来覆去许久，种种思绪在脑海中交织，不断膨胀开来。对自己未来的迷惘，还有过去的伤痛回忆在脑海里盘旋不去，让我难受极了。

这样下去可不妙，我猛地爬了起来。如果不做点什么，只会越来越痛苦，最后窒息身亡。我想看看电视，可是为此还得先清理堆在眼前的书本，而且都凌晨三点了，恐怕也没什么节目可看了吧。

茫然地望着黑暗，我心想，如果有书就好了，好歹可以消磨一下时间。

想到这里，我不由得“啊！”地叫出声来。这里不就是书店吗？书都多到发霉了。只是因为一直以来抱着敌对的心态，以至于完全忘记了它们本来的功能。

我打开灯，立刻开始在周围寻找有意思的书。但到底什么书有意思，我却一点头绪也没有。那些书看上去都是同样的老旧。如果是舅舅的话，准能轻松地从中找到很多自己喜爱的作品吧！

没办法，我只好站在堆成小山的文库本前，闭上眼睛伸出手，用力抽出手指碰到的第一本书。那本书叫作《一个少女死去之前》，作者是室生犀星①。我只在高中的现代语文课上听过这个名字。

只开了床头灯的昏暗房间里，我钻回被窝，不抱什么期待地看了起来。我想一定会因为无聊很快睡着。

可是，怎么会这样！一小时后，我已经完全被这本书迷住了。小说有的地方用词比较艰深，但内容是以普遍的人性为主题，所以很容易就看了进去。

故事从主角在金泽度过的少年时代写起，描述他怀着成为诗

①室生犀星（1889—1962），本名室生照道，日本诗人、小说家。

人的梦想来到东京，在根津展开生活的情形，其间交织着他对同父异母的姐姐、朋友的恋人等女性的恋慕之情。书名中的“一个少女”，指的是主角来到东京后，因为找不到工作在贫困中挣扎时，机缘巧合结识的少女。和那位少女的交流，让他伤痕累累的心得到暂时的抚慰。

这部小说最吸引我的地方在于，虽然描写的主角在复杂的环境中长大，青春时代也过得很压抑，作品整体却透出沉静柔和的氛围。那种无法用语言形容的恬淡情感，一点一滴地打动了我。没错，一定要说的话，那无疑是源于作者对人生坚定的热爱。

回过神时，天色已经发白，但我依然一页页翻看下去。

第二天阿悟舅舅过来时，我按捺不住兴奋之情地迎了上去。看到平常招呼也懒得打的我竟然飞奔过来，舅舅不禁瞪大了眼睛。

“这本书真好看！”我拿着《一个少女死去之前》说。

舅舅一听，顿时脸上放光，就像小孩子收到了最棒的生日礼物一样。“是吧！是吧！”舅舅兴奋得仿佛是自己看了那本书。

“嗯，写得太好了。怎么说呢，让我很受感动。”一时找不到合适的词来形容，我不禁心里发急。“很受感动”这个词，完全不足以表达我内心的复杂触动。

“哎呀，真高兴听到贵子这样说，而且一上来就看室生犀星这种比较艰深的作家的书。”

舅舅看上去是由衷地感到高兴，于是我也跟着开心起来。

就这样，我们热烈地讨论了好一阵那本书。那是一种一直认定没有任何交集的人，突然因为一件事而有了共同话题的愉快。即使对方是舅舅这样的人，不，正因为是舅舅这样的人，让我倍感欣悦。

因为意想不到的事而打开了未知的门扉——这就是我当时的感受。

没错，打从这件事之后，我就接连不断地看起了书。此前一直在内心深处沉睡的读书欲仿佛“砰”的一声，一下子爆发出来。

我一本一本地细细品味。反正我有的是时间，而且看得再多，也不用担心会闹书荒。

永井荷风、谷崎润一郎、太宰治、佐藤春夫、芥川龙之介、宇野浩二……这些作家有的我只听过名字，没有好好读过其作品，有的我连名字都从未听闻。但只要是我觉得有意思的书，就通通拿来贪婪地阅读。与此同时，我还在不停地发现自己感兴趣的书。

此前我完全不知道世上竟有如此美妙的体验，我甚至感觉过往的人生简直亏大了。

我不再像以前那样没完没了地睡懒觉，因为已经没有那个必要了。现在我不需要躲进睡梦中来逃避现实，每天和舅舅交接完看店的工作，我就去自己的房间或咖啡馆看书。

在旧书里，沉淀着很多我从未想象过的历史。不只是与书的内容有关，每一本书里，我都会发现几处久远岁月的痕迹。

比如，梶井基次郎的《心中的一道风景》里，其中一页有这样一处痕迹："所谓凝视，已经变成怎样一回事呢？就是将自己灵魂的一部分乃至全部投注到凝视的对象上。"——过去读这本书时被打动的人，用钢笔在这句话下方画了一道横线。这句话也同样打动了我，所以对这位陌生的读者有种心灵相通的喜悦。

此外，我还在书里发现过干花书签。每当这时，我就会轻嗅香气已若有若无的花朵，揣想是怎样的人，在怎样的年代，怀着怎样的思绪把它夹在这里。

这种穿越时空的相遇，只有在阅读旧书时才会体验到。我对经营这些旧书的森崎书店渐渐产生了感情，开始认识到能够置身于这个时间静静流逝的狭小空间，是何其珍贵的机缘。也因此我对书店里的作家们日渐熟稔，和常客们也不知不觉混得很熟了。三郎注意到我的变化后，说了句：“哟，贵子，干得不错呀！”对我有点刮目相看。

我还养成了一个新的习惯，就是去街上散步。

当时天气已彻底转凉，正是适合四处走走的季节。行道树的叶子一天比一天变黄的景象，仿佛正呼应着我内心的缓慢变化，勾起我外出的欲望。

走在路上，我怀着与初来神保町时迥异的心情眺望街头景色，觉得整条街就像一个冒险场，内心不禁雀跃不已。这一带有着浓厚的老街氛围，无论大街还是小巷，让人想信步闲逛的旧书店、咖啡馆、异国情调的酒吧比比皆是，然而整体上却散发着独特的沉稳感，丝毫没有我最无法忍受的浮躁和嘈杂。

直到此时我才发现，虽然都是书店，但每一家都各具特色。光是小说就分为外国文学、时代小说等众多的专营店，甚至还有经营电影杂志、童书、江户时代线装书的书店。老板也是形形色色，既有像我外祖父那样的顽固老爷子，也有态度亲切的年轻人。偶然经过路边的观光问讯处时，我从那里了解到，这条街光书店就超过一百七十家，果真如舅舅所说，这里是世界第一的书店街。

等走得累了，可以在咖啡馆里小憩。

温热的咖啡正适合已微带寒意的季节，散完步喝上一杯咖啡，从内心深处感到放松。

我就是这样度过秋意渐深的日子。

新的生活习惯无疑让我的心情有了好转，我有种感觉，长久以来心头的郁结在逐渐消融。

仿佛与此相呼应一般，我在这条街上的朋友也多了起来。常去的那间咖啡馆“思波尔”里，从老板到员工我都已经很熟络了，其中服务生小朋更是成了我的好朋友。

小朋是日本文学专业的一年级研究生，利用空闲时间在“思波尔”打工，也常来森崎书店买书，年纪比我小两岁。她平时看上去温柔文静，内心深处却蕴藏着火一般的热情。尤其因为她学的是日本文学专业，对作家们的热爱无人能比。她的个性如此丰富多彩，让我觉得分外可喜。

没过多久，有时小朋即使不买什么书，也会在下班回家路上来书店找我，我们在堆满了书的二楼一起喝茶。

“哇，这里真是梦幻般的环境。”小朋第一次来我房间时，满脸生辉地说。

“咦，是吗？可是地方也够窄啊，煤气灶都只能放单灶的。”

从便利性上来说，这个房间很难让人夸奖，作为在其中生活的人，我率直地说出了感想。

“那有什么关系？”小朋露出无法理解的表情，“没有任何多余的东西，一伸手就能拿到书，太棒啦！”

“是……这样吗？”

“当然了！”小朋突然把脸凑到我跟前，眼里闪闪发亮地说。

我扫视着房间，经她这么兴奋地一说，原本一直觉得单调乏味的房间，此刻看来竟然成了绝赞的空间，真是不可思议。

小朋提议把房间装点得更美，于是我们从十字路口的花店买来大波斯菊，插进花瓶供在矮桌上。房间顿时比以前明亮了许多。从那以后，我一直在矮桌上装饰时令鲜花。

当我们关系已经很要好时，有一天一起喝着茶，我不经意地问她：“小朋，你为什么这么喜欢看书呢？”

小朋用一贯的柔和声音回答：“嗯……怎么说呢，我念初中的时候，很害怕表达自己的想法，是个沉默寡言的孩子，可是内心却充斥着负面的情绪，我觉得这样的自己丑陋极了……就在这时，我看了姐姐拿来的太宰治的《女生徒》，从此开始了读书生涯。现在我已经深深沉迷其中了。”

“这样啊。那些热爱读书的人，一定也都像你这样，在人生的某个节点和书相遇，留下无法忘怀的体验吧！”我感佩地说道。

“但愿我们俩今后也能遇到很多精彩的书。”小朋微笑着说。

我也用力点头：“嗯，是啊！”

当时还发生了一件和她有关的事。

一天下午，我正在一个人看店，在“思波尔”上班的高野突然过来了。因为他在厨房工作，我跟他说话机会不多，不过他那瘦瘦高高的样子，在店里总是格外惹眼。

我立刻就发现了他，向他问了声好。

高野也点点头说“你好”，一副心神不定的样子在店里转悠。

我心想这人可真怪，于是又问了一句：“你是要找什么书吗？”他吞吞吐吐地说：“不，呃，没什么……”

这是怎么回事？他连脸都红了，活脱脱地就像面对心上人的男孩子一样。我心里不禁一个激灵：难不成他是对我有意思？说起来，舅舅跟他说“下次跟我外甥女约会吧”的时候，他也是异乎寻常地害羞。也就是说……想到这里，我也顿时紧张起来。

好一阵子，店里笼罩着尴尬的沉默，感觉空气越来越浓稠，让我透不过气来。

就在我再也受不了空气的密度，正要开口时，高野也大声说道："请问！"

我不由得全身僵硬。当时我真的以为他即将表白爱意，拼命思索该怎样委婉拒绝。

然而他接下来那句话，却完全出乎我的意料。

"相原小姐经常来这里吧？"高野涨红了脸说。

"相原小姐……你是说小朋？"

"没错。"

"嗯，她是常在咖啡馆的午休时间来看我，怎么啦？"

"你跟她都聊些什么呢？"

我内心的热度迅速冷却下来，忍不住暗暗嘀咕：把刚才的紧张还给我！

"咦，莫非你喜欢小朋？"为了出气，我故意坏心眼地问。

"不，不是那样的……"

"好啦好啦，小朋确实非常可爱。不过，你跟她在一家店工作，不是应该很了解她吗？"

"才没有，我在后厨，她在外场，而且我又不擅长说话……"

"是嘛，那你倒是表里如一，真的很害羞。"

“她有男朋友吗？”高野问我的口气，仿佛这是世上头等大事。

“不清楚呢，这我还真没问过。不过小朋那么可爱，给人的印象很好，有男朋友也毫不稀奇。”

“那，下次能不能不着痕迹地帮我问一下？”

“为什么我要做这种事？你自己去问不就得了？”

“贵子，你跟小朋是好朋友，可以很自然地问她呀。而且我还从来没主动跟女孩子说过话……”

“你现在不正说着嘛……”我愕然说道。难道我不是女人？但他看上去完全没意识到自己说错了话。

“我不会让你白问的。如果你肯帮忙，以后你来店里喝咖啡，全部由我请客。”

他这句话一说，我立刻把刚才的账一笔勾销，脸上放光。

“真的吗？那我可要每天都去哦？”

“不行，每天都去就太……”

“说什么小气的话呀！只要一杯咖啡就可以接近向往的她哦？”

“好吧……”高野勉强点头同意，“不过你得答应我，绝对不能告诉她这件事。”

“我懂我懂。”我拍着胸脯保证。

就这样，我和高野签订了秘密条约。高野好像暗恋小朋已将近半年光景，但除了日常打个招呼，并没有更深入的交谈，一直只是暗地里赞叹倾慕。要说内向是真内向，但也算得上纯情。

既然应承了他，我还是希望两人能顺利走到一起。虽然从小朋的角度看，或许是我多管闲事，但高野尽管人很害羞，毕竟是个踏实认真的好青年。我给他们创造机会，总不至于会遭报应吧。

于是我开始为了咖啡——错了，是为了撮合两个年轻人而努力。我首先不露声色地向小朋打听各种情况，由此得知她目前没有男朋友，也没有属意的人。喜欢的颜色是深蓝色，喜欢的动物是睡鼠。喜欢的街区当然是神保町。没多久我就彻底成了小朋通，看到她一无所知的样子，心里也不免有一点内疚感。

每次得到新的情报，我就前往“思波尔”，一边喝着高野请的咖啡，一边把情报告诉他。“小朋喜欢的动物是睡鼠哟！”我隔着吧台小声说。高野也小声回应：“那、那很棒呢！”结果因此被意外爱好八卦的老板误会，在常客间散布“那两个人好上了”的小道消息。

然而，我的种种努力对两人的关系毫无帮助。因为身为主角的高野不去制造和小朋说话的机会，所以一直没有任何进展。他光是得知小朋没有男朋友，就发出了胜利的叫声，可是照这样下去，到他能和小朋聊聊天，少说还得再花上十年时间，那就没有意义了。

我一个人在那里干着急，左思右想，该怎样给两人创造交谈的机会呢？

就在我苦无良计的时候，突然来了一个好消息。

一天下午，我和小朋在房间里心情宁谧地喝茶时，小朋说起了旧书节的事。

“旧书节？那是什么？”我茫然地问。

“咦，贵子你不知道？每年秋天，这附近的旧书店都会一起举办露天淘书集市，到时神保町一带人山人海，热闹得不得了咧！”

“原来是这样，听起来很有趣啊。”

“森崎书店当然也会参加。”

“啊？是吗？”

“因为所有的书店都会参加呀！”

这么重要的事，舅舅却压根没跟我提起，真是叫人懊恼。我在心里狠狠发誓，回头要好好整治他一顿。

“我今年打算去逛，方便的话，我们一起去吧？”

这时我脑海里灵光一闪。对了！这可是个不容错过的机会，可以悄悄通知高野也去。

于是我一口答应：“嗯，我去我去。”

5

神田旧书节从十月下旬开始，为时一个星期。整个旧书节期间，街上就像跳蚤市场一样，出现无数堆满旧书的手推车、书架。

旧书节的盛况惊人。不分男女老少，爱书的人如潮水般涌到街上。这或许是因为一年只举办一次，但热闹程度仍然远超我的想象。靖国大道和樱花路上蒸腾着人群散发出的热气，平常色调暗淡的旧书店街一早就充满活力，那真是一幕壮观的景象。

我们森崎书店当然也参加了旧书节。我和阿悟舅舅花了好几天时间拣选出大量旧书，装上推车摆放在店前。值得高兴的是，光顾的客人比平常多了一倍以上，还有勇者为了不错过这个难得的机会，买了整整一纸箱特价书。

不出我的意料，爱好各种节庆活动的舅舅真可谓如鱼得水，活跃非凡。他从小就每年都来参加旧书节，所以一到这个时候身体就条件反射地躁动。

“往后天气越来越冷，来逛书店的人也会大幅减少，所以得趁这段时间狠赚一笔才行。”舅舅难得说话像个老板的样子，却是说一套做一套，一眼没看见他，他准是跑到附近的书店闲逛去了，而把他拉回来自然就成了我的任务。

第三天傍晚，我征得舅舅的同意，提早结束了工作，和小朋一起去逛旧书节。高野也按照计划，仿佛很偶然地出现了。

“哎呀，这么巧啊！”

“是啊，真的很巧呢！”

我和高野就像两个拙劣的演员，演技蹩脚得要命。好在生性纯真的小朋丝毫没有起疑，于是事情很自然地变成“那就三个人一起去逛吧！”

在小朋面前，高野一开始紧张得全身僵硬。我心里捏了把汗，在他耳边悄悄说：“你简直像个机器人。”高野回说：“我都忘了怎么走路了！”连说话的声音也很像机器人。小朋一听，大笑起来。

为什么光是走在充满热度的街上，就已经让人情绪高涨了呢？小朋和高野显然也有着同样的感受，都神采飞扬地大步向前。不过对高野来说，还另有重要的原因就是了。每次小朋跟他说话，他就露出恍惚的表情，仿佛置身于野花盛开的高山草原。他那样子真是太滑稽了，我不得不拼命忍住爆笑的冲动。

在神保町十字路口的特设临时摊位物色旧书时，我们碰见了三郎。三郎和太太同行，手上的纸袋多到几乎提不下。他的太太是位极具气质的女性，很适合穿和服，让我觉得配三郎有点可惜了。不过两人并肩而立的模样，也散发出只有几十年同甘共苦才能沉淀出的压倒性气势。

看到三郎提的大包小包，我说："你又买了这么多啊！"一旁的太太听了，推了一下三郎，嗔怪地说："可不是嘛！就因为他买起书来毫无节制，家里现在到处都是书。可以的话，下次你们来我家把书全部买去吧。"

三郎顿时慌了神，双手合十向太太恳求："不不，你饶了我吧，之前不是已经清掉一些了吗？"

告别三郎夫妇后，我们笑得停不下来。

薄暮时分，靖国大道上依然人流不断。我们劲头十足地转来转去，尽情搜罗书本。小朋说"有家书店很有趣"，把我们带到一家名叫“金鱼文库”的书店，里面专卖大正时代的小学教材。那种古早的遣词用句，今天看来反而觉得很新鲜，我一冲动，花两千元买了本语文教科书。

夜色降临后，书店纷纷开始打烊，我们走进三省堂书店里的西餐厅用晚餐。此时高野已放松了许多，在小朋面前也不再露出那种如梦似幻的表情。其实他对外国文学知之甚详，席间滔滔不绝地跟我们谈论福克纳[①]、卡波特[②]、厄普代克[③]等作家的魅力，以前的不善言辞仿佛都是骗人一般。我和小朋都听得佩服不已。

总之，这一天过得充实又开心。高野过后对我千恩万谢，但当天最快乐的人就是我了，所以一点都不觉得他需要向我道谢。

---

①威廉·卡斯伯特·福克纳（William Cuthbert Faulkner，1897—1962），美国小说家、诗人和剧作家，美国文学历史上最具影响力的作家之一，1949 年诺贝尔文学奖得主。

②杜鲁门·贾西亚·卡波特（Truman Garcia Capote，1924—1984），本名杜鲁门·史崔克福斯·珀森斯，美国作家，代表作有中篇小说《蒂凡尼的早餐》与长篇纪实文学《冷血》。

③约翰·厄普代克（John Updike，1932—2009），美国小说家、诗人，小说《兔子富了》《兔子歇了》分别在 1982 年和 1991 年荣获普利策小说奖。

6

旧书节最后一天的晚上，书店关门后，我独自一人在房间发呆。

向窗外望去，街上寂无声息，过去一周的热闹景象恍如一梦。躺到床上，只觉得闹钟秒针走动的声音格外响亮。我盯着天花板，强烈的空虚感向我袭来，心情如同初来时那般落寞。

这时，突然有人敲纸拉门，吓得我肩膀一颤。战战兢兢地望过去，只见微微打开的门缝里，一颗眼珠正看着我。

“哇啊！”我陡地尖叫起来，那叫声连恐怖电影的女主角听了都会脸色煞白。

“哎呀呀，吓到你啦？”一个尖锐的声音说，接着冒出个乱蓬蓬的脑袋。我这才松了口气。

“别吓人呀，舅舅。”

“抱歉抱歉，可以打扰你一下吗？”

舅舅两手提着大塑料袋走进房间，从袋子里拿出酒、果汁，随手放在矮桌上。他甚至还买了薯片、墨鱼丝。

“你不是去参加总部的庆功宴了吗？”我问。

“我只是去跟那边打个招呼，今天我想办场我们两人的庆功宴。”舅舅露出孩子般的淘气笑容，“仔细想想，我们还没有一起喝过酒呢。”

“噢，那好啊，来喝来喝！”我的心情顿时大好，刚才的低落情绪一扫而空。

舅舅把塑料袋里的东西全部摆开后，房间里就像一个小型庆功宴会场。倾听着敞开的窗外依稀传来的唧唧虫鸣，我们细酌慢饮。沉浸在夜晚的静谧氛围中，时间仿佛也停下了步伐，流逝得格外缓慢。

“看来贵子已经完全适应这里的生活了。”舅舅倚靠着书架，心情愉悦地伸直双腿说道。

“是啊。起初也会感到迷茫，不过因为这样那样的原因，现在我很享受人生的假期。”

听我这样说，舅舅哧哧地笑了。“那就好。”

“不过，总觉得有点懊恼。”

“懊恼什么？”

“舅舅好像从一开始就料定了我会喜欢上这里。”

“没那回事。我只是觉得，如果你能喜欢这里就太好了。只要你愿意，随便住到什么时候都可以。”

听了舅舅温柔的话，我的心头揪紧了一下。“你为什么对我这么亲切呢？虽说我是你外甥女，但见面次数并不算多啊。”

“因为我喜欢贵子。”舅舅坦然自若地说，丝毫不显得难为情，“对于贵子来说，舅舅可能只是一个不是很熟的亲戚大叔，对我来说却不是这样。你是我的天使。”

“天使？”我险些把正在喝的啤酒喷出来。不管异性还是同性，从未有人对我说过这样的话。

“是啊，天使。而且你还是我的恩人。”

“恩人？”我越发莫名其妙地反问。在我的记忆中，我从来没有帮过舅舅什么忙。

“没错，恩人。不过，这只是我擅自这样认为，对贵子来说是个很无趣的故事，所以不说也罢。”

“不，我想听。”我由衷地说。

舅舅定定地看着我，问：“你不会笑话我吧？”

见我点了点头，舅舅这才追忆往昔，娓娓道来：“我十六七岁的时候，因为找不到人生的价值而过得很压抑。我无法顺利融入学校、家庭等周遭的环境，终日躲在自己的小世界里。因为自我意识过强，我满怀理想，雄心勃勃，可是又没有任何技能，纯粹是个绣花枕头。当时的我就是这样一个人。我深深感到，世界之大，却没有我的容身之地。”

我一点都不知道舅舅曾经如此烦恼。不过，这和我是天使究竟有什么关系呢?

“就在这时，姐姐生下了你。为了让老爸他们见见外孙女，姐姐带你回了娘家。这是我们第一次见面。看到裹在毛毯里睡得正香的你，那一瞬间我竟然莫名其妙地几乎落泪。该怎么说呢，我在心里无限感叹生命的神秘。想到这个孩子将会一天天长大，吸收各种知识，体验无数个第一次，我就像那是自己的事情一样倍感喜悦。

“突然间，我那扭曲的心仿佛充满了温暖的光亮。隐隐约约地，我感到自己内心萌生了坚定的想法。就在那一刻我决定，不再固执地躲在自己的牢笼里，我要行动起来，去见识大千世界，从中学到丰富的知识，然后去寻找自己的容身之处，一个可以自信地说我属于这里的地方。我出去旅行、广泛阅读，也都是受这个决定的影响。总之，和贵子的相遇，就像是上天给我的启示。”

“启示……感觉还挺厉害的。”

“在某种意义上，你是我的恩人。所以为了贵子，不管什么事我都愿意做。”

舅舅的语气极为认真，让我不知说什么才好。想到过去没少暗暗不痛快、生他的气，我为自己的幼稚感到惭愧。没想到他是这样看待我的……不过，我也终于明白，为什么小时候舅舅对我那么亲切。我真是个笨蛋，那时还以为他的亲切是我天经地义、理当享受的权利。

得知有人如此爱护自己的喜悦，让我不禁心头发热。我拼命忍住就快涌出的泪水，开玩笑说："舅舅，这样的话可不适合吃墨鱼丝的时候说哦！"

舅舅哈哈大笑起来。

"那么，你最后找到了容身之处吗？"

"嗯，算是吧。不过我也是寻寻觅觅多年，才最终发现。"

"该不会……就是这里？"

舅舅静静地点头。"没错，就是这里，我们这间又小又旧的森崎书店。当初我胸怀大志奔向世界，最后却落脚在从小就再熟悉不过的地方，很好笑吧？不过，经过漫长的时间，我还是回到了这里。那时我终于明白，问题不在于地方。是的，问题在于自己的心。不管身在何处，和谁在一起，只要能忠实于自己的内心，那个地方就是自己的容身之处。认识到这一点时，我的人生已走过前半段。于是我决定回到最喜欢的港湾，在那里下锚停泊。对我来说，这是一个神圣的、最能让心灵得到慰藉的地方。"

"这一说我想起来了，三郎很久以前曾经说过，舅舅是这家书店的救世主。”

“啊哈哈，救世主吗？没那么夸张啦。简单来说，我只是在老爸病倒、书店经营陷入危机时接手了这家店而已。起初老爸对我继承书店还很抵触，毕竟我是个吊儿郎当的人，如今这时代，旧书业界的形势也相当严峻。但是我跪在地上极力恳求老爸，无论如何让我来经营这家店。”

“原来是这样……”

“我怎么能满不在乎地看着这家店倒闭呢？这里是我少年时代待得最久的地方。我会和老爸一起坐在柜台后面，安静地看《安徒生童话》之类的书，老爸不时用他的大手摩挲一下我的头。那个时候，我真的很幸福。如果这里没有了，所有这些记忆仿佛也会全部消失，让我坐立难安。”

舅舅的话让我深受触动。

我所了解的舅舅，或者说我自以为了解的舅舅，究竟是个什么样的人呢？原来他的内心深处，也有如此多的生而为人的烦恼和痛苦；原来他一直在心中呐喊，时间远比我久得多；原来他的精神世界如此丰富。

舅舅在别人面前总是嘻嘻哈哈的，恐怕也是为了掩饰自己的心情而做的令人心酸的努力。其实他的心里——

想到这里，我止不住地心痛。

“如果对桃子来说，这里也能成为那样的地方就好了……她离家出走时，我正在拼尽全力重整这家店，直到最后也没能察觉她内心的微妙变化。”

“舅舅。”

“嗯？”

“我喜欢这家店，非常喜欢。”我本想说得俏皮点，最后却只说出这一句。这也是我最真实的感受。

“谢谢你。需要这家店的人不会太多，但只要有一个人这么说，就能支撑我再开上几十年。‘船随着水流飘然而行’，我希望就这样和这家店一起生存下去。”说完，舅舅静静地微笑。

那晚之后，我开始更加认真地思考自己的人生。

这里是个温暖平和的地方，但我不能一直贪恋这份安逸。这样我将永远无法成长，我的内心将始终软弱。我必须走出去，重新开始自己的人生，我强烈地这样想。

然而每次心念一动，就隐隐感到胆怯，害怕走出去。于是依赖的心态又冒了出来，总想在这里再多待几天。

因为迟迟下不了决心，此后我在森崎书店的二楼又住了很长一段时间。

也许，我是在等待某个契机。

一天，这个契机突然来了。

7

那通电话是在一月二日打来的。

过年[①]我也没回老家，一直待在森崎书店。书店休息到一月五日，舅舅也和公会的朋友去温泉旅行，店里就剩下我一个人。

岁末年初，神保町成了无人街。附近没多少住宅，因此在几乎所有餐厅和公司都休息的这段时期，真的是一个人也没有。靖国大道上通行的车辆也寥寥无几。

除夕我和小朋一起去参拜了汤岛天满宫[②]，此后就没有任何安排。于是在新年第一天和第二天的一大早，我就一个人大踏步走在街上。在空旷的街道上闲晃是件很惬意的事，连空气都似乎

①明治维新后，日本改为按公历过新年，每年 12 月 29 日至 1 月 3 日为法定的新年假期。

②位于日本东京文京区的神社，通称汤岛天神，祭祀学问之神菅原道真。

比平时清爽了许多。我任由围巾随风飘舞，一路信步而行，好几次停下脚步尽情深呼吸。

但在新年第二天的傍晚我回来时，发现丢在房间里的手机在闪烁。

尽管已经从通讯录里删除，一看到通话记录里显示的电话号码，我还是立刻知道是谁打来的。原本愉悦的心情霎时烟消云散，只觉心头苦涩。我颤抖着手指按下按键，收听留言。

"嗨，贵子，好久不见，你还好吗？我现在闲得很，你要不要出来一下？只要你打电话过来，我马上……"

不等听完留言，我就按下了删除键。然而已经晚了。厌恶的感觉以惊人的速度在心里蔓延开来，久久无法散去。

新年假期结束，书店重新开始营业后，我的内心依然难受不已。

无法用语言形容的沉重冰冷物体，逐渐占据了我的心。

我这才认识到，那件事远远没有了结。我只是将它抛到一边，等待时间将记忆风化。然而半年过去了，只是稍微听到他的声音，我就已经心乱如麻。至此我终于明白，自己终究还是心存芥蒂，也就说明问题丝毫没有解决。

一月底的一天，书店关门后，舅舅突然对我说：“贵子，你是有什么心事吗？有的话就说说看吧。”

“咦，你怎么知道的？”我吃了一惊。

“一看就知道了啊，舅舅的眼睛又没瞎。”他赌气似的说。

我不想太过依赖舅舅，本以为自己表现得一如往常，没想到一切都被舅舅看在眼里。

“前阵子你看起来还蛮有精神，我也很放心。但最近你的情况就不对劲了，跟你说话你也总是心不在焉的。”

“是这样吗……”

“就是这样啊！我也许帮不上什么忙，不过说出来多少会好过一些，不是吗？”

我原本不打算告诉任何人，但听到舅舅这句话，就再也忍不住了。我终归还是希望向人倾诉，希望有人安慰我。我还是想依赖别人。我真是个彻头彻尾的可怜虫啊，连自己也感到吃惊。然而舅舅的话轻易瓦解了我的心理防线。

我们俩在房间里喝着酒，我把之前发生的事毫无保留地告诉了舅舅。外面下起了冰冷的冬雨，雨点劈劈啪啪地敲打着窗户。

“也不是什么大不了的事……”我用这句话作为开场白，但一说起来，还真没什么大不了的，不过是失去男朋友、失去工作而已。说着说着，我自己都不禁要失笑，这些事也太琐碎无聊了吧。不过一股脑儿说出来后，心情确实舒畅了几分。

舅舅以快得不寻常的速度喝着威士忌，一言不发地凝神倾听。我结结巴巴地花了一小时终于说完后，他沉默了好一会儿，盯着手中的玻璃酒杯，似乎在思考什么。

最后舅舅把酒一气喝干，毅然说道："好，我们现在就去要求那家伙道歉！让他亲口说出'很抱歉伤害了你，是我太过分了'这样的话！"

这出乎意料的发展让我大吃一惊。

"什么？现在就去？都已经夜里十一点了啊？"

"有什么关系！"

舅舅说完，霍地站起就要出门。我慌忙抓住他的胳膊。

"算了，谁叫我太笨呢。我只是想跟人说说罢了。舅舅，你喝醉了吧？"

"没事，我没醉。不，其实有点醉了，不过没关系。贵子你不觉得懊恼吗？你完全是被利用了呀！"

"当然懊恼了，我气得要命，到现在还是很不甘心。"

"所以才要去啊！必须消除心里的芥蒂，否则过去的阴影永远纠缠着你。"

“可是，这就像小孩子吵架大人出面撑腰一样，只会让我更丢脸。”我带着哭腔说。

“哪里丢脸了！”舅舅大吼，声音在狭小的房间里嗡嗡回响，难以想象是从他那瘦小的身体里发出的，“有什么丢脸的？你是我最疼爱的外甥女。我之前也说过，我真的很喜欢贵子，所以不能原谅那小子。这是我的自尊心，舅舅我饶不了那家伙。”

“这跟你刚才说的自相矛盾啊，说到底还是为了自己。”

“是啊，所以我一定要去。就算贵子不去，我也要去。你把住址告诉我，我要揍他一百拳！”

揍他？事情的发展愈来愈匪夷所思了。

“等等，要是动手就麻烦大了，会招来警察的。而且他高中、大学都打橄榄球哦，像舅舅这样的豆芽菜，别说打他一百拳了，会被他打一万拳的。”

“那、那种事，我才不怕。”舅舅嘴上这样说，还是有点腿软。

“好啦，不要逞强了，我们再来喝酒吧！”我堆出笑容，努力想要打圆场。

“不要逃跑，贵子。”舅舅转身看着我，语气异常严肃，“有我陪着你，所以，不要逃跑。”舅舅充满力量的眼神定定地望着我，我们就这样四目相对了好几秒。

是的，我不能在这时逃跑。那样的话，我就还是以前的自己，没有任何改变。这是再清楚不过的事实。

我紧咬着嘴唇。“好的。那就走吧，舅舅。”

舅舅用力点头。

坐了四十分钟出租车，我们来到英明住的公寓前。雨势越来越激烈，没带伞的我们被淋得透湿，一溜小跑到公寓门口。

“就是这里？”在挂有204号室名牌的门前，舅舅停下了脚步。

“应该是。”我搜索着久远的记忆，点了点头。

仔细想想，我们交往期间，我只来过这里两次。每次在家里约会时，总是在我的住处。到现在我才终于发现其中的不合常理，我真是个迟钝的人。

雨点顺着舅舅的头发啪嗒滴落，他毫不犹豫地按响门铃。寒冷和紧张让我全身不住发抖，甚至有点想吐。虽然刚才坚定地说“好的”，但到了英明门前，那股气势就迅速弱了下去。

如果就此掉头离开，只当什么事也没发生过，那该多么轻松啊。看着毫无反应的铁门，我打心底这么想。

然而已经晚了。门那边依稀有人在走动，接着哗啦一声，响起开锁的声音，打开了一根手指宽的缝隙。

“谁呀？”一个熟悉的声音低声问。

舅舅一把抓住门，用力把门推开。

身穿运动衫的英明站在玄关，吃惊地张着嘴。他刚才应该已经睡下了，脸颊上有枕头的印痕，头发也乱蓬蓬的，但健硕的肩部线条和细长秀气的眼睛，依然是我熟悉的那个他。不过，这也没什么好奇怪的，又不是已经过去了十年。想到这里，我的胸口陡然刺痛起来。

英明瞪大了眼睛，交替看着我们，然后问舅舅："你是谁？"

"贵子的舅舅。"

"啊？"

"贵子的舅舅阿悟，她母亲是我的姐姐。"

"这我当然知道……你有什么事吗？"

"是啊，没事谁会上门。难道我们看起来像是推销报纸的吗？"

"我不是这个意思，既然有事你就说吧。"英明有些不耐烦地说。

我忐忑不安地看着两人交锋，今晚的舅舅火药味特别浓。

"我们为什么要来，因为你对她的所作所为太过分了。你该不会一点都想不起来了吧？"

"什么？"英明的声音抬高了八度，但舅舅毫不退缩。

"你肆意玩弄她，逼得她从公司辞职……你没有感情吗？把别人伤害到这种程度，你的内心不会痛吗？”

“喂喂，我什么时候伤害过她了？这女人自己说的吗？”

“没错。”

“你是笨蛋吧？我不管你是不是她舅舅，但她说什么你就信什么？她肯定是在撒谎，上门纠缠的也是她。”

“她撒谎有什么好处？她可是因为你而辞去了工作，一直到现在都很痛苦哦！”

“明明是她自己任性辞职的。”

听了英明这句话，舅舅深深地叹了口气。

“没用的，贵子。这个男人已经不可救药了。”

“喂，大叔，你讲话注意点！”

英明霍地探出身，来到走廊上瞪着舅舅。瘦小的舅舅和高挑的英明，身高差了将近二十厘米。舅舅也不甘示弱地仰头怒视着英明，无奈还是少了气势。

“怎么啦？”

说着，一个女人穿着睡衣从房间里探出头来，正是他的未婚妻村野小姐。

情势演变成这样，再糟糕也没有了。我站在那里，又是羞愧，又是尴尬，一时不知所措。

“贵子？”村野发现了我，不由得皱起眉头，“到底是怎么回事？你身上都湿透了。”

“她是突然跑过来的。喂，贵子，你是脑袋出问题了吗？深更半夜带一个大叔上门，究竟是想怎样？”

“说出来吧，贵子。”

“呃……”我战战兢兢地抬起头，发现所有人都在盯着我。

啊，怎么会这样。

我真恨不得被三个人的视线射穿，化为一道轻烟消失。每个人都沉默地等着我开口。我绞尽脑汁，思索着该怎样收场。

刚好经过附近，所以想来要回以前借的书？来恭喜他结婚了？不，不对，不是这样的。这不是我要说的话。我来这里是为了什么？不就是为了让自己释怀吗？如果还是敷衍了事，那就什么问题也解决不了。

下定决心吧！我坚决地告诉自己。

“我……”

所有人的视线都集中到我嘴巴上。我深吸了一口气，舅舅用鼓励的眼神看着我。我几乎忍不住落泪，一直积郁在心底的情绪也涌了上来。我已无暇再多想，话语突然间如洪水般决堤而出。

“我是来要求你道歉的！你也许只是想玩玩而已，可是我不一样！我是真的喜欢你！我也是人，我是有感情的呀！也许在你眼里，我只是个很容易利用的女人，可是我也会思考、会呼吸、会哭泣啊！你知不知道，你的所作所为对我造成了多大的伤害？我……我……”说到这里，我已语不成声。雨水、泪水和鼻涕，让我全身都湿淋淋的。可是经过了半年时间，我终于说出了那晚在餐厅里想说的话。

“说得好，贵子。”说完这句话，舅舅用力揽住我肩膀。

“好了，你打算怎么办？她已经把自己的心情坦诚地告诉你了，你也应该好好回应才对。”

英明低着头，许久不作声，最后终于小声说：“无聊。我可没空奉陪你们这些闲人，我要睡了。如果你们不希望我报警，就趁早回去吧。”说完他就静静地关上了门。随后咔嚓一声，响起从里面上锁的声音，走廊上霎时陷入寂静。

“喂，你这家伙！”舅舅像一头斗牛般猛地扑过去，用拳头砰砰地打门。我从后面拼命地拉住他。

“够了，舅舅。”

“贵子，可是……”

“真的够了，我已经释然了。我现在心情很畅快，这辈子都没有这么畅快过。这是我有生以来第一次，大声向别人说出自己的感受。”说罢，我抬起泪水和鼻涕纵横的脸，朝舅舅露出笑容。

“既然贵子这样说……”舅舅还是有点无法接受地喃喃，“真的够了？”

“嗯。走，回去吧？再这样下去，我们俩都会感冒的。”

“……好吧。”

“嗯。”

我对着那扇门扉，在心里最后道了一次“再见”，然后离开了那里。

归途的出租车上，我们几乎没有说话。舅舅可能是耗尽了体力，筋疲力尽地靠在后座。坐在他身旁的我也从紧张中解放出来，独自陷入沉思。

其实从一开始我就明白，这件事不能全怪英明。事情发展到如今这个地步，我也要负一半责任。是我的粗枝大叶和不会表达导致了这样的事态。

但我无论如何都想说出自己的感受。就算被人说太任性也好，我只想把自己的想法表达出来。过去我一直无法做到这一点，让我为自己的软弱深感苦恼。对于毫无负罪感的英明来说，恐怕只觉得是一场无妄之灾，但我一定要当着他的面，将自己的心情一吐为快，否则我就无法前进，不管时间过去多久，都无法重新出发。若不是这次舅舅制造的契机，我只怕永远都摆脱不了这个心结。

我想向舅舅道谢，在心里思量着如何措辞，却是一句也想不出来。最后浮现在脑海的，只有简单的一句话。于是我坦率地说了出来："谢谢你……"

舅舅微微一笑，用力揽住我的肩膀。

感受着舅舅温暖的体温，我由衷地感到安心。有人守护着我。是的，有人这样惦念着我，视为自己的事一样为我愤怒。就在不久前，我还觉得在这个广袤的世界上，我形单影只、孤独无依，然而事实上，身边就有人保护着我，关心着我。这让我无限欣喜。

我们乘坐的出租车静静地行驶在霓虹灯影影绰绰的雨夜街道上。

8

之后没多久，我决定离开书店。

虽然方式很特别，但我的确通过那件事重新焕发了活力。我心头的积郁已涣然冰释，只觉得身心轻松非常。现在的我终于有能力从这里走出去。

我找好了新的住处，定在三月搬过去。那里离书店相当远，不过也是没办法的事。未来的路该怎么走，我还有很多迷惘，但透过以前工作上的人脉，我以非正式员工的身份获得一家小型设计事务所的聘用。

告诉舅舅我准备离开时，舅舅显得很错愕，急切地说："不用这么急着做决定呀……"

但我已下定决心。

"我已经享受了一个悠长的人生假期，也该去寻找自己的容身之处了。否则，我的人生将会以一事无成而终。"

听我这样说后，舅舅就不再多劝了。

搬去新家前的最后一个月，我尽情享受着在森崎书店的生活。我全心全意地工作，在空闲时间读了很多书，还满怀感激之情地彻底打扫了店面和二楼的房间。初来第一天随便堆在空房间的那些藏书，我也怀着喜爱之心将其收拾得整整齐齐。

我向常客和"思波尔"的朋友们告知了将要离开的消息，每个人都很是惋惜。想到有这么多人关爱着我，我都有点想哭了。三郎甚至跟我说"来做我的儿媳妇吧"，真心实意地想要撮合我和他儿子。

高野和小朋特地为我开了个小小的送别会。我们在书店的二楼一起吃火锅，一直闹到很晚。小朋失去了读书的伙伴，从心底感到寂寞，对我说“明年我们再一起去逛旧书节”。

我也趁便偷偷问了一下高野，据他说前不久邀请小朋去涩谷看了电影。虽然还没到男女朋友的程度，不过对高野来说，也算是相当大的进步了。我很替他高兴，忍不住用力拍着他瘦削的肩膀说：“这不是很好嘛！”

此外，我还意外地接到英明的未婚妻村野小姐的邀请，在咖啡馆和她聊了一次。

最令我内心不安的，就是那天晚上给村野带来了莫大的困扰，所以我是抱着向她道歉的打算去赴约的。没想到一见面，反而是她向我深深低头致歉。

以前就觉得英明言行可疑的她，那天晚上看到我那不同寻常的神情，顿时恍然大悟。再三逼问之下，终于迫使他坦白了一切。只是在那晚之前，她做梦也没想到英明劈腿的对象竟然是我。

村野不断向我道歉，即使我说“我也有责任”，她也只是摇头，还说婚事已经取消了。我听后慌忙表示歉意，她却斩钉截铁地说“这不是贵子小姐的错”。

我为此深感内疚，但后来向舅舅报告这件事时，舅舅说：“那孩子做得对。与其结婚后才发现那个男人有那种无可救药的毛病，倒不如现在就发现的好。”这是视英明为眼中钉的舅舅特有的看法，不过毕竟也有一番道理，多少让我卸下了心头的重担。

在书店里度过的最后一个夜晚，我和舅舅在二楼的阳台喝着咖啡，眺望着冬日的夜空。

作为纪念，舅舅送给我很多旧书。据说都是他年轻时候读过、深受感动的书。我朝沉重的纸袋里瞄了一眼，里面塞满了福永武彦、尾崎一雄等相当艰涩的作家的作品。

我们怀着轻松惬意的心情度过这最后一夜。当时舅舅对我说的话，我想我一生都无法忘怀。

舅舅以“希望你答应我一件事”作为开场白，说了这样一段话：

“不要害怕爱人。如果你喜欢上一个人，就毫无保留地去喜欢他。即使会因此生出悲伤，也不要不爱任何人，孤独寂寞地生活。我很担心你会因为这次的事，从此不敢再爱人。爱是很美好的事，千万不要忘记这一点。爱过一个人的记忆，是绝对不会从心中消失的，那会永远温暖人心。我也是到了这把年纪，才明白这个道理。”

说完，舅舅问我：“怎么样，你能答应我吗？”

“好的，我答应你。”我点了点头，“我觉得在这里我已经学到了这一课，所以你不必担心。”

“是吗？如果这样的话，不论你去到哪里，都会过得很好的。”

“嗯。谢谢你，舅舅。”

离开的那天早晨，我站在朝阳下，细细打量着森崎书店。这是一栋小小的老旧木造建筑。想到我就是在这里度过这段时光，不禁有点难以置信的感觉。

我呼着白气，在原地伫立了许久。清晨柔和的阳光洒满街道，街上还没有书店开门，周遭静悄悄的，充满难以言喻的平和氛围。

我端正姿势，朝着书店深深行了一礼，在心中暗自发誓，决不忘记森崎书店的生活给予我的收获。

我也向清早特地来送别的舅舅由衷地道谢。现在舅舅对我来说，已经成为很重要的人，这是我当初过来时根本无法想象的。世事真是奇妙。

临别之际，舅舅一改前一晚那豪爽的态度，像个毫不顾忌别人眼光的孩子似的呜咽哭泣：“我还是不想你离开。不要走呀，贵子。”说着，舅舅紧紧握住我的手，迟迟不愿松开。

“我随时会来看你的。”虽然觉得我们的立场反过来了，我还是安慰着舅舅，“所以你一定要保重好身体，把这店一直开下去。”

我感觉只要再多停留一秒，我的决心就会动摇，于是匆匆向还想挽留我的舅舅道别，迈步走向街道。

我在樱花路上快步前行，一次也没有回头。走着走着，此前的种种记忆涌上心头，不自觉地想流泪。但我好歹按捺住了，一直走到路的尽头。

就在这时，我忽然有种预感，倏地停下脚步，悄悄回头望去。

映入眼帘的，是身影变小的舅舅站在路中央，正用力朝我挥着手。我再也忍耐不住，泪水扑簌簌地流了下来。

我任凭泪水在脸上纵横，也朝舅舅挥手。舅舅见状，更加用力地挥手，朝阳在他的身后闪着光辉。

我喊了一声：“要保重呀！”然后回过身，快步走向已经熙熙攘攘的靖国大道。

路上的行人看到我抽泣着大步前行的样子，一定觉得这个女人很奇怪吧。不过，我一点都不在乎。因为现在的我想哭就哭，而且这泪水是我有生以来最幸福的泪水。

清晨弥漫在街头的寒冷空气，已夹杂了少许春天的预感。

呼吸着这样的空气，我毫不停顿地笔直向前。

9

“贵子，好久不见啦！感觉自己都成浦岛太郎[①]了。”在书店前等待的桃子舅妈一看到我就说，然后哈哈大笑。响亮的笑声回荡在这条不起眼的书店街。她也太大大咧咧了，反倒让我有点畏缩。

是真的，她真的回来了。在桃子舅妈面前，我终于搞清楚了状况。不，其实之前我就已经听说过了，头脑也能理解发生了什么事，但直到亲眼看到之前，我无论如何都难以置信。这就跟听朋友说见到了鬼是一个感觉。

可是，桃子舅妈确实就在这里，而且人还开朗得很。这种开朗是怎么回事，这是一个下落不明五年又突然回来的人应该有的态度吗？另一方面，她身旁的阿悟舅舅的表情却像是吃到腐败食物的狗，呆呆地站在那里。照这个样子，两个人的立场岂不是反过来了吗？

“你怎么一脸见了鬼似的表情，太过分了。”桃子舅妈冲着半

①日本民间传说故事中的人物。浦岛太郎救了一只海龟，海龟为了报恩，带浦岛太郎去参观龙宫，受到龙宫公主的款待。几天后浦岛太郎因思念亲人而回家，却发现陆地上人事已非，原来在龙宫待的几天，是陆地上的好几百年。

天开不得口的我赌气说道。

“真要是鬼我还不会这么吃惊呢！”我差点就要脱口而出，但还是硬生生咽了回去，只勉强回了一句：“桃子舅妈，你看起来很有精神啊。”我和她最后一次见面，已经是十多年前的事了。

桃子舅妈年轻时相当漂亮，虽然不是那种拔尖儿的美女，却有一种异样的引人注目的美，可以说就像是海边看到的虽然不贵重，却闪闪发光的石子吧。亲戚聚会时，她那低调地端坐在最不起眼角落的身影，给我留下了深刻的印象（桃子舅妈个子很娇小），在还是孩子的我眼里，甚至有种莫名的神秘感。

上了年纪的桃子舅妈依然很美。她身穿浅咖啡色毛衣搭配蓝色牛仔裤，简单又素净，脸上也几乎没有化妆的痕迹。但她那丰富变幻的表情，挺得笔直的脊梁，还有爽朗干脆的谈吐都让她看起来很年轻。与其说上了年纪，或许更确切地形容是丢弃了多余的东西，整个人面貌一新。

总之，充满活力的她一点都看不出是个离家出走又突然回来的人。反倒是舅舅背也驼了，衣服也皱巴巴的，还顶着乱蓬蓬的头发，看上去十足是个老人家了。

“贵子已经长成大姑娘了呀。”桃子舅妈眯起眼睛，仿佛被我耀花了眼似的说，“公公葬礼的时候，你还在读高中，感觉就像昨天才发生的事一样。”

一个晴朗秋日的傍晚时分，我和阿悟舅舅、桃子舅妈就这样在森崎书店的门前碰面了。

10

她回来了。

两天前，我接到难掩兴奋的阿悟舅舅打来的电话。此时我离开森崎书店已经一年半了。

结束了在书店的悠长休假后，我投身于一家小型设计事务所工作。三个月前，我终于从临时雇员升级为公司正式员工，因为每天都很忙碌，已经有两个月没去书店了。舅舅打电话过来时，我还以为就是单纯约我过去玩，但一听到舅舅兴奋不已的声音，就知道事情没这么简单。

舅舅在电话里花了整整两小时向我描述当时的情况，其细致程度简直让我发急。简单来说，就是这么一回事：

那天舅舅一如往常，从早到晚在神保町看店。白天卖出了森鸥外和织田作之助的稀有书籍，收入很不错，因此当夜晚到来时，舅舅的心情比平时还要愉快。就在他吹着口哨准备打烊时，书店的门被悄然推开，有人进来了。

咦，这么晚了还有客人吗？舅舅虽然心里纳罕，依然背对着门忙于打烊作业。然而客人迟迟没有往里走，而是屏息敛气，静静地伫立在靠近门的地方。这个客人可真怪。就在舅舅心中起疑，准备转过身时，客人幽幽地低语了一句什么。听到这个声音，舅舅受到的冲击，就像是“被钝器在头上痛打了一万下”。

起初他以为自己听错了。但另一方面，他其实也清楚地知道，自己并没有听错。听错那个声音，就和一百个客人同时涌入森崎书店一样，都是不可能发生的事。

舅舅僵在那里，动弹不得。对方朝着他的背影又说了一句话，这次说得略微清楚了些。

“阿悟……”

舅舅深吸一口气，终于转身看向说话的人。

店里熟悉的景象唰地向后退去，清晰映入眼帘的，只有站在中间的那个身影。那正是他五年前一去不返，直到一分钟前还音讯全无的妻子。舅舅再也无法将视线从她身上移开。一切仿佛是在做梦。类似的梦他迄今为止已做过几百次了，但即使是梦，这次她的存在也太有现实感了。一如当年离开时模样的桃子舅妈，就真切地站在他眼前。

长久的沉默过后，桃子舅妈露出沉静的微笑，说："我回来了。"那口气就像只是去散个步回来，连行李也只有手上拎的一个小提包。

舅舅目不转睛地凝视了她许久，最后答说："欢迎回来。"

桃子舅妈没再多说什么，静静地上了二楼房间。

之后，她就在书店的二楼住了下来……

"慢着慢着。"一直耐着性子听电话的我，终于超过了忍耐的极限，"这都叫什么事呀！什么'我回来了''欢迎回来'，什么'之后就住了下来'，听着跟怪诞故事似的。"

舅舅却十分认真地回答："可是，真的就是这样啊，贵子。"

"如果这是事实，那你们两个都很怪。桃子舅妈为什么这么突兀地跑回来？舅舅你为什么都没有发火，还接纳了她？"

"这很不可思议吧。"舅舅怔怔地说，声音里不胜感慨，"不过，自然而然就这样了。"

我已经惊讶到说不出话来。舅舅确实是个相当不通世务的人，但这一次，夫妻俩都够不着调的。

"莫非之后你也什么都没问桃子舅妈？"我用严厉的声音问道。舅舅轻描淡写地回答："是啊，因为觉得很难问出口嘛。"

“真是的，那带她回国立的家里，好好问问不就得了？”

“她说那里不安静，不想去住，在书店的二楼就好。贵子，我一点也不懂女人的心，她为什么会回来呢？”舅舅在电话的另一端困惑地问。我没好气地回说：“这种事我怎么知道。她是你老婆，你不是应该最清楚吗？”

“我曾经以为自己比谁都了解她，可是现在心里全乱了，只能瞎猜一气。你是女孩子，同性之间应该比较能互相理解吧？”

“性别是一样没错，不过从生物种类来说是完全不同的。”

我说完，舅舅沉默了半晌，幽幽说道：“贵子……她还会……还会再离开吗……”

舅舅透着急切的声音让我有些心软。我想起以前我们慢悠悠地走在夜路上，我问起桃子舅妈的事时，舅舅那落寞的背影。是的，不管怎么说，这个人依然爱着桃子舅妈，而且现在也在为此而痛苦。可能的话，我不想再看到那样的背影了。

“舅舅不希望桃子舅妈离开？”

“我不知道。以前我总觉得，不管她人在哪里，只要过得幸福就好。但是她又回来了，我的想法也不一样了。不过，我可不是说桃子过得不幸福……啊，我真是个傲慢的家伙！”

真是够了。这样下去也问不出所以然来，我索性放弃，只问他："所以呢？你是想让我帮忙做什么吗？"

"咦？你怎么知道我想请你帮忙？"

"我当然知道，也不想想我跟你一起生活过多长时间。"

"贵子，世界上再没有比你更贴心的外甥女了。我会记住你的情分的。"

大致情况就是这样。舅舅想让我帮忙的，是打听桃子舅妈的真实想法。为什么这时候回来，今后又有什么打算。五年前，桃子舅妈留下一张写着"好好干下去，不要找我"的字条就离开了，几乎没带走什么行李。因为完全没感觉到任何预兆，舅舅甚至想不出发生了什么事。

当时舅舅心中五味杂陈，尽管很苦恼，最终还是按照字条的要求，没有去找她，也没有向警方申请搜索。

"我们夫妻没有孩子，她很喜欢贵子。我想如果是你的话，她一定会跟你说的。"舅舅又补上这几句，最后说声，"那就拜托了！"挂上了电话。

桃子舅妈喜欢我？可是我们几乎都没说过话啊？这也太奇怪了。说到底，这是他们夫妻之间的问题，我一个外人怎么好意思往上凑。可是听到舅舅那忧伤的声音，我又硬不下心肠拒绝。再怎么说，舅舅毕竟是我重要的恩人。

11

“总之先进来吧，我也有很多话要跟你说。”

在桃子舅妈的催促下，站在门口的我们走进了书店。这也是我时隔两月，再次踏进书店。

店里依旧堆满了书，一走动木地板就嘎吱作响。傍晚柔和的阳光从窗口洒了进来，灰尘在光线中四下飞舞。我深吸了一口店里的空气。

我想起第一次来书店时，皱着眉头抱怨“有霉味”，惹得舅舅只能苦笑。不可思议的是，如今我却对旧书里充斥的这股霉味分外喜爱。

我们三人围坐在柜台前吃鲷鱼烧，这是我来的路上买来当礼物的。其间两次有客人进来，看到我们凑在一起好像老鼠聚会的样子，都吓了一跳，不过还是照样买书。桃子舅妈代替舅舅亲切地招呼客人，她不愧是多年的旧书店老板娘，一切都驾轻就熟。

走进书店后，依然是桃子舅妈在滔滔不绝。她的话就像陷入失控状态的飞机，毫无脉络可循。

是吗，贵子，你在这里住过啊，就跟我现在一样？空调一点效果都没有，夏天想必很热吧？哎呀，这个鲷鱼烧连尾巴都是满满的豆沙馅，太好吃了，你在哪买的？这一带和以前相比变化还蛮大的，多了不少漂亮的店。啊，“漂亮”这种说法已经过时啦。

不断变换话题的同时，不知道为什么，桃子舅妈不时还会拧一下舅舅的脸颊。因为被拧了好多次，舅舅的脸颊都红了。

“为什么你从刚才起就一直拧舅舅的脸啊？”因为那样子太奇怪了，我忍不住吃惊地插嘴问。

“哎？我拧过吗？”桃子舅妈瞪大了眼睛问。

“拧了呀！”

“哦，这是我以前就有的习惯，拧别人的脸。对于亲近的人，总是想拧一下脸颊，可以算是一种表达感情的方式吧。你不觉得阿悟被拧时的表情有点可爱吗？”说完，桃子舅妈两手用力抓住舅舅的脸颊，上下左右拧个不停，就像在玩小孩子的惩罚游戏。舅舅脸上写满了无奈，并没有什么可爱的感觉。

“住手啦——”任由摆布的舅舅发出悲痛的抗议。不过，或许是已经习以为常了，声音里也透着几分认命的意味。桃子舅妈看到舅舅的反应，咯咯直笑，终于放开了他。说不定桃子舅妈意外地是个虐待狂。

“当着贵子的面很丢脸呀！”

“哎呀，有什么关系，贵子是外甥女，又不是外人。”

“大人的威严都荡然无存了啊！”舅舅话刚说完，她立刻毫不客气地反驳：“你从来就没有过威严这种东西！”

如果我和桃子舅妈走得近了，我是不是也会被拧脸颊呢？看着两人交锋，我不禁心生恐惧。

这时，桃子舅妈又轻快地跳到下一个话题。

她突然握住我的双手，凝视着我说：“不过，见到贵子我很高兴。我时常会想起贵子，不知道我那可爱的外甥女现在在做什么呢？读高中时的贵子很文静，给人感觉是个惹人怜爱的女孩儿，梳的辫子也漂亮极了。”

“咦，你是这么觉得的吗？其实根本不是这回事。”我听得瞠目结舌。当时的我正值青春期，总是处在要被焦躁感压垮的状态中，可是我既无法表露出来，也无力在内心默默消化，终日苦恼不已。之所以会给桃子舅妈留下文静的印象，是因为亲戚聚会时我一向表现得乖巧听话，但那纯粹只是为了避免在这种场合成为注目的焦点。

看着两眼闪闪发亮注视着我的桃子舅妈，我隐隐觉得，人的印象并不是很可靠。对于阿悟舅舅，我也曾有过很多误解。归根到底，如果彼此没有坦诚相待，即使血脉相连，或者同窗、共事多年，实际上也等于是一无所知。我甚至觉得我和英明的事，我无疑也要负很大的责任。

“桃子舅妈也跟我过去的印象人不一样呢！”作为反击，我略带嘲讽地说。桃子舅妈却豪爽地放声大笑，一点也不介意。

“这个嘛，因为亲戚聚会时我都是装老实啊。他家亲戚不是很多都很古板吗？公公就更不用说了，表情万年不变，简直就像戴了能乐面具。我们结婚又很突然，聚会时别提多如坐针毡了。总觉得只要有我们在场，气氛就很紧张，所以我都尽量规规矩矩地躲在不起眼的角落。”

“唉，原来是这么回事。亏你们就这样也结婚了。”

“因为当时同居还是一件见不得人的事。我们在巴黎相遇、相恋，回到日本后很快就办理了结婚手续，可以说是一气呵成了。”

“巴、巴黎？”我吃惊地问，“怎么又扯到巴黎？”

“咦，你不知道吗？当时因为某种原因，我在巴黎逗留，这个人也刚好在巴黎穷游，我们在跳蚤市场的旧书店里偶然相识。你说他自己家里就是开旧书店的，何必旅行都要跑来逛旧书店呢？而且还胡子拉碴，衣着褴褛，活脱一副讨饭的模样。”

“这样才不会被扒手或者劫匪盯上啊。”舅舅在一旁反驳。但桃子舅妈只当没听见。

“不过呢，聊起来发现人还挺有趣的，最主要的是，他那优柔又阴郁的性格让人没法丢开不管，所以就想着先交往一下看看。”

“是吗？”不知不觉间，我已经被桃子舅妈掌控了谈话节奏。原来两人是在舅舅怀着烦恼周游世界期间相遇的，地点还是在巴黎，好浪漫。不过令我不解的是，桃子舅妈为什么会在巴黎呢？当我问起这一点时，她只敷衍了一句“那会儿还年轻嘛”。我心想，桃子舅妈果然是个谜团重重的人。

“总之，我们就这样相遇，回到日本后结婚，被所有人冷眼相待。不过自从公公病倒，他决定继承这家书店，我们就拼命努力工作，为的是争口气给那些人看看。”

“我并没有争口气的意思。”舅舅又一次插嘴。

“胡说。你不是对公公有很多芥蒂吗？我可是都心知肚明呢。”

舅舅被说得哑口无言，垂头丧气。明明是自己的老婆，却完全拿她没辙。我还是第一次看到舅舅这一面，因为真的很好笑，好几次差点笑出声来。

不过，在我这个旁观者眼里，两人怎么看都是一对感情很好的夫妻。说来奇怪，我甚至对两人的关系心生羡慕。两人之间那种与其说是“夫妻”，更像是“同道”“老友”的亲密氛围，确实有种连我也感到温暖平和的力量。

“我去忙店里的事了。”聊了一阵子，舅舅找了个借口抽身离开。桃子舅妈把我拉到二楼的房间，然后像要说什么悄悄话似的，冷不防凑到我跟前。“贵子，以后我们要好好相处哦！”她又拉起我的手，目不转睛地看着我。她的手像孩子一样，小小的。

“噢……”

“只跟阿悟关系好，这不是不公平吗？我也想跟贵子要好，可以吗？”

“嗯……”我点了点头，心里暗自嘀咕，这下可难办了。

12

后来，因为夜色已经降临，我坚持向想要挽留我的桃子舅妈告别，离开了书店。

沿着细窄的小巷信步走向车站，夜晚的空气很凉爽，带着几分寒意。街灯把我的影子拉得长长的，投在路面上。

走到“思波尔”门前时，我自然而然地停下了脚步。冷清的夜路上，光是看到店门口闪耀的橙黄色灯光，就让我像巴甫洛夫的狗一样，条件反射地想喝咖啡。一看手表，才八点多，我就像被吸进去一般推门进去。

店里和平常一样，晚上也很热闹。沉静的钢琴曲中客人们的谈笑声，我站在门口就能听到。

这时，我看到吧台那里有一个熟悉的身影。从那矮胖的身材和锃亮的脑袋来看，显然是三郎。他正和老板聊得热络，一发现我的存在，立刻用力招手让我坐过去。

“哟，贵子，好久不见了。”我在三郎旁边落座后，老板一如往常地笑脸相迎。

我本想报以微笑，三郎却突然捣乱说：“贵子，你要稍微和气一点呀，不然没人喜欢你的。”我立刻反唇相讥：“不劳你操这个心。”三郎却好像觉得很好笑似的，吃吃地笑了起来。

“你来得正好，我们刚才还在说呢。听说桃子回来了？阿悟也真是见外，居然对我只字不提。”他的声音里明显充满了好奇。

“三郎呀，你就不要去追根究底了。”老板劝阻道。

“为什么？有什么关系？再说，桃子回来的消息不正是老板你告诉我的吗？”三郎任性地说。一个大叔闹别扭的样子，一点都不可爱。我想见的是在这里打工的可爱姑娘小朋。不巧的是她已经从研究生院毕业并找到了工作，因此已经离开了咖啡馆。不过，听说她和高野依然保持着“朋友”关系。

在三郎的唠叨声中，老板将咖啡轻巧地放到我面前，一边用辩解的口气说：“昨天晚上两人刚好来到店里，我才知道的。”但他的眼里也同样透着好奇。

“你们俩以前就知道桃子舅妈的事吧？”

“那当然喽，你以为我在这一带混了多少年了。”三郎傲慢地说。

“咦，原来森崎先生已经结婚了？这跟他的形象可一点也不搭呀。”不知何时高野也从厨房走了出来，手里拿着餐盘和抹布，饶有兴味地加入了话题。

“是哦，你不知道吧。那个人确实给人单身汉的感觉，不过年轻的时候两口子可没少秀恩爱咧。对吧老板？”

“那倒也是。话说回来，桃子还是那么漂亮，看上去气色也不错，还跟我说‘喝到老板久违的咖啡，真幸福’。”

“什么！老板你也太好说话了。人家随便捧你两句，你就骨头轻了。要我说的话，好几年下落不明突然又跑回来，就是开玩笑也要有个分寸。阿悟也是，立刻把她赶出去不就得了？要是我老婆做出这种事，我准会痛揍她一顿。”三郎越说越激动，一张脸像章鱼一样涨得通红。

“哎呀呀，三郎你说得这么硬气，真的合适吗？每次太太要把你的书拿去卖的时候，你还不是哭着求她手下留情。”

听了老板的话，我和高野都扑哧一声笑了出来。

“老板少啰唆！你跟着笑什么？快去干活，干活！”

“对不起，对不起。”

三郎把手巾丢向高野，吓得他慌忙逃进厨房。老板说：“不要拿我的伙计出气、欺负他哟。”

“你平常不也总是欺负他吗？”三郎一脸错愕。

“那是爱呀，爱。”老板一本正经地说，“而你对太太所抱的感情，是恐惧。”

“老板你这个人呀，真是一贯地讨人嫌。好了，我已经生气了，气到不行。既然这样，就由我代替阿悟去狠狠教训桃子，反正那个笨蛋是不管怎样都没胆说重话的。”

“喂喂，不要插手别人的家务事啊。”老板虽然出言制止，但挑事的人明明就是他自己。

总觉得天底下的怪人都集中到这一带了。想到这里，我不觉苦笑。结果三郎立刻冲我说：“贵子，不要一个人在那儿偷笑，感觉很不舒服。”

之后不久，在“思波尔”发生了一件事。

九点过后，闹个不停的三郎终于回家了（一定是因为不早点回去会被太太臭骂），于是我换到了餐桌旁的座位。

夜色已深，咖啡馆里只剩下零星几个客人。我坐下后续点了一杯咖啡，从提包里取出读到一半的文库本打开。就在这时，我惊讶地发现临窗的座位坐着一个眼熟的人。

那是个二十六七岁的高挑男子，身穿淡蓝色衬衫搭配灰色长裤，留着整齐的短发。虽然衣着并不华丽，但看上去很清爽的感觉。他怔怔地望着窗外，似乎在等人，桌上反扣着读到一半的文库本。

这是谁呢？我心里寻思着，一直盯着他看。或许是注意到了我的视线，他忽然向我看过来。

四目相对的瞬间，他也露出讶异的表情，而后交替看着我和我手上拿的文库本，仿佛了解了什么似的点点头，沉静地说声“晚上好”。

听到他的声音，我终于想起在哪里见过他了。

一旦想起其实也没什么特别的，就是在森崎书店接待过几次的客人。因为来森崎书店的都是三郎那般个性鲜明的常客，像他这样低调不张扬的人，自然很难留下印象，所以才一下子没想起来。想到刚才那么不客气地盯着他看，我很是不好意思，赶忙点头致意，回应道：“你好，好久不见了。”

“不用这么拘谨啦。”他眯起眼睛笑了。那笑容给人的感觉很好，一看就很安心。

恰在这时，女服务生用托盘送来我点的咖啡。站在我和他的座位之间，她显得有些困惑，不知该如何是好，惹得我也跟着不安起来。

见此光景，他客气地开口邀请：“方便的话，过来一起坐吧？”

“你不是在等人吗？”我犹豫着问。

“没有，我不是特意在等谁。”他回答。女服务生听了，恢复了自信和笑容，将咖啡轻快地放在他的座位上：“那我就放在这里了。”

于是我也顺势说声：“就放在那儿吧。”换到他对面的位置。

这种时候，我总是很容易受别人影响。他应该也只是出于照顾才开口邀请，并不是真的想和我聊天。该不会打扰了他独处的时间吧？想到这里，我感到很抱歉。

女服务生等我落座后，道了声“请慢用”便离开了。目送她离去后，我们重又面对面。

一阵沉默。

总觉得有些尴尬啊。我正浑身不自在的当儿，他突然低声笑了起来。我不由得呆住了。

“不好意思，感觉好像相亲似的。”他说。看到他的笑脸，我也忍不住笑出声来。

“我还没有正式介绍过自己呢。”他清了清嗓子说道，然后报上姓名：“敝姓和田，和田朗。”他在一家主营教辅书的出版社工作，离这里很近。

等我做了自我介绍，他连连点头，笑着说：“对对，是贵子小姐。我记得那个开朗的老板总是大声喊：‘贵子！贵子！’”

我涨红了脸，小声说：“那是我舅舅。”

“欸，是舅舅吗？有个开旧书店的亲戚真好。”和田喃喃地说，似乎真心感到羡慕。

“你已经离开那家书店了吗？”

“是啊。因为某种原因，我在那里借住了一段时间。该怎么说呢，就像是充电期。”

“充电期？在那家书店？”

“对。”

和田又低吟起来：“真好啊，充电期。还是在旧书店度过，太奢侈了。哎呀，好羡慕。”说完，他还自言自语似的念叨，“如果是我的话，我绝对不离开，我要永远充电下去。”

看来在旧书店生活这种场景让他心头燃起了火苗。没想到这个人还挺风趣的。

“对了，你女朋友还好吗？以前你常和她一起过来。”我忽然想起这件事，于是对着还在喃喃的他问道。

和田大多数时候是一个人来逛书店，不过有时也会和一个女孩子一起前来。那个女孩苗条而高挑，和身材颀长的和田十分般配。

她对书本似乎兴趣不大，和田表情认真地细心挑选时，她在一旁总显得很无聊。最后等得不耐烦了，就不悦地问：“还没好吗？”他则赶快道歉：“不好意思，再等一下。”虽然要让三郎说的话，“带女朋友来逛旧书店，简直荒唐”，但从两人的互动，可以感受到亲密的氛围，我看在眼里也不禁微笑。

“哦，我们也有过那样的时候呢。”我一问，和田的声音顿时低了下去，“不过我好像已经被她甩了。”说完，他干笑了几声，眼神有些放空。

“对不起！”我慌忙道歉，恨不得当场跪倒。

“没事没事，我完全不在意。”和田也试图缓和气氛，但眼神还是有点飘忽。

才一见面就不小心踩到地雷，我心里急得要命，极力寻找别的话题。这时我看到了餐桌上的书。

“你在读什么书呢？”

“哦，这本书叫《坡道途中》，记得是在森崎书店的百元书专柜买的……”和田从餐桌上拿起书给我看。我心里松了口气，好歹脱离了刚才的话题。

“我没看过，写得好吗？”

“该怎么说呢？这本书是通常所说的悲剧恋爱小说，作者也只出过这一本书，终其一生都默默无闻。实际看下来，写作手法很稚拙，不足之处也很多，但却有种吸引我的魅力，我已经看了差不多五遍了。”说话间，他一直注视着封面上以油画笔法画出的斜坡，眼神十分温柔，仿佛在看格外珍爱的东西一般。我不由得也有了阅读的兴趣。

“是吗，看了五遍？那我也要读读看。”

“嗯……不过也不是太推荐就是了。贵子小姐刚才在看什么书呢？”

我从提包里拿出文库本，他顿时两眼放光：“哦，稻垣足穗吗？不错呀。”不愧是常来森崎书店的人，比我对书本熟得多。

“我虽然在书店工作过，其实对书一点都不熟，也就刚刚才入门的水平。”

听我这样说，和田侧头沉吟：“熟悉也好，不熟也罢，都没多大关系。要说的话，我也并不是很熟。相比起来，与一本书相遇后，在多大程度上受到打动才更重要吧。”

“是这样吗？不过舅舅也常说类似的话。”

“你总是坐在柜台后面专注地看书，让我都忍不住好奇，你究竟是在看什么书呢？”

“啊？对不起，我是个不称职的店员。”

“不，我不是这个意思。”

说完，和田似乎想起了什么，凝视着我说：“你完全融入了那家书店的风景之中，当我看到时，就会希望不要打扰到你，让你一动不动地读下去。那种感觉，就像是屏息静气地注视蝴蝶破茧而出的瞬间，只想一直看下去……我对你看书的样子印象很深，所以刚才一看到拿着书的你，就立刻想起来了——啊，就是那家书店的人嘛。”

原来别人眼里的我是这个样子，我感到很难为情。不过那个时候，我的确就像等待化蝶的茧蛹一样，读书的同时，一直在等待飞起来的机会。所以和田看到我会有那种感觉，大抵也算是确切。只是飞得好不好，现在我还不是太自信。

“如果我没去那家书店，以后的日子都会过得一片茫然。在那里我不仅读到了很多书，也遇到了各种各样的人，学到了很多道理。我觉得自己渐渐认识到了一些重要的事……所以直到现在，我也无法忘怀在那家书店度过的时光。”虽然是第一次聊天，我却滔滔不绝地一下子说了这么多。

“原来如此，原来如此。”听了我的话，和田表情郑重地点头，“没想到背后还有这样的故事，哎呀呀。”他本人应该是个挺踏实的人，说话方式却很好笑。

不可思议的是，我们竟然像老友闲谈一般，似乎可以一口气聊上好几小时。和田很认真地听我说话，冷不防也会冒出一句幽默的话，让我忍不住发笑。

我们就这样聊了很久，直到我不经意地看了一眼墙上的时钟，才发现已经将近十一点了。“啊，马上就要打烊了！”我吃惊地说。“什么？”和田也露出意外的表情。

由于和田家就在附近，他决定留到打烊再离开，于是我就先走一步了。

“最近晚上我常来这里，可以的话，下次再聊吧。”临别之际，他微笑着对我说。

在店门口买单时，我发现吧台后面的老板不时瞥我一眼，他心里在想什么我很清楚，当下用力瞪着他，他故意自言自语地念叨着“哎呀，忙去了忙去了”，躲进了后厨。

来到店外，透过“思波尔”的窗户，我看到和田一手支颐，正凝视着外面。我以为他在看我，正想点头致意，却发现他似乎并没有注意到我。我转过身，迈步走向车站。感觉脚步轻飘飘的，身体也格外轻快。

真是奇怪，我忍不住在心里喃喃自语。

抬头看时，一轮左边缺了一小角的明月正挂在夜空上。

13

“我们俩一起去旅行吧！”

桃子舅妈突然如此提议，是大约两周以后的事。

“奥多摩那里有个很棒的地方。”她两眼闪闪发亮地继续说道。

我有些为难，点了点头说：“哦……”

“那里有座大山，山顶上有一座历史悠久的神社，景色优美，空气也很清新，一切都好极了。我们去住在别有情调的山庄里，稍微放松一下。就我们两位女士，怎么样，不错吧？”

想象着和她一起去旅行的情景，我不禁有点不安，总觉得会被她支使得团团转。但桃子舅妈紧握着我的手，满眼都是期待，只等着我回答“那就去吧”。

从书店重逢到接受邀请的两周时间里，我三天两头地往森崎书店跑。这自然是因为受舅舅嘱托，要打探桃子舅妈的情况。因为都是晚上下班后过去，经常见不到舅舅的面，但桃子舅妈每次都在二楼的房间。

我的到来让她很高兴，总是亲自下厨招待。在之前因为地方太小，我一直懒得做饭的二楼厨房里，桃子舅妈做出了很多菜。煮羊栖菜、肉烧豆腐、腌渍竹荚鱼、章鱼烧萝卜、盐烤秋刀鱼，还有萝卜叶、芜菁和油炸豆腐做的酱汤。我自己也很喜欢这种家常菜的味道，到后来几乎就是冲着吃饭去的了。中午从单位打电话过去时，桃子舅妈总会像新婚妻子一样问我：“今天想吃什么？”我也就“想吃这个、想吃那个”，老实不客气地点菜。

起初几次桃子舅妈说她请客，不让我出钱，之后我坚持要分摊费用，付一半的食材费，桃子舅妈不久也就欣然接受了，说：“那就搭伙咯！”

“桃子舅妈做的菜，全部都很好吃。”每次过去，我都对着矮桌上摆放的菜肴埋头大嚼，边吃边由衷地赞叹。

“贵子吃得真香呢！”桃子舅妈嘴上这么说，自己也是风卷残云，饭量足足是我的一倍。她那娇小的身体到底是怎么容纳下这么多食物的，简直太不可思议了。

“因为真的很好吃呀。”我咯吱咯吱地嚼着腌萝卜，一边用力强调道。

“你自己不做饭吗？”

“也做过，不过都是意大利面之类的，很少做这种菜。”

“那等你有了喜欢的人，不是会很挠头吗？”

“是吗？”我的确没多少下厨招待男朋友的经验，因为总觉得不好意思，一直有意在回避。不过我本来也没谈过几场恋爱就是了。

“男人这种生物很单纯的，只要会做菜，一个两个都会被你俘获。”

桃子舅妈咯咯笑着，说“我来教你，你要记好了哦”。我对男人的心态一点也不了解，不过被桃子舅妈俘获的人，毋宁说是我才对。

当然，我也没有完全忘记舅舅的嘱托，其间少不得百般试探口风，但桃子舅妈总是三言两语就敷衍过去，即使我很认真地问她，她也只说：“啊，该怎么说呢……”滑溜得像条鳗鱼，轻轻巧巧就闪开了。原本她就是个说话没条理的人，不知不觉话题就被越带越远。等饭菜摆到面前，我一心享受美食，早把要问的事忘到了脑后。每次差不多都是这样，没有任何进展。

不过我多少还是了解了一些她的过去（桃子舅妈喝酒以后，嘴巴就会稍微不那么严，所以我总是劝她多喝几杯）。她早年父母过世，由新潟的姑姑姑父照顾长大，初中一毕业就进了一家小工厂上班，之后在二十一岁那年，独自一人来到东京，和一名刚刚崭露头角的摄影师（这是真的吗？我忍不住问）坠入爱河。

桃子舅妈之所以曾在巴黎待过一段时间，就是因为在东京认识的男友去巴黎公干，她也追了过去，还是在对方不知情的情况下擅自行动的，也只有她才会这么大胆。

“我那时候太年轻了，还是个懵懂的小姑娘，满脑子只想着男朋友。后来才知道，他在日本有老婆孩子，所以恋情也就画上了句号。我一直热切渴望的家庭，竟然要破坏别人的家庭才能得到，这也太难以接受了……”桃子舅妈说这段往事时，眼睛一直看着远方。

看不到未来的恋情终究以分手收场后，伤心的桃子舅妈与阿悟舅舅偶然相遇，起初是觉得有点放不下这个人，几番照顾之下，不知不觉就成了恋人。

“这些事我一点也不知道。”没想到两人还有这样的过往，我不禁佩服地说。

“阿悟会对我的过去吃醋，所以我不大想提。”桃子舅妈耸了耸肩膀。

不过另一方面，我会频繁来访的真实原因，她其实也心里雪亮。

一起吃饭已经成了常事后，一天晚上，桃子舅妈小口啜饮着清酒，嘻嘻一笑，冷不防说道：“贵子，你是受阿悟之托来的吧？”

“咦，怎么这么说？”我心里发慌，企图拙劣地蒙混过去，然而这都是徒劳。桃子舅妈一脸扬扬自得的表情，伸手拧住我的脸颊。

“那个人会有什么想法，我心里清楚得很，而且贵子，你其实不擅长和我相处吧？”

我任由她扯着脸颊，心里七上八下，总觉得一切都被她看穿了。在内心深处，我确实有点不知道怎么跟桃子舅妈相处。我当然不是讨厌她，但如果问我“喜欢她吗”，却也难以作答，就是这样一种感觉。不过要是问我“喜欢桃子舅妈做的菜吗”，我倒是可以不假思索地回答：“太喜欢了！”

坦白讲，她对我来说是个捉摸不透的人。虽然在某种意义上，阿悟舅舅同样让人摸不着头脑，但她和阿悟舅舅又不同，感觉不论聊上多久，都丝毫缩短不了距离。我有时候甚至觉得，我们就像站在河两边交谈，彼此之间隔着遥不可及的距离。

就在我迟疑着不知道怎么回话时，桃子舅妈豪爽地笑了。“算啦，谁叫我喜欢贵子呢。你这么率直，谎都不会说一个，真的很可爱。要是我也拥有这样美好的灵魂就好了。”

“我才不是什么美好的灵魂呢！”我觉得她是在嘲弄我，不禁有点生气。

“我是真心这么觉得，”桃子舅妈的声音里透着说不出的伤感，“像我就满口谎言。”说完，她短暂地低下了头。

当时她一闪而过的忧伤表情，没有逃过我的眼睛。那是我第一次感到，我触及了桃子舅妈的内心，虽然仅仅是一瞬间。

转眼桃子舅妈的脸又亮了起来，恢复了往常的语气，陡然换了个话题，向我提议：“对了，一起去旅行吧？”

虽然离观赏红叶的时间还早，不过游客也会相对稀少，可以悠闲地观光。“你工作忙吗？”桃子舅妈一连串问过来。

“还好，我们公司工作时间上比较灵活……”

“那就是没问题喽？”

“嗯，算是吧……”

我起初想托词回绝，却又对她刚才流露出的表情莫名在意，最后还是点了头：“那就去吧！”

很难形容我当时感受到了什么，说是悚然心惊，也不尽然，还没有那么严重。但我确实从桃子舅妈那一瞬间的表情上，感受到了某种难以言说的、类似征兆的东西，让我无法置之不理。

在桃子舅妈提议旅行之前，我跟和田先生在“思波尔”见过两次面。两次都是我去看桃子舅妈回来，顺道去了咖啡馆，他刚好也在。看来他说自己常来这里是真的。和初见时一样，他坐在临窗的座位，一手支颐望着窗外。

是不是想见到和田先生，我自己也说不上来。去咖啡馆时，我并没有抱着特别的期待，但走进店里，看到和田先生的背影时，我总会“啊”地低呼一声。

每次朝着他的背影打招呼“晚上好”时，他总是肩头一颤，仿佛从梦中醒来一般，然后像在确认什么似的，定定地看着我五秒钟，这才露出微笑，道声“晚上好”。

因为他邀我一起坐，我便在他对面落座，聊了起来。虽然都是些无关紧要的闲话，聊着聊着心情却奇妙地放松下来。有一次我们还在打烊前一起离开，散步到皇宫那里。

“那就回见了。”

“回见。”

我们不知道对方的联系方式，也无法保证还会再见，但临别时却都这样说。

之后第三次去咖啡馆时，和田先生不在。照说我应该没抱什么期待，却还是像希望落空了一般，微微有些失落。不过我心里也明白，如果他每次都在，反倒奇怪了。

那晚我坐在吧台前，不着痕迹地向老板问起他的事。老板也见过我和他聊天，对他印象颇深，当下点点头说："哦，那个不大起眼的客人啊。最近晚上他时常过来，不过以前有没有来过，我就不记得了。"

"他不是不起眼，是低调。"我温和地纠正老板的措辞。

"抱歉。不过感觉他总是在那里坐很久。"

"该不会是来见贵子小姐的吧？"一旁的高野冷不防语出惊人，"从远处看，感觉你们俩还挺般配的。"

我张大了嘴，盯着他看了好一会儿，最后认真地否认："怎么可能！"

"咦，那也不用这么生气嘛。"

"你就别多嘴了！"

老板开口赶人后，高野说了声"对不起"就落荒而逃。

我将咖啡杯送到嘴边，在心里再次否定高野的话："怎么可能啊！"

但如果，如果他说的是事实呢？

和田先生是个很出色的人，爽朗而有礼貌，颇具幽默感，对书籍也很熟悉，从不夸夸其谈，也不会发出猥琐的笑声。这样的品性，应该会令很多女性心动吧？

那么，我又该作何打算？

正想到这里，我忽然发现老板还在定定地看着我。

“老板，你这老是观察别人的毛病还是改了的好，不然会被女孩子讨厌的。”

被我冷冷地一说，老板“哈哈哈”大笑起来，匆忙跟着高野消失在了后厨里。

我已经无心思考，决定看看和田先生提过的小说《坡道途中》。这是我去看桃子舅妈时，在即将打烊的森崎书店的书架上偶然发现的。伸手去拿时，舅舅还在一旁说：“这部作品不怎么样。”我回了句“没关系”，递给舅舅一百元，买下了这本书。

这是个两百页左右的简短故事，当晚我在“思波尔”看后，回到家继续看，临睡前就全部看完了。

诚如和田先生所说，这是一个悲伤的爱情故事。

战争结束后逐渐复兴的东京，故事的主角——默默无闻的作家饭田松五郎，在坡道途中一家新式的咖啡馆中，邂逅在那里工作的美丽少女浮世，对她一见倾心。起初浮世没把他当回事，但松五郎每天都去咖啡馆倾诉情意，终于和浮世走到了一起。本以为从此都是幸福的日子，却不料浮世因为父亲欠下巨款，被迫和富家少爷订婚，而前路茫茫、朝不保夕的松五郎，根本无力阻止。

在绝望和孤独之中，松五郎执着地坚持写小说。他不断勉励自己，如果有一天出人头地了，或许就可以夺回浮世。过了三十五岁那年，松五郎终于如愿成为享有盛名的作家，然而此时他却得知一个残酷的事实，浮世已染上流行病离开了人世。

从此以后，松五郎终日沉湎于酒、女人和毒品之中，放纵的生活让他身体渐渐垮了，但他没有片刻忘记过浮世，每天都去两人初次相遇的那家咖啡馆。一个冬日的夜晚，从咖啡馆回来的路上，松五郎吐血倒地。意识逐渐朦胧之际，他的心头依然只有浮世的面影……

松五郎那煎熬而又执着的感情深深打动了我，读完这本小说，我的心情很沉重，泪水忍不住簌簌而落，将书页打湿了一小片。

躺在被窝里，我心想和田先生可真是个浪漫的人啊，不知不觉沉入了梦乡。

当晚我做了个梦，梦见自己成了小说里那家咖啡馆的老板娘，摇晃着浮世的肩膀，拼命劝说她和松五郎在一起。

14

“为什么你要和她一起去旅行呢？”

旅行的前一天晚上，我独自留在公司加班时，接到了舅舅打来的电话。听他的口气，他刚刚才从桃子舅妈那里得知了旅行的事，声音里带着困惑：“我是拜托你打探她的事，可也不用这么拼啊！”

“哎呀，聊着聊着就成这样了。”因为很难解释清楚，我只能这样含糊地回答。

“准是她自作主张，硬拉着你去的吧？”舅舅担心地问。

“没那回事啦。”

“真的没问题吗？”舅舅依然放心不下，于是我刻意开朗地说：“我会给你带特产的。”

“贵子你觉得可以就行。”舅舅不情愿地妥协了，“对了，三郎几次怒气冲冲地来书店，声称要跟桃子见面，到底是怎么回事？”

我想起“思波尔”里的那一幕，不由得笑出声来。“他应该是想教训桃子舅妈几句吧。”

“什么？”电话另一端的舅舅吃惊地说，“那他只会三两下就被桃子拉拢过去，再高帽子一戴，就乐呵呵地回家了。那家伙特别擅长应付三郎这种人。”

我完全可以想象出那样的场景。“确实是会那样收场的吧。”

“会的，没有任何疑问。不过桃子白天时常外出，三郎来时她都不在，所以三郎很火大。”

“是吗？”

“我委婉地问她去哪儿，她也不回答。”

“问这做什么，她又不是小孩子了。”这回轮到我惊讶了，“况且她也都好好地回来了，有什么关系呢？”

“话是这么说没错……总之如果你不想和她一起旅行的话，不去也无妨。为什么她会邀请贵子呢……”舅舅絮絮地念叨着，终于挂了电话。

当晚结束工作后，我决定再去一次“思波尔”。

离开公司时已经九点多了，我有些懒得回家，便信步去了那里。到的时候店里人还很多，和田先生常坐的临窗座位上也坐了两名女孩。

我找了个空位坐下，拿出武者小路实笃的《友情》闲闲翻看起来。这是我买来预备旅行时消磨时间的，但却怎么也集中不了注意力。虽然并非抱着期待而来，但每当有客人进门时，我总会以为是和田先生来了，不自觉地向门口望去。

过了好久，就在我终于看到二十页左右时，和田先生真的出现了。我连忙向他点头致意，他缓缓向我的座位走来。远远望去，我有种异样的感觉，他看起来似乎比往常少了几分神采。

“你工作很忙吗？”等他落座后，我开口问道。

“没有，倒不如说蛮清闲的。”和田先生笑着回答，但他的表情依然很疲倦。

随后就是一阵沉默。以前即使相对无言，我也不会在意，这次却莫名地感到压抑。再想起高野的那句话，我就更不知聊些什么好了。

“啊，对了。”我终于想起一件好事，笑吟吟地说，“我看了《坡道途中》。”

然而和田先生却显得不太感兴趣，低低地说了声：“哦，是吗？”我本来一厢情愿地以为他听了会很高兴，见此光景，不免既意外又沮丧。

“是个很老套的故事吧？”和田先生语带嘲讽地说。

“怎么会，我很喜欢这部作品。”

“可是一直到死都在等待心爱的人这种事，现实生活中是不可能发生的。”

“这、这样子吗……”

“至少我是这样。更重要的是，对方已经明确表示‘感觉很不舒服’。”

“啊？”我一头雾水地反问，和田先生却没有理会，自顾往下说。

“我们第一次约会的时候，我带她来了这里。她也很喜欢这家咖啡馆，后来我们又一起来过好几次。所以我对她说，我会一直在这里等她，如果有一天她改变了心意，希望她再来这里。但是前天，她在邮件里明确告诉我：‘这让我感觉很不舒服，不要再等了。’”

听到这里，我总算明白他在说什么了。什么嘛，原来是这么回事。这种事应该一早就说出来啊！不过，他也没有告诉我的必要就是了。

原来他一直在等待那位和他一起来过书店的漂亮女孩，这不就像松五郎一直在等待浮世吗？或许正因为如此，他才会对那本小说那么投入，反复看了那么多遍。

什么嘛，这都什么事嘛！我在心里念叨了好几遍，倒也没有多伤心。我内心深处一直隐约感觉得到，他对我并不关注。我只是觉得，一个人想东想西、自作多情的我，真是傻透了。

奇妙地有说不完的话？就像认识了很久的朋友一样？不是这样的。只是因为和田先生很亲切地听我说话，我就老实不客气地说个没完，还自我感觉良好罢了。终于意识到这一点时，我不禁感到很抱歉。

“对不起，净说这些无聊的事。”可能是注意到了我一直低头不语，和田先生带着歉意说。

我用力摇头：“我才应该说对不起。”

“咦？为什么贵子小姐要道歉呢？”和田先生吃惊地瞪大了眼睛。

“就是觉得很抱歉啊。”我坚持说道。

“哦……”

我其实还想再表达一下歉意，但怕他觉得我很怪，只能硬生生咽回去。明知应该马上换个话题，却还是按捺不住内心的好奇：“你……很喜欢她吧？”话刚出口我就后悔了。和田先生轻轻一笑。

“我自己也不喜欢自己的幼稚，但有一件事我一直很清楚，我和她从一开始就没有任何共同语言，不可能走得长远。可我偏偏就是不肯放手，像‘虽然喜欢她，但终究个性差太远，还是算了吧’这种想法，压根就不曾有过。我一向自认是个冷静的人，没想到也有热切的一面，让我有些惊讶。”

不用在这种时候也这么理性地分析吧！他还真是有点奇怪。

“那个……我觉得你是个很好的人。”我想让和田先生振作起来，于是这样说道。本来还想寻找更好的措辞，一时却想不出来。但这句话也是由衷而发，和田先生人真的很好。

“谢谢你。是的，我的确是个好人，这一点你说得没错。不过她也说过，‘你是个好人，但很无趣。’”和田先生说完，淡淡地笑了。

“这话可有点过分了啊！”我不禁对那位女性有些生气，觉得她一点也不理解和田先生的好处。

“不，我自己也有同感，所以反而佩服她说得一针见血。不过现在说这些都已经没意义了，这个话题就到此为止吧。”

说完，和田先生便换了个话题，问我：“你最近过得怎样？”可我心里很难过，都没办法好好说话。

“对不起，我明天一早还有事。”我没情没绪地聊了几句，便起身告辞。

“这样吗？”和田先生的表情略显错愕。

“咦，贵子，这就回去啦？”正要离开咖啡馆时，老板在门前叫住了我。

“嗯。”我简单回了一句便步出店外。

唉，总觉得老板会察觉到我低落的情绪，一时半会儿我都不想再来这家店了。

走在路上，我的心情越发怏怏不乐，至少叹了三十次的气。

当我想起看了一半的书落在餐桌上时，人已经在返程的电车上了。

15

我和桃子舅妈约好十点钟在新宿车站碰面。

虽然是阴天，但电视台的天气预报说午后就会转晴。难得去享受一次带薪旅行，我尽力抛开昨晚的消沉情绪，从住处出发。

桃子舅妈在人流如织的新宿车站南口出现时，一身轻便装束，完全看不出她是要去旅行。她只背了个乍看像儿童用的小巧帆布背包，头发束在脑后，身穿绿色连帽衫搭配黑色运动裤，再加上个子也不高，远远望去，就像去郊游的少女一样。

“哎哟，你这可不是去登山的打扮啊。”桃子舅妈一看我的衣着就皱起了眉头。因为许久没旅行了，我很兴奋地穿了前不久大减价时买的连衣裙出来。

“可是我穿了运动鞋呀。”我辩解说，“包里也带了登山穿的衣服。”

“没必要带那么多行李啦。”

被桃子舅妈这么一说，我不由得一阵沮丧，好像只有我一个人对这次旅行期待到不行，感觉很丢脸。大概是见不得我这个模样，桃子舅妈跟着打圆场说：“不过，年轻就是这样，总是会带上很多行李。”

“莫非年纪大了，连旅行的行李也会缩水？”我反击道。没想到桃子舅妈不假思索地说：“贵子你真讨厌！我只是嫌麻烦而已。”原来如此，这我倒是可以理解。

“总之，今后三天多关照啰。”桃子舅妈突然挺直身体，像演戏似的鞠了一躬。

“这话该我说才是。”我也有样学样。

我们从新宿搭乘新干线，在立川车站换乘青梅线。来到东京将近五年，这一带我还是第一次来。青梅线的列车车厢很空，坐在我们对面的是个有点不良倾向的高中男生，看样子早上睡过头了，全程垮着一张脸，不停地抖腿，似乎在生全世界的气。桃子舅妈坐下后，一直哼着歌儿眺望窗外，我则因为前一晚躺在床上想东想西到天亮，不知不觉间，已经昏昏欲睡了。

过了一阵子醒来时，那个有点不良倾向的高中生早就不见了，想来是老大不情愿地去上学了吧。我向车窗外望去，不知何时云彩已消散净尽，展露出一片晴空。民宅等建筑物已几近绝迹，入眼都是旱田和水田，绵亘向远方的群山变得越来越庞大。

“太棒了！”我揉着眼睛感叹。桃子舅妈笑了一笑，说：“这只是刚开始呢。”

我们在御岳车站这个小站下了车，眼前蓝天的映衬下，群峰耸立，其中特别高大的一座山屹立在中央，厚重而雄伟，看上去纹风不动。此时红叶还难得一见，满山浓绿，山顶上就是我们要去的山庄。

“明明只是稍微离开市中心，感觉却像来到了很遥远的地方。”我看着眼前的景色喃喃说道。深吸一口气，清新的空气充满了肺部。没想到市内竟然保存着如此丰富的自然景观，我不禁心生感动。

“市中心也是这几十年才高楼林立的。”

听桃子舅妈这样说，我想起了国木田独步的短篇小说《武藏野》。独步生活的明治时代，武藏野还遍布着迷人的自然风光，想到这里，顿觉时代变迁之快真是令人目眩。

车站前的公交车站也很袖珍，我们从这里搭乘公交车，沿着国道前往位于山腰的缆车站。

公交车站的座椅上，已经坐了两群似乎是搭同一趟列车过来的游客，都是有男有女，年纪很大，也不知是出于什么原因一起出来旅行。我们微微点头致意后坐在一旁，一个看上去年纪最大的老太太微笑着问："哟，母女一起旅行？"桃子舅妈也笑嘻嘻地回说："是啊。"我心想我们可不是母女，但也懒得解释，于是点头默认了。

上了公交车，三个当地的小学生立刻向我们搭话。大概是已经见惯了游客，他们一点也不怕生。桃子似乎很喜欢小孩，眯着眼睛愉快地和他们聊天，问："你们读几年级？""一年级！"三个小男生很有精神地齐声回答。他们家里都在前方的山上经营山庄，每天要下山去上学。

"很辛苦吧？"我问。或许是同样的话听游客说得多了，他们一副轻描淡写的态度，很老成地回答："还好啦。"

"这边，这边。"下车后，孩子们领着我们爬上通往缆车站的坡道。他们一路飞跑，走在最后的我很快就有些气喘吁吁。桃子舅妈回头看看我，调侃说："哎呀，贵子，下了缆车真正的考验才开始，你现在就累成这样，怎么行哪？"孩子们也跟着笑，说："大姐姐真没用，城市长大的人就是这样。”说完又一起笑个不停。

“我是在九州的乡下长大的。”我试图反驳，可谁也不听，只顾快步前行。为什么桃子舅妈体力这么充沛呢？明明我们的年龄差距都会让别人误以为是母女。我打心底后悔没穿轻便的服装。

好不容易到了缆车站，桃子舅妈在特产店买了一瓶茶水饮料递给我，我连忙道谢接过，咕嘟咕嘟猛灌一气。

缆车宛如沿着清澈的溪流向山峰攀升，最后停在接近山顶的地方。我们和孩子们挥手道别，再次吃力地迈开脚步。现在的海拔已将近一千米，难以置信一小时前我们还在山脚下。

通往山顶的细窄道路两旁，林立着各处山庄的指引牌和宣传牌。桃子舅妈口气轻松地告诉我，我们要去的山庄在山顶最深处，要走上四十分钟。“什么——”我忍不住流露出不满，她见状拧了一下我的脸颊：“不过风景也最美。”

一路不是上坡就是台阶，除了一家小商店和一处集会所之外，全是民宅和山庄。和从山顶下来的人们擦肩而过时，他们都热情地打招呼：“你们好！”我和桃子舅妈也很有活力地回应：“你们好！”其中大多数是上了年纪的人，但也遇到过几次年轻情侣和看似大学生的旅行团。年轻人几乎都和我一样穿得很日常，让我总算安心了一点。

终于看到目标山庄时，我早已上气不接下气，桃子舅妈可能也有些累了，喘了口粗气说：“嗨，到了到了。”用手帕擦掉额头的汗水。

这是一栋集住家和民宿于一体的木造三层建筑，年头相当久远，后面就是陡峭的悬崖。宽敞的院子里随意堆放着耕耘机、生锈的自行车和原木等，一股生活气息扑面而来。说好听点是很朴实，说难听点就是一副穷酸相。不过一个除了清爽整洁别无特色的旅馆，本来也不像是桃子舅妈会住的地方，所以我一眼看过去，也觉得这里还不错。

“有人在家吗？”桃子舅妈推开大门，朝里面唤了一声。过了一会儿，从走廊传来啪嗒啪嗒的脚步声，一个年轻女孩出现了。她身穿宽松的牛仔裤搭配明显大一码的运动衫，看上去二十岁上下。

“哟，这不是桃子阿姨吗？”女孩一看到桃子舅妈，就用完全不像是对待客人的直率口气说道。

“好久不见了，阿春。你还好吗？”桃子舅妈也很爽朗地回答。

“这是哪位？桃子阿姨的女儿吗？咦，桃子阿姨有孩子？”

“我是她的外甥女贵子。”不等桃子舅妈又说出我们是母女，我就抢先向这个叫阿春的女孩打招呼。她虽然给人的感觉有点粗鲁，但应该并没有什么恶意。

“哦，你好。”说着，她也向我点头致意。

里面又响起脚步声，这次缓步而来的是一个五十来岁的女人，身穿围裙，头上扎着三角巾。

“桃子，你来得好早。”说完，她露出亲切的笑容，感觉是个说话爽利、很热心肠的人。

“好久不见了，老板娘。”桃子客气地向穿围裙的女人低头行礼。

“怎么，桃子阿姨又要在这儿上班了？”

“不是的，阿春，桃子今天是以客人的身份过来。”

“哎呀，原来是这样？”

就在我不解地看着她们对话时，桃子舅妈凑过来耳语：“我离开阿悟后，住在这里工作过一段时间。”

“原来是这么回事？”

我惊讶地提高了声音，桃子舅妈却一脸不以为意地答说：“是啊，就是这么回事。”

老板娘带我们去看房间，这时刚过下午两点，我们是今天第一拨客人。

山庄的内部和门外一样杂乱，东西堆得满满当当。过道旁放着里面空空如也的水箱、堆成小山的杂志、旧电视机、木吉他等，我悄悄瞄了眼门旁的厨房，里面也相当凌乱。厕所、洗脸台和浴室都是公用，与其说是旅馆，更像是集体宿舍。到了暑假，这里想必会被大学的社团占领吧。我不知道其他山庄是否也是这种风格，总之，这家旅馆处处散发着令人放松的氛围。

我们被带到最靠里的房间，因为这里景致最佳。十张榻榻米大的日式房间，两个人住刚刚好。窗外环绕着郁郁葱葱的绿色，风轻柔地吹过树梢，沙沙作响。有时会传来咕咕的鸟鸣，许是斑鸠吧。远方群山朦胧，淡蓝色的天空中，鱼鳞状卷积云徐徐飘过。凝神看着这一切，对时间的感觉都变得迟钝了。

我在窗边坐了好一会儿，出神地眺望着外面的景色。旁边的桃子舅妈可能是沉浸在感伤之中，难得沉默不语地看着窗外。在这里工作、生活是什么样的感觉呢？我试着想象了一下，意外地发现自己应该会很享受。

就在这时，有人用力敲门，阿春走了进来。她双手提着看上去很重的煤油炉，放在房间的角落："现在夜里已经很冷了。"

"谢谢你。"我们说。"乐意效劳！"阿春像小酒馆的店员似的回了一句，然后离开了。

“桃子舅妈，你在这里干了多久？”我问桃子舅妈。

“三年左右吧。”桃子舅妈侧着头回答。

“离开这里以后，是怎么过活的呢？”

“我做过很多事。人嘛，只要有这份决心，在哪里都活得下去。”

的确，我也觉得如果是桃子舅妈，不论在什么地方都能坚强地生活下去。

“好了，”说完，她霍然站起，“晚饭前我们出去走走吧。”

正式的登山是在明天，我们决定先去参拜山顶的神社。旅馆距离神社很近，用桃子舅妈的话来说，就是走过去五分钟都不用。

穿过特产店和餐厅紧挨在一起的角落，巨大的鸟居[①]就出现在眼前。我们跟着前面几位游客，简单行过一礼后踏进神社的区域。

神社远比我想象的气派，排列着宝物殿等好几座建筑，参拜的道路旁竖立着许多杂乱无章的石碑。看了宣传牌上介绍的历史

①日本神社建筑物，颇似中国的牌坊，主要用以区分神域与人类所居住的世俗界，代表神域的入口，可视为一种“门”。鸟居一般有两根支柱，上面有两道横梁，一般以木材制造，刷上生漆。

渊源，我才知道这里创建于奈良时代以前，中世纪以后成为关东山岳信仰的中心，大批信徒前来参拜。

最先震惊到我的，是那么久远之前，深山里就有这么宏伟的神社存在了，而且数百年以来，无数人为了参拜登上这座山。当时还没有现在的交通手段，须得徒步走上几天甚至几十天，对他们来说，造访此地的意义之重大，远非现代人可以想象。一念及此，本没有信仰的我也不禁肃然。

我们沿着相当陡峭的石阶前往正殿，路旁野生的龙胆开出娇艳的紫色花朵。不过说起这段石阶，可真是漫漫无尽，仿佛怎么都走不到正殿。其他的游客也都喘着粗气往上爬。终于来到前殿时，我已经累得只剩一口气了。

好不容易调匀了呼吸，我们一起投下香钱，合掌参拜。

等我祈祷完毕，转头看旁边的桃子舅妈时，她还在双手合十祷告，表情异常认真。

“你在祈祷什么呢？”桃子舅妈睁开眼睛后，我问道。

“没什么。”

“可你刚才不是很热切地合十祈祷吗？”

“神社并不只是祈祷的地方，也是对神明的护佑表达感谢之情的地方。”

“哦？我就只是干脆地许了愿。”

“你许了什么愿？”

“无病无灾，还有今后尽可能不用为金钱烦恼。”

“这还真是你的风格。”桃子舅妈笑了。随后她扫视了一眼神社，说道：“离开阿悟后，我信步到了这座神社参拜，回去时就住在那家山庄。因为无处可去，我就请求老板娘让我住下来打工。老板娘丈夫前不久过世，阿春也还没来，正为人手不足发愁。不过她肯雇用我这样一个来历不明的大婶，人也是真的好。”

说的是自己的往事，却一副事不关己的淡然口吻，我不禁莫名地感到佩服。

最后我们再次行了一礼，离开在夕阳下闪着光辉、美不胜收的正殿，沿着坡道返回旅馆。

洗完澡把汗水冲掉，躺在床上等随后去洗的桃子舅妈时，我似乎又被睡魔侵袭了。等桃子舅妈把我摇起来，早就过了晚饭的时间。

就在我酣然入梦的时候，山庄又来了两拨客人。我们在用餐的大厅里碰了面，其中一拨是祖孙三代出游的家庭，一拨是两名中年男性。两位大叔已经喝到有三分醉意了，见我们进来，大着嗓门打招呼说：“我们先吃啰！”

晚饭的量多到让人吃不消。老板娘端了各种各样的菜上来，有煮菜、纳豆、腌萵头、朝鲜泡菜，一样样加起来着实丰盛，还有火锅和天妇罗。最可口的是味噌烤香鱼，就着米饭和酱汤吃得我心满意足，火锅和天妇罗就由大叔们“扫荡”了。

得益于旅馆的轻松氛围，大厅里大家聊得出奇的热闹。大叔们爱好爬山，这座山已经来过几次了，所以喝得酩酊大醉之余，还不忘热情向我们推荐景点。可惜猪牙花、莲花升麻等花卉的群生地都已过了观赏期。

至于三代一同出游的那家人，是因为孙子即将结婚，在结婚前全家人来一次短期旅行。奶奶已经八十七到八十九岁了（关于她的年龄，家人之间发生了小小的争论），据说是孙子用轮椅把她从缆车站推到这里的。

“这是我最后一次旅行啦。”听奶奶这样念叨，桃子立刻不容置疑地说：“哎呀！您这不是还年轻嘛！还可以经常出来旅行的！”说这些话的时候，她不知为何显得十分开心。

之后两拨客人都用完餐离开了，桃子舅妈和老板娘开始絮絮地聊个没完，于是我决定先回房间。

旅行前心头偶尔掠过的那抹不安，现在看来是我想多了。回到房间后，我回想着今天桃子舅妈的表现，得出这样一个结论。她看起来那么愉快，开朗的样子一如往常，应该只是怀念以前工作过的地方，所以想再来看看吧。

我就是因为总是莫名误判，才会落到今天的地步。和英明的事也再清楚不过地说明，我本来就是个感觉迟钝的女人。

不过算了，只要她玩得高兴就好。我一边等桃子舅妈，一边这样想着。

“明天要早起，今晚早点睡吧。”桃子舅妈回到房间后，丢下这句话就早早钻进被窝。

但我因为已经在不经意间小睡了两次，迟迟无法睡着。桃子舅妈钻进被窝后，三分钟就沉入梦乡，在身旁呼呼地酣睡（间或还发出鼾声）。

此时我不禁后悔把小说忘在了“思波尔”。与此同时，和田先生的脸也浮现在心头。

他现在在做什么呢？应该已经睡下了吧。虽然这里离东京不远，但在陌生的土地上度过无眠的夜晚，总感觉有些寂寞，格外想见到他。早知道就该问一下联系方式，又不是什么会遭报应的事。今后我们很可能不会再见面了，因为和田先生已经没有了去那家咖啡馆的理由。想到这里，我心里还是止不住地难过。

我越想越清醒，于是悄悄走出房间。整个旅馆寂无声息，只有走廊尽头小屋的纸拉门里透出灯光。我蹑手蹑脚地走过去，朝里面瞄了一眼，只见阿春盘腿坐在桌前，专注地盯着电脑屏幕。她的表情很认真，一如在神社合十祈祷的桃子舅妈。

就在我准备悄然走开时，阿春发现了我，随口问道："怎么啦？"

"有点睡不着。"

"哦，那去散会儿步？今天是晴天，星星很漂亮。"她冲着门口扬了扬下巴。

"好，我去散步看看。"说完，我正要走出大门时，阿春拿起手电筒追了上来："等等，外面一片漆黑，一个女孩子很危险。"

我们静悄悄地打开大门，步出庭院。

因为海拔很高，虽然还只是十月中旬，呼出的气息已经发白了。抬头仰望星空，看上去比平时近了许多。如今这季节在市中心不可能看到的冬日的星座，正在悬崖对面起伏的山脊线上方闪烁。

我们悠闲地走到神社附近，这一带已是夜深人静，没有一处住家的窗口亮着灯。只有我们的拖鞋呱嗒呱嗒的声音清脆地回响着。

“不好意思，让你这么晚来陪我。”

“没什么，我刚才只是在浏览 2ch[①]而已。”阿春从裤子口袋拿出一支香烟叼在嘴里，点上火，朝着黑暗“呼——”地吐出烟雾。

“阿春，你从什么时候开始在这里工作的？”

“高中毕业一直到现在。这里的老板娘是我亲戚。”

“原来是这样。”

“这边的旅馆基本都是家人或者亲戚一起经营，再有就是本地的高中生放假期间过来打工，像桃子阿姨这种情况还蛮少见的。”

“工作愉快吗？”

“怎么说呢，我也没做过其他工作，所以说不上来。很多学生入住的时期会很热闹，这个时期就有点冷清。你们俩为什么会一起旅行呢？看起来感情也没有那么亲密。”阿春的口气似乎不是特别感兴趣。

“为什么啊……因为来之前，我觉得桃子舅妈好像有话想跟我说。不过现在看来只是我的错觉。”

①日本最大的网络留言论坛。

“是吗。不过说起来，桃子阿姨当初在这里的时候，性格要阴郁得多，好久不见，竟然变得这么开朗，我还真是吃了一惊。”

“这样子吗？”

“嗯。最后那段时间感觉比较精神了些，但我刚来的时候，她几乎不说话，让我觉得她有点可怕。”

我完全无法想象那样的桃子舅妈。

“算了，我也不是很了解她啦。”说完，阿春将烟头丢进鸟居前的烟灰缸里。

一颗流星倏地划过夜空消失，阿春跟着打了个大呵欠。

“差不多该回去了吧？”我说。

阿春吸溜了一下鼻子，点头说：“是哦。”

16

隔天早晨，我一点都不想起来，一直赖在床上。桃子舅妈几次想把毛毯掀掉，我都死死抓住不放。

九点过后，我终于睡醒了，起来洗了脸，满旅馆找桃子舅妈。老板娘忍着笑意说：“准是在院子里。”我依言出去一看，桃子舅妈果然穿着浴衣站在庭院中央，在清晨的阳光下摆出奇怪的姿势。

“你在干吗？”我问。桃子舅妈答说在打太极拳，听她的口气，这是她这几年早上坚持的习惯。

“对健康很有好处，还能让人心情开朗。你这个瞌睡虫要是有兴趣的话，就一起来练习吧。”

莫非在森崎书店的时候，她也每天早晨都在门前练习？上班族经过还没开门的旧书店前，看到一个大婶在打太极拳时，想必会惊讶不已吧？想象着那样的情景，我差点忍不住笑出声。

吃完早饭，我和桃子舅妈总算要出发登山了。我今天穿上了便于活动的服装，一切准备妥当。其他住客老早就出发了，听到我说“哎呀，时间还很充足”时，桃子舅妈冷冷地瞥了我一眼。

“路上小心！”在老板娘的目送下，我们离开了旅馆。沿着山路翻越两座山，就是视野极佳的观景台，我们便以那里为目标。

山中遍布杉树林，高度是我身高的五倍之多，行走其间只觉凉意袭人。可爱的野花随处绽放，桃子舅妈指着花儿告诉我它们的名字。不愧是在这里住过好几年的人，对山中生态了如指掌。而我自从小学时参加暑期夏令营爬过山，已经多年不曾和山打交道了。和能干的导游一起爬山，自是一大乐事，也不用担心会迷路。心情甚佳的我，甚至哼起了夏令营时唱的《森林里的熊先生》。

不过，也只有起初一段山路可以轻松唱歌，不久平坦而宽广的路面就逐渐收窄，坡度也变得陡峭，仿佛在说“可别小瞧了山”。而且路况也很不好，稍不留神就容易滑倒，让人胆战心惊。

“熊先生开口就说……”没多少运动神经的我，这边还在悠哉地唱歌，转眼就跌入“地狱底层”。桃子舅妈却没把糟糕的路况当回事，依然是一副轻松自如的样子，毫不停顿地径直向前。只有当我们拉开距离时，才会停下脚步，在前方不远处等我跟上。

“我说导游小姐，我们走慢一点吧！”走过天狗岩这块巨大的岩石后，我忍不住抱怨道，但桃子舅妈毫不客气地一口拒绝。“是谁害得我们时间不够啊？如果不走快点，回来时天就黑了，山里一到傍晚就黑透了。”被她这么一说，我只能闭嘴。“再走一会儿就休息，加油！”桃子舅妈说完鼓励的话，又大步流星地往前走。

午后时分，我们终于在溪流旁休息了片刻，每人分了两个老板娘为我们准备的饭团。阳光透过树梢洒在森林里，听着悦耳的流水声，疲劳也消解了不少。

我一屁股坐在岩石上，深吸了几口清新的空气，调匀急促的呼吸。桃子舅妈似乎还绰有余力，悠哉地大口吃着饭团。

“桃子舅妈，你可真是有活力啊！”

“没想到贵子年纪轻轻，却一点体力也没有。”

“桃子舅妈的话，感觉可以精神抖擞地活到昨天遇到的老奶奶那把年纪。”我笑着打趣说，桃子舅妈听后也笑了。

“不过，我恐怕没办法做到了。我生病了，很多地方都出了问题。”

“啊？”我错愕地问，桃子舅妈却充满干劲地喊了一声：“好了，休息完毕，再有不远就到啦！”然后又迈步向前。

生病？桃子舅妈生病了？可是一点都看不出来啊……

我停在原地不动，桃子舅妈回头叫我：“你再磨磨蹭蹭，我就丢下你不管啰！”我慌忙站起身，快步追上她那瘦小的背影。

之后我们几乎没再说话，只顾埋头往前走。走过一段全是坚硬石块的下坡路，又绕了山半圈，再爬上另一段坡道，就这样上上下下，不断重复，我的脚几次叫苦不已。

终于，眼前展露出开阔的天空，我们来到了山顶。

山顶上有一座观景台，外形就像碟子上的布丁。红褐色的土地上，只长着寥寥几棵松树，前方就是陡峭的悬崖，悬崖前的长椅上，坐着一位先到的中年男游客，周遭一片静寂。我们并肩坐在男游客对面的长椅上，凉风迎面吹拂，为我们火热的身体降温。

山顶看到的景色的确震撼人心。放眼望去，绿意无边无际，群峰绵亘不绝。天空感觉非常近，而且清透到了极致，定睛看久了，仿佛会被吸进去。

凝神看时，极远处东京的街道小如豆粒。虽然知道明天自己仍将在豆粒中生活，此时此地却完全没有真实感，甚至还有种感觉，干脆就在这里生活下去也不错。桃子舅妈刚来这里的时候，应该也是这样的想法吧？

“对了，桃子舅妈。”

“嗯？”

“你为什么决定离开阿悟舅舅呢？”不是因为舅舅的嘱托，纯粹是我自己想问，所以就开口问了。在这样的时候，桃子舅妈也一定会好好回答吧，我忽然有这种预感。

“嗯……”桃子舅妈凝视着前方，微微点了点头。我同样沉默地望着前方，等待她开口。一只燕子悄然从空中轻快地掠过。

“我跟你说过，我以前喜欢过一个人吧？”桃子舅妈依然望着前方，幽幽说道。

“嗯。”

“当时我怀了那个人的小孩。我对家庭有着强烈的向往，所以开心得不得了，可是他并不高兴，因为他在日本已经有老婆孩子了嘛。不过我是后来才知道就是了。”

一阵强风呼啸吹过，漫天风沙飞舞，过了好一会儿，周遭才重归静寂。

“如果当时的我再坚强一点，或许就能守住那孩子。可是我做不到。我没有自信能在深深伤害、折磨他人的同时获得幸福，也没有勇气付出代价生活下去……事后我后悔得要命，可一切已经太迟了……”说到这里，桃子舅妈低低地叹了口气，微微一笑。

“后来我遇到阿悟，和他结了婚。阿悟也很渴望孩子，我却迟迟没能怀孕。过了十年终于有了宝宝，阿悟自然乐开了花，我也高兴得要落泪，可那孩子却在出生前夕胎死腹中……我觉得那是我的报应，当初打掉孩子的报应，我已经没有生孩子的资格……阿悟尽管自己也很伤心，还是极力地安慰我。那个人就是像个笨蛋似的温柔，贵子你也知道的吧？”

我轻轻点了点头。

“于是我也多少恢复过来，为了重振森崎书店，我们两人一起拼命努力。可能是为了照顾我的感受，阿悟从此绝口不提孩子的事，更加全心投入书店的经营。

“我自认也很喜欢那家书店，对它的感情绝不亚于阿悟，但经营书店并不能让我满足。几年过去了，悲伤依然挥之不去。我一直觉得肚子里仿佛开了个洞，随着时间的推移，那空洞不仅没有消失，反而越来越大……渐渐地，我感到怀着这样的心情一起生活，本身就是对阿悟的背叛。终于有一天，当我回过神时，人已经来到这里了。”

桃子舅妈似乎屏住了呼吸，直到说完，才长长地叹了口气。

“以我的自私任性，即使被轻视也是应得的。所以我没有勇气告诉阿悟。贵子你也很吃惊吧？”

我想不出该说什么话才好，现在的我，恐怕还无法想象她的伤痛，但至少叙述背后那份真切的心情，我完全可以理解。简单的安慰对她没有任何意义，我只能沉默着摇头。

过了一会儿，桃子舅妈慢慢站起来。“净说些无聊的话，不好意思啊。我们赶快回去吧！”

我这才发现太阳已开始朝着山脊线缓缓沉落。

从山顶回来的路上，桃子舅妈依然健步如飞，我则因为种种想法在脑海里盘旋，全程都很恍惚，结果不小心滑了一跤，一屁股跌坐在地上。

筋疲力尽地回到旅馆时，天色已相当暗了，不知何时还下起了雨。因为离晚餐时间还有一小时，我径直去了浴室。

茫然地望着天花板，我在热水里泡了很久，感觉这一天过得着实漫长。向窗外望去，深浓的夜色已逐渐弥漫开来，乳白色的水蒸气仿佛被吸进了夜色中一般。

突然门被用力推开，我吃惊地看过去，只见桃子舅妈光溜溜地站在蒸腾的热气中。脱了衣服的桃子舅妈，看上去比平时更加娇小。

“一起泡澡可以吗？”

“噢……好，来吧。”

不等我回答，她已经飞快地跨进了浴缸。

“贵子，你可真是年轻啊，皮肤这么水嫩。”

桃子舅妈打量着浴缸里的我说，我条件反射地转身背对着她。

“我年纪也不小了。”

“哪里，你还早呢。你看，你从脖颈到胸部的线条特别漂亮，这种地方是最容易看出年龄的。还有这光亮的皮肤，真是羡慕。”桃子舅妈咧着嘴傻笑，一脸不正经的表情。

“你这完全是性骚扰了！”我错愕地说。

“哎呀，贵子真讨厌。”说完，桃子舅妈豪爽地哈哈大笑。浴室里回荡着她那欢畅的笑声。

她的下腹部有一道十厘米左右的竖向手术疤痕，看着让人心痛。她一进来时我就注意到了，虽然桃子舅妈似乎无意掩饰，我却总觉得看到了不该看的东西，不着痕迹地移开了视线。

我很自然地想起了她白天说的话，感觉喉咙仿佛被堵住了一般，都没法自如地说话了。

桃子舅妈冲洗干净身体后，进入浴缸坐在我旁边，闭上眼睛快活地说："呼，太舒服了。"看着她的侧脸，我突然有种不可遏制的冲动，想要紧紧抱住她。

"咦？"我朝窗外一指，趁她的注意力被吸引过去，猛地扑向她。但桃子舅妈察觉到了危险，敏捷地躲开了。

"这、这是干吗？"桃子舅妈尖叫一声，吃惊地看着我。

"没什么。"我哗啦哗啦地蹚着热水前进，用牧羊犬赶羊的技巧把她逼到浴缸的角落。

"怎么啦，贵子，你的眼神很吓人。"桃子舅妈怯怯地问。我不管不顾地扑了上去，闭上眼睛紧紧抱住了她。桃子舅妈的肩膀很瘦小，但很温暖。

"等等，哎呀，你干什么啊！"桃子舅妈拼命抵抗，浴缸里热水四下飞溅，水面晃动不止，但我就是不松手。

终于，她放弃了挣扎，任由我抱着她，身体也放松下来，还把头靠在我身上。

"服了你了，原来贵子还有这种兴趣。"桃子舅妈靠着我说。

“大意了吧？”

我们吃吃地笑着，挤在宽敞浴缸的一角拥抱了很久。

17

第二天晚上比昨晚过得还要平静。

昨晚遇到的两拨客人都已下了山，今天新来的一对男女似乎关系暧昧，用餐时也一直在小声说话，我不禁心烦地想，要干见不得人的事，就应该去温泉旅馆，何必特地跑到这种类似集体宿舍的地方。

可能是出于体贴，老板娘上菜时，打开了餐厅中央那台很有年头的电视机。但电视机的声音有问题，屏幕里喧闹的笑声不时戛然而止，气氛反而显得更冷。我受不了这种突然的冷场，过去把电视关了。

回到房间后，我们钻进床上并排铺好的被窝，熄了灯，房间里也分外安静。雨似乎也停了，已经听不到远处传来的雨声。桃子舅妈小声念叨：“明天就晚点出发吧？”我也心不在焉地回应：“是哦。”

黑暗中，我定定地望着天花板。因为桃子舅妈只要有一点灯光就睡不着，所以房间里一片漆黑。不过我一直睁着眼，眼睛逐渐适应黑暗后，东西的轮廓隐约浮现，也就可以看清楚了。

“桃子舅妈，你睡了吗？”过了一会儿，我悄声问旁边的桃子舅妈。

“嗯？”桃子舅妈似乎也没睡，立刻有了回应。

“我们可以聊几句吗？”我望着天花板，小声说道。

“好啊，我也正想聊聊天。”

“关于你白天提到的事……”

“什么事？”

“就是生病……”

“啊，哦。”桃子舅妈顿了一下才回道。

“情况不是很好吗？”我像念台词似的一口气问道。黑暗中，我的声音听来满是不安。

“这个嘛，说不大好，的确不大好，说没那么严重，倒也没那么严重。”停了片刻，桃子舅妈才轻声回答。

“什么意思？”

“嗯……”桃子舅妈沉吟了许久，“也就是说，在这个世界上，有些人因为遭遇意外事故，或是突发急病，甚至来不及向任何人告别就撒手人寰，不是吗？与他们相比，我觉得我要幸运得多了，我还有很多道别的机会。”

“你的病……”

“没事，不用太担心，一时半会儿还死不了。我前不久才住了院，摘除了子宫，现在定期去医院复查，观察恢复情况。总之，这几年都不能掉以轻心。”

“所以你是因为生了病，才决定回到舅舅那里……？”

“生病以后，一开始我完全没有回去的念头。但在住院期间，情绪相当低落的时候，我做了一个梦。”

“梦？”我在黑暗中翻了个身，面向桃子舅妈的方向。但光线太暗了，看不清她的表情。

“是的。梦中我乘坐一条船，正要从港口起航。不对，也许我自己就是船。总之，我一直看着前方，朝着地平线驶去，心里很清楚再也不会回来了。然而一回头时，却发现港口站着一个男人，正朝我用力挥手。我一眼就认出那是阿悟。那一刹那我有种深刻的预感，我从此将永远见不到他了，于是我也拼命对他挥手，可是我的船速太快，阿悟的身影愈来愈小，回过神时，已经看不到阿悟了，只有我一个人漂浮在海里。这就是我做的梦。”

桃子舅妈在被窝里窸窸窣窣地动了动，转向我的方向，然后短促地一笑。“说来丢脸，梦醒以后，我在病房里哭得连自己都吃惊。明知道这只是个梦，泪水还是止不住地流，最后终于呜咽出声。我是个很少哭的人，都不记得上一次哭是什么时候的事了，那天却哭得一塌糊涂，因为真的是悲伤到了极点。所以我才无论如何都想再见一次阿悟。很好笑吧？”

“怎么会。”想象着桃子舅妈当时孤独寂寞的心情，我连连摇头。只是我这样做，她也看不见就是了。

“绝对很好笑。”桃子舅妈任性地自行下了结论，“不过也因为这个契机，我才会厚着脸皮回来。”

“原来是这样……那么，你不打算告诉舅舅生病的事吗？”

“嗯，不打算。”桃子舅妈断然回答。

“为什么？”

“事到如今，我不能再增加他的负担了。”

“阿悟舅舅不是那么软弱的人。”

“是啊，他一定会接纳我的吧。但问题不在这里。这是心情的问题，我不能再过分依赖他了。”

“可是你不说的话——”不等我说出“怎么知道呢”，桃子舅妈就打断了我。

“这一点在我来见他的时候，我就已经做好决定了。”

“可是……可是……你不是都跟我说了吗？”我不自觉地提高了声音。

“因为毕竟还是想有个人谈谈呀。”桃子舅妈幽幽地低语，“不管是离家出走的事，还是生病的事，终归还是想向人一吐为快。而且我也很清楚贵子的性格，只要我叮嘱你别告诉包括阿悟在内的任何人，你就绝对不会说。”

“你这也……”我哽咽地说，“这也太狡猾了！”

“是啊，我很狡猾。对不起，贵子。刚才在浴室里你抱住我，我很高兴，真的真的很高兴。你是个特别温柔的孩子，阿悟一定也很喜欢你。”

我蜷缩在被窝里，眼泪簌簌地流着，不停地说“太狡猾了、太狡猾了”，桃子舅妈也一次次说“对不起”，但我仍然反复说了几十遍“太狡猾了”。

就这样，当我醒来时，才知道自己最后哭得太累睡着了。

第二天早晨，天空阴沉沉的，我们在老板娘和阿春的目送下离开了旅馆。桃子舅妈和来时一样，在门口很客气地向老板娘鞠躬道别，尽管老板娘笑着说“不用啦”，她还是坚持行礼。阿春也口气轻快地说：“还要再来呀！”用力向我们挥着手。

早上的桃子舅妈又恢复了平时的阳光，下山途中很开朗地跟我说话："看，天香百合开了。""那边叶子已经开始变红了。"我也尽量用开朗的态度回应，因为我自己也不知道还有什么更好的做法。

傍晚时分，我们在新宿车站分手。在人潮汹涌的检票口前，桃子舅妈朝我深深鞠了一躬，露出灿烂耀眼的笑容："谢谢你，贵子。我玩得很开心。"

于是我也豁出去问道："接下来你打算怎么办？"

"回书店啊。"

"不，我不是这个意思，我是问以后的生活。"

"嗯……"桃子舅妈沉吟了一下，抱起胳膊说，"反正总能过下去吧！"

说完这句话，她就洒脱地转过身，消失在了人流中。

直到已经看不见她那娇小的背影，我依然伫立在原地。想象着今后将会发生的事情，我只觉满腔的无可奈何。

18

两天后的上午，我接到阿悟舅舅打来的电话。凝视着手机屏幕，我已经预感到他是为什么事找我。

“不好意思，工作时间打扰你。”接起电话后，舅舅用低沉平板的声音说，“今天来书店后，我看到一封信……”

啊，果然。我不禁发出一声深长的叹息。当时真不该让她就那样离开。可是即使隐约知道会是这样一个结局，我又能做什么呢？

那个人真是狡猾，太狡猾了。我紧握着手机，感觉怒气在涌上心头。

“贵子？”因为我一直不开口，电话那端的舅舅纳闷地唤道。

“我这就过去。”

“咦，那你的工作……”舅舅还要再说，我已经收了线。

太狡猾了，太狡猾了，太狡猾了。驶往神保町方向的电车里，我在心里不停地念叨。这可不是成年人的处理方式。不过，我也未尝不能理解桃子舅妈的心情。失踪五年后突然回来，要开口说“我生病了”，确实会很挣扎。如果她还爱着阿悟舅舅，就更是说不出口。可是，被抛下的舅舅又是何种感受？之前桃子舅妈悄然离家出走，已经让他那么痛苦了。

我当然站在舅舅这边，就如同舅舅这么久以来，一直站在我这边。如果桃子舅妈就这样人间蒸发，我绝对不会原谅她。我的怒气阵阵上涌，简直按捺不住。我已经不记得上次发这么大火是什么时候的事了，气得连身体都在微微发抖。

到了书店，舅舅给我看了她留下的字条“谢谢你，多保重”。我“哧”地一下把字条撕破，丢到地上。舅舅错愕地看着我。

“这个人太狡猾了，太懦弱了，只把自己好的一面表现出来，然后就闹失踪。这纯粹就是在逃避现实而已！”

“贵子？”舅舅一脸担心地看着我，“我说，贵……”

我打断了舅舅的话，挺直脊背，自言自语似的宣布：“我要打破约定了。不对，本来我也没有答应，只是对方擅自要求我不说出去而已。”

“什么？”

面对张着嘴发愣的舅舅，我将那天晚上得悉的情况简单告诉了他。我当然知道舅舅会受到打击，但他有知情的权利，而且他也是唯一能挽留桃子舅妈的人。

然而舅舅并没有显出惊异的样子，等我说完后，他也只是轻轻点了点头，说了声：“嗯。”

“你已经知道了吗？”

“不知道啊。”

“可是……”

舅舅深深地叹了口气，无力地坐到椅子上。“当初她回来时，我就觉得应该是有大事发生。我以前也说过吧，那家伙一旦做了决定，绝对不会改变心意。可是她竟然又出现了……想到这里，我就不敢去细问究竟，所以才会拜托贵子。我真是个笨蛋，就因为没有勇气跟她好好谈一谈，才会导致这样的结果。”

听舅舅的口气，他似乎已经放弃了。我当即凑到他面前，直视着他的双眼说道：“一定还来得及。如果就这么让她走了，那就真的再也见不到她了。即使不知道会得出怎样的结论，也不能就这样放弃。你懂我想说什么吧？能挽留她的人就只有舅舅你了。”

“嗯……”舅舅只是有气无力地应了一声。

“所以快站起来！”我用尽全力大喊，“舅舅，你之前不是跟我说过‘不能逃避’吗？你和桃子舅妈都不可以逃避。我帮你看店，你快去找桃子舅妈。”

“可是，我该去哪里找她呢……”说话时，他的眼神依然迷茫。

“她在哪里你没有头绪吗？桃子舅妈最可能去的地方？”

被我一问，舅舅呆呆地看了我好一会儿，才说：“不，没有……”

“你骗人，一定有。她不是你太太吗？”

“话是这么说……可那也……”

“你好好想想，什么地方对她来说很重要？”

舅舅茫然地看了我好久，突然“啊”地低呼一声。“只有一个地方。很可能，不，绝对就是那里……”

“有吗？”我又问了一遍，这次舅舅用力点头：“有。嗯，或许还来得及。”舅舅像从椅子上弹起来似的，猛地站起。“贵子，这里就拜托你啰？”

“嗯。”

“不过没有薪水哦。”

“知道啦，笨蛋！”我怒吼道。现在是什么时候，还在这儿说傻话？舅舅就像屁股上被我踹了一脚，终于冲出门外。

但愿这一次，他能切实地挽留住桃子舅妈。

我站在书店门口，望着舅舅在樱花路上狂奔的身影。他的身影越来越小，但因为有腰痛的毛病，途中几次停下来伸手捶腰，这也是没办法的事。

直到舅舅的身影消失后，我依然出神地眺望着被高楼大厦遮蔽的狭小天空。秋日的淡蓝色天空中，大片的卷积云在缓缓流动。

“你在干吗？店开门吗？”一个中年男人在店门前停下脚步，疑惑地瞥了我一眼，然后越过我进了书店。我也跟着他回到店里。

“欢迎光临！”

我的任务已经结束，接下来就看舅舅的了。

我在以前的老位置——柜台后面坐定，等待舅舅和桃子舅妈回来。

19

再次见到和田先生，已是很久之后，行道树的叶子凋落殆尽的时候了。

那天晚上，我来到已将近一个月没光顾过的“思波尔”。前一阵子因为不感兴趣，路过时也是径直走过，但随着寒意一天天加深，我又怀念起店里的咖啡。

一推开店门，我就惊呼了一声。

和田先生就坐在靠里的餐桌前。我们的视线很快交汇，和田先生也发现了我。我心想真是糟糕，本想点头打个招呼了事，他却很有礼貌地站起身，等着我过去。

“你好。”我不知所措地在他对面坐下，他回了声：“好久不见了。”语气一如既往地淡然。

女服务生送水过来时问：“决定点什么了吗？”我打算寒暄几句就换座位，然后再点餐，于是回答：“等会儿再说吧。”女孩点了点头，微笑着离开。

“你还好吗？”过了片刻，和田先生开口问道。

“嗯，还好。和田先生呢？”我答说。

“还过得去吧。”他开朗地说着，啜了口咖啡。

难道他之后也在这里等待女友到来？可是他已经亲口说过不会再等了啊。我正在心里琢磨着，和田先生突然说道：“我今天是在等你。”

他从包里取出一本文库本，放到桌上。我注目一看，正是旅行前一晚落在店里的武者小路实笃的《友情》。因为发生了太多事，我已经把这本书忘得一干二净，做梦也没想到是在他这里。

“你一直在帮我保管吗？”我接过书问道。

“那天晚上你回去后，我发现了这本书，本想拜托老板在你下次过来时交给你，但老板说从来没见过这位客人。”

“啊？”老板怎么可能不认识我？我可是和他打过几十次交道的常客。

“所以就由我来保管了。我也没问过你的联系方式，只能时不时来店里一趟，看看你来了没有。不过可能是时机不凑巧，总也没见到你。抱歉的是，在这里等你的时候，因为无聊，我把这本书看完了。”

我怔怔地听着他说话，总算搞清楚了状况，望向站在吧台后面的老板。老板一脸我什么都不知道的表情，专心地擦着玻璃酒杯。我一直盯着他看，终于对上了一次视线。这个笨蛋，整天闲操心，他恐怕一点都不知道，和田先生等的另有其人。

“真是不好意思。”我低头向和田先生道歉。

“哪里，这也是个很好的契机，让我这么久以来终于开始看《坡道途中》以外的书，我应该感谢你才对。”和田先生说完，略显俏皮地笑了。

如此奇妙的发展，让我再也忍不住了。我低下头，肩膀直颤抖。

“咦，怎么啦？”和田先生担心地看着我，发现我只是在笑之后，他也跟着笑了起来。我的心情越来越轻松，也意识到自己真的很高兴见到他。是的，再次见到和田先生让我满心欢喜。至于他是怎么看我，琢磨这种事也没有意义，那不是我可以改变的事实。

“那个……”我抬起头，坦诚地说：“真高兴能再见面。”

我打心底觉得，要好好感谢老板。如果不是他的暗中撮合，我很可能真的再也见不到和田先生了。这简直就像点了一百杯咖啡还倒找我零钱一样让我感激。

“我也很高兴再见到你，不然我这就是盗窃罪了。不是啦，开玩笑的。我也很希望再和贵子小姐聊天。”说完，和田先生哈哈大笑，伸手抓着头。我感到很不好意思，一时都没办法直视他的脸，于是朝窗户瞥了一眼，只见窗玻璃上映出我们相对而坐的影子。外面寒风劲吹，好像很冷。我打心底想感谢我们在这里再一次的偶然相遇。

“那么，”和田先生心情舒畅地伸了个懒腰，说道：“为了感谢你借了我这本书，今天就让我来请客，你应该不会介意吧？”

“那就来一杯咖啡好了。”我竖起食指笑着说。

“你可真是个节制的人。”他做出大吃一惊的表情，朝经过的女服务生用力挥手。

20

森崎书店位于店铺云集的旧书店街一角，又小又旧，怎么看都不够光鲜。光顾的客人也不算多，因为经营书籍的范围有限，不感兴趣的人看都不会看一眼。

尽管如此，也有人很喜爱这家书店。店主阿悟舅舅总是笑笑说："有这样一群人的偏爱就够了。"我也有同感。我喜欢这样的森崎书店和店主。

今天公司休息，我来到久违的神保町。一周前我接到舅舅打来的电话，一听到电话那端舅舅那兴奋的声音，不用问我就知道发生了什么事。

"那家伙也说好久不见了，很想见到你。"舅舅在电话里说。他还说目前看来恢复情况良好，我听后总算放了心。走在大街上，想到就要见到暌违多时的桃子舅妈，我自然而然地加快了脚步。

舅舅飞奔出去的那天，桃子舅妈最终没有回到书店。

不过他见到她了。舅舅去了供奉两人没能来到世上的婴儿牌位的寺庙，听说她独自在寺庙后面的泉水旁久久地伫立。

两人在那里谈了些什么，我没有细问。那终究是他们两人之间的问题。不过在两人无缘人世的孩子安息的地方，应该谁也不会说谎。对两人来说，在那里碰撞彼此的心情比什么都重要吧。说不定桃子舅妈那个时候，还有五年前离家出走时，都在内心深处期待着舅舅来这里接自己回家。

"看到我来了，那家伙当场崩溃，像个小孩子似的号啕大哭。

我当时真是打心底怜惜她，忍不住簌簌落泪。自己之前忽视了的事，刻意躲开视线假装没看到的事，在那一刻，我感到终于有勇气面对了。我紧紧抱着桃子，反复说‘不要走’‘我需要你’。这么简单的事，在此之前我却一直说不出口。”

夜深时才独自归来的舅舅，娓娓向我说道。他并没有因为没接回桃子舅妈而消沉，反而显得轻松愉快。

“因为已经约好了。我们一番长谈后，她答应我有一天会回来。”

经过了一年时间，桃子舅妈果然回来了。听说在分别前，她曾向舅舅表示，无论如何都要先整理好心情，否则仍然只会一味依赖舅舅。她真是个要强的人。

穿过大街，拐进细窄的樱花路，走过林立的旧书店后，舅舅的店终于出现在眼前。

在嘎吱声中用力推开门，稳坐在柜台前的三郎立刻朝我扬起手：“嘿，贵子。”

“咦，三郎，你来了？舅舅不在吗？”

听我这么说，三郎咯咯地笑了：“真是冷淡啊，贵子。阿悟刚才出去送货了。”

“好久不见了。”三郎背后响起一个明朗的声音，我循声望去，只见柜台后面坐着一个娇小的短发女子。

“欸，你的头发？”

被我一问，桃子舅妈伸手摸了摸剪到齐耳的短发，豪爽地笑着说：“哦，剪掉了。为了表示彻底的反省，本来是打算剃个光头的，但被阿悟拦住了。”

看着她的笑容，我深深觉得，啊，不愧是桃子舅妈！

“这也很适合你。”我在她身边坐下说道。短发确实很适合她。

“是吗？”桃子舅妈皱着眉头说。

中午时分的书店还是那么清闲，除了多了一个桃子舅妈，一切都没有改变，让我心里有点窃喜。

“对了，贵子，听说你有男朋友了？”桃子舅妈和过去一样，没头没脑地突然发问。

“哎？你听谁说的？”

“刚才三郎说的。”说着，她指了指三郎。

“我是从老板那里听来的。”三郎说完，也不知有什么好笑的，又吃吃地笑了。

“我教你的菜，你好好做给男朋友吃了吗？”桃子舅妈嘿嘿笑着又问。我支支吾吾地说：“没有……嗯……嗯……”但她依然穷追猛打，逼得我发出哀号：“可以别再问了吗？”就在这时，传来开门的声音，舅舅回来了。

“哟，贵子，这么早就来啦。”舅舅说着走了进来，桃子舅妈立刻问道：“阿悟，你知道贵子有男朋友了吗？”

“什么？我没听说过，真的吗？为什么不告诉我？”说完，舅舅一下子凑到我跟前。

“没有啦，哎呀，这个话题就打住吧！”

“对了，”桃子舅妈啪地一拍手，说道：“如果贵子结婚了，就由那位来继承这家书店吧，反正我们也没有儿女。”

“开什么玩笑，为什么要便宜那浑蛋！”不知为何，舅舅霎时慌乱起来，大声叫道。

“你都没见过，怎么就知道人家浑蛋了？”桃子舅妈冷冷地说。

“好了，我回去了。桃子，我还会再来的。”三郎呵呵笑着挥了挥手，很高兴地离开了书店，完全没搭理我和舅舅。

“转眼就把他收服了呢。”三郎回去后，我吃惊地感叹。桃子舅妈却云淡风轻地说：“哎哟，我可没那个意思，只是聊了聊天而已。”

“时隔一年再见面，结果却被笼络得服服帖帖，三郎也真是没救了。”舅舅用无比冷静的语气幽幽说道，我和桃子舅妈都忍不住哈哈大笑。

然后桃子舅妈突然站了起来，和我面对面。“森崎桃子，现在回来了。”说完还敬了个标准的军礼。我也立时挺直了身体。

“欢迎回来，我一直在等你。下次再跑路，我可真要生气了。”

“你自己才没有遵守约定好不好。不过，这次还是要坦诚地表示感谢。谢谢你，贵子。我们又可以做好朋友了。”

说完，桃子舅妈笑着拧我的脸颊。我对此已经习以为常了，和舅舅一样半认命地发出惨叫：“住手啦！”

“为了表示对贵子的感谢，今天就由我下厨招待吧！”桃子舅妈拍着胸口说，“你要陪我一起去买菜吗？”

“当然，我就是为了品尝你的手艺才来的。”我笑吟吟地点头。

“贵子，关于刚才的话题，我觉得……”一旁的舅舅开口说道，但我和桃子舅妈都没有理会，径直出了门。

清澄的天空中，大片的云彩在悠闲地流动。

我用力伸了个懒腰，闭上眼睛，透过眼睑感受阳光的温度。

“喂，再不快点，我就不管你啰！”

我闻声睁开眼，只见阳光下一头短发的桃子舅妈，正站在街道上微笑着回头看我，招着手说“快点快点”，然后又充满活力地迈步向前。

我注视着前方她那瘦小的背影，过了一会儿才追了上去。

◂ 下部 ▸

21

公司休假的日子，我走在熟悉的巷弄里。这是十月一个温暖的午后，充满沉静平和的氛围。松松地围着薄围巾的我，已经感觉到脖子微微冒汗。

即使是工作日的白天，这条街上擦肩而过的行人也都和我一样步履安闲，时而蓦地停下脚步，悄无声息地消失在路旁的书店里，好似被吸进去一般。

位于东京神保町的这条街道别具特色，一条街上几乎都是书店。这些林立的旧书店经营美术书、剧本、历史、哲学乃至线装书、古地图等珍稀书籍，每家书店都有各自的个性。听说这些书店全部加起来，已经有一百七十多家。实际上一整条街都是书店林立的光景，还是很值得一看的。

尽管穿过一条大马路就是大楼林立的商务区，这一带却触目皆是颇有韵味的建筑，很巧妙地逃离了周边环境的影响，宛如存在于不同的时空中，笼罩着沉静的氛围。因此只是信步逛逛，不知不觉时间就过去了。

我要去的地方就在这条街的一角，穿过旧书店林立的街道，在前方不远处拐进小巷就能看到。

这间旧书店叫作“森崎书店”，专门经营日本近代文学。

“喂，贵子，这边这边。”刚拐进巷弄，就听到一个声音兴奋地叫着我的名字。抬头看时，一个戴着黑框眼镜、个子不高的中年男子正朝我用力挥手。

“不是在电话里说了不用等我吗？我又不是小孩子。”我慌忙赶过去，一边小声抗议。这个人总是这样，把我当小孩子看待。可我已经是二十八岁的女人了，在大街上被人大喊名字，实在是难为情。

“因为你迟迟没来嘛，我担心你是不是迷路了。”

“那也不用在店门口等呀。我都来过几十次了，怎么可能迷路。”

“哎呀，话虽这么说，贵子你毕竟有点迷糊。”

这句话引起我的强烈反弹，立刻反击道：“迷糊的是你吧！

好好照镜子看看，一个迷迷瞪瞪的大叔正在镜子里看着你呢。”

他是森崎悟，我的舅舅，这家森崎书店的第三代老板。大正时代曾外祖父创办的初代书店早已不在了，现在的森崎书店建于约四十年前。

阿悟舅舅这个人，从外表就散发着一股怪异的气息，总是穿着皱皱巴巴的衣服，趿着拖鞋，头发也乱蓬蓬的，让人怀疑从没打理过。再加上说话也古里古怪，像个孩子似的口没遮拦，总而言之，实在是个捉摸不透的人。

尽管如此，在神保町这个有些特殊的街区，他这古怪的外表和性格却不可思议地起到了良性的作用，让他广受欢迎，很难找到一个不认识他的人。

舅舅经营的森崎书店，是一栋年头久远的木造二层建筑，书店很老旧，充满“旧书店”的风味。店面也很狭小，最多只能容纳五位客人。不仅书架里面，书架顶上、墙边乃至结账的柜台里都堆满了书，整个书店充溢着旧书特有的霉味。书架上的书以一百元到五百元的廉价书为主，但也有知名作家的初版书等珍稀书籍。

听说从外祖父那一代起，买旧书的人开始减少，有过很长一段艰难岁月。之所以还能经营至今，是因为仍然有一群客人喜爱这家书店，一直上门光顾。

我第一次来这家书店，是在三年前。

当时舅舅让我住在二楼的空房间，还说“只要你高兴，想住多久就住多久”。

在这里生活的那段时光，至今依然烙印在我的记忆里。当时的我因为如今想来微不足道的事，每天过着自暴自弃的日子。一开始对舅舅也没少发脾气，还俨若悲剧女主角一般，时常躲在房间里独自饮泣。但舅舅依然很有耐心地对待我，给了我许多温柔的劝慰，更倾尽心力教导我：读书是多么刺激又令人欣喜的体验；人生在世，直面自己的心情是多么重要。

介绍我了解神保町的，不用说也是舅舅。当我初来这条街，看到街上林立的书店感到不解时，舅舅告诉我：“这条街一直以来深受文豪们的喜爱，是世界第一的书店街。”

不知为何，他的语气里透着自豪，就像在说自己的事情一般。坦白说，当时的我完全无法领会，也不明白这件事有什么好骄傲的。

不过经过那段时日，如今我已深切理解舅舅的话。

是的，这条街是世界上独一无二，充满刺激和魅力的街道。

“喂，你们两个在干吗？”我和舅舅正在店门口像往常那样斗嘴，里面传出一个响亮的声音。定睛一看，一个剪着清爽短发的女性坐在柜台后面，不悦地看着我们。她就是桃子舅妈。

“你在磨蹭什么，快点进来呀！”她一脸不耐烦地朝我招手，看来是一个人待在书店里，觉得很无趣。

桃子舅妈是阿悟舅舅的太太，性格直爽，虽然年纪和舅舅差不多，看起来却显得年轻许多。在她面前，舅舅甘拜下风，温顺得像条小狗。也只有和她在一起时，舅舅才会有这样的表现。

其实桃子舅妈因为某种原因，离开舅舅独自生活了五年，一个月前才平安回来，之后就和舅舅一起经营这家书店。

“贵子，你最近怎么样？”桃子舅妈微笑着问。她的仪态始终那么优美，这是她最出彩的地方，只是毛衣搭配长裙的简单打扮，也有种说不出的优雅。我并不想成为她那样豪爽的人，但对她那优美的站姿还是心存向往。

“嗯，平安无事，工作也很顺利。桃子舅妈呢？”

“我也很健康哟。”桃子舅妈模仿大力水手的动作，刻意秀出两臂的肌肉。

“是吗，那就好。”我听后也放了心。桃子舅妈几年前生过大病，现在还在观察恢复状况。舅舅也对她的身体十分关切，他一贯就是爱操心的性格，但发挥得过了度，反而让舅妈有点厌烦。

“有大福饼，你要吃吗？”

“哦，好啊。”

“桃子在店里，我总觉得特别拘束，一个人的时候轻松多了。”确认桃子舅妈回到里屋后，舅舅小声向我抱怨。

“可如果真的一个人了，又会觉得寂寞吧。”听我这样调侃，舅舅像个孩子似的生了气，反驳道：“别胡说！那家伙坐在柜台后面，我又该待在哪儿？最近我都像看门狗一样，在店门口来回转悠。”

“所以你今天也是待在店门口？”

“被你说中了。”一脸认真地倾诉了悲惨处境后，舅舅凑过来悄声耳语，“先不说这个了，贵子——”

“怎么？”

“前阵子在拍卖会上进了一批还不错的货，还没摆到店里，可以特别给你先看一下。”

别看他这么说，其实心里巴不得献宝。不过我也已完全被他感染，一听这话就雀跃不已。有时免不了会想，莫非这就是血缘？之前一到休假日，我就会像这样频繁来到店里，也正是为了先睹为快。

“我想看！”我情不自禁地提高了声音。

“搞什么，我还特地给你们泡了茶呢。”桃子舅妈手里提着茶壶，愕然地看着我和舅舅。

“这里是书店，不看书看什么？对吧，贵子？”舅舅斩钉截铁地说道。

“嗯，没错没错。”我笑着同意舅舅的说法。桃子舅妈不满地看着我们，嘟哝说：“你们真是讨厌！”

这就是我喜爱的书店，森崎书店。

从那时开始，这家书店就成了我日常生活的一部分。这里积累了许多细微而琐碎的故事，所以今后我也会时常来到这个地方吧！

22

森崎书店的特色是近代文学专营店。

虽然也经营现代小说，但它们只在店门口设置的百元特价书推车上。店里基本都是明治到昭和初期的小说（因此店里充满潮湿的霉味，不过这也是没办法的事）。

或许是因为经营的书籍比较特别，客人里也颇多带点怪异气息的人。

现在我对这样的人早已见怪不怪，但一开始我可真是被吓到不知所措。

倒不是说很难打交道，正相反，这种客人大多没有任何危害，只是有那么一点怪。他们往往沉默寡言，专心致志地找书，找到就走人。其中大部分是上了年纪的男性，而且必定是独来独往。因为完全无法想象他们平常生活的样子，就算说他们是无害的妖精、怪物之类，也出奇地让人信服，他们就是散发出这样一种气息。

每次过来玩，我都格外惦记这些客人，他们现在还是很精神地来逛书店吗？虽然并不熟悉，我还是希望大家都健健康康。因为喜爱同一家书店，自然会有共鸣，而且他们多半年事已高，也会让人担心是不是生病了。

因此在店里帮忙的时候，每当熟悉的古怪客人光顾，我心里就偷偷松了口气，哦，看起来挺硬朗嘛。

其中有一个纸袋老爷爷，是我住在二楼每天看店期间最在意的客人。

纸袋老爷爷人如其名，总是两手提着破旧的纸袋过来。有时是百货公司的纸袋，有时是三省堂这种大型书店的。纸袋里多半已经装满了旧书，应该是先去了别的书店，拎在细瘦的手腕上，看上去相当沉重。而且他每次都穿着衬衫和鼠灰色的毛衣。

如果只是这样，还不至于让我那么好奇，问题在于那件鼠灰色的毛衣——那件毛衣破烂的程度，已经不是松垮绽线可以形容，还能穿在身上简直就是奇迹。老爷爷本身完全没有肮脏的感觉，甚至可以说整洁清爽，唯独毛衣像是从遗迹里挖出来的，真是匪夷所思。

第一次见到纸袋老爷爷时，我着实吃惊不小，不时偷瞥着他在店里默默挑书的身影，几次忍不住想大叫："老爷爷，别买书了，你该去买衣服！"但老爷爷自然不会知道我的想法，买了十本左右的书塞进纸袋里，然后沉默地离开了书店。

从那以后，老爷爷每次过来买书，我的视线都围着他打转。他有时一周现身好几次，有时一个月都不见踪影。老爷爷每次都穿着同样的衣服，两手提着装满书的纸袋，有时仅在森崎书店就买上好几万块的书，那件毛衣却是越来越破旧了。我心里止不住地好奇，他到底是个什么样的人呢？但我又没有主动跟他说话的勇气，总是默默地目送他的背影离开。

"他每次都买那么多书，该不会是在别的地方经营旧书店吧？"有一次，我这样问舅舅。舅舅却充满自信地回答："不会，他是买来自己看的。"

“咦，舅舅你果真能看得出来呢。”

“这么简单的事，就算我不想分辨，也一看就知道了。”

真的是这样吗？我可是一点都看不出来。在此顺带一提，每次有新客上门，舅舅也是打眼一看就知道这位客人是来买书，还是散步之余顺便过来看看。这大概就是多年历练出的直觉吧。

“那么，”我满怀好奇地问，“那位老爷爷是做什么的，舅舅是不是也能看出来？莫非他的钱全买书了，所以没钱买衣服？”

“喂，”舅舅用教训小孩子的语气说，“不可以这样胡乱猜度客人。书店就是卖书给需要书的人，这个人做什么工作、过什么样的生活，我们不需要关心。如果那位老爷爷知道书店的员工在琢磨这些事，他会感到不舒服的。”

对于服务行业来说，舅舅的话可谓极为中肯，因此我也做了反省。别看舅舅平常废话连篇，到底干了多年的旧书店老板，该说话的时候绝不含糊。这个时候的舅舅还是有点帅的。

总之就是这样，老爷爷的来历依然是个谜。

这些古怪客人买书的理由，也很有各自的个性。说来也是颇有意思，光是买旧书这件事，竟然会有这么多的考量，着实让我叹服。

例如，有人以收集珍本为目的，不拘古今中外，也不分题材类型，只要是珍本就加以收藏。这一带有名的收藏家来店里时，似乎对店里的书籍不满意，临走时撂下一句话："不管是怎样的名作，只要不是珍本就等同于劣作。"我听后只觉得莫名其妙。

还有一种一般称为"二道贩子"的人，低价买进有价值的书，再卖给别的旧书店赚差价，也就是把买旧书当成一门生意的人。这种人也不重视作品的质量，说不定连看都不会看。此外，还有人的目标不是小说，而是在文章旁画插图的无名画家，只凭零星的信息，就执着地寻找那幅插画；也有人基于希望书架上全是初版的理由，哪怕是想买的书，只要没找到初版就绝对不买。

其中登峰造极的，是我住在书店的那段期间只出现过一次的一位老人。

那位老爷爷在黄昏时分信步走进书店，径直来到最里面摆放昂贵旧书的书架，抽出一本，只看了一眼版权页（也就是最后一页）就放回原处，如此不断重复。他时而停下手，盯着版权页上的某一点"嗯、嗯"点头，又或欣然一笑，老实说，真是让人心里发毛。

终于老人把书架上所有的书都检视了一遍，断然离开了书店。我拉住旁边舅舅的衣袖，问他到底是怎么回事。

"哦，那是在看检验章。"舅舅一副没什么稀奇的样子，依旧盯着账本回答。

“他是检验章收藏家，很少来我们书店，不过在这一带相当有名，记得好像是野崎先生？”

“检验章收藏家？”听到这个陌生的词汇，我纳闷地歪着头。

“没错，检验章就是版权页盖的章。”舅舅抽出一本从装订来看颇为古早的书，给我看最后一页。那本书是太宰治的《人间失格》，我仔细一看，版权页的左边盖着一枚红色的印章“太宰”。舅舅在旁边解释说，过去书籍的装订大多为手工作业，作者通常会盖章表示确认册数和同意发行，这就是检验章。一般会像这本书一样盖上名字，但也有图案考究、设计感很强的印章。

总之，刚才的老爷爷目标就是检验章。在舅舅告诉我之前，我压根就没留意到还有这种章的存在。可是，收藏检验章又有什么用呢？难不成剪下来像邮票那样贴在集邮册里，每天晚上看着傻笑？

“嗯，应该是吧。”舅舅波澜不惊地说，“不过，我想也有人不喜欢剪下来，连书一起收集。”

“那也太狂热了吧！”

莫非这个世界上，有人爱好天体观测，为宇宙的广阔无垠而心潮澎湃，也有人爱好收藏检验章这种特别小，收集还很困难的东西？总觉得无论如何都难以理解。

“哎呀，对贵子来说，恐怕还是有点太刺激了。”当时舅舅说完这句话，斜眼瞧着困惑的我，自顾大笑起来。

“嘿，打扰了。”随着这声乐呵呵的招呼，三郎现身了。

“今天天气很好，让我很想读泷井孝作的书。”他反手重重关上门，说完这句莫名其妙的话，就理所当然般地坐在了柜台前的椅子上。舅舅也早习惯了，说声“来喝杯茶吧”，就动手去泡茶。

在森崎书店的常客中，三郎大概是来得最勤的一位。

不过他对店里的营业额贡献不大，只是来的频率最高。换句话说，就是常来逛逛的客人。这位大叔矮矮胖胖，人还不错，很喜欢说话。不清楚他的详细年纪，应该是在五十六七岁。一颗脑袋除了两侧外，全都秃到发亮，他自己也时常拿这件事开玩笑。

“咦，今天桃子去哪儿了？”三郎打量着店里，开口问舅舅。

桃子舅妈在常来的那群大叔里特别受欢迎。她很善于倾听，说话又干脆爽利，牢牢地俘获了大叔们的心。因此最近森崎书店出现一种奇妙的现象：冲着桃子舅妈而来的客人急剧增加。三郎当然也是其中的一员，可以说完全被她玩弄于股掌之间。

“她现在在那家店。”舅舅苦笑着用下巴指了指门口。三郎顿时露出无趣的表情。“哎呀，真遗憾。”

最近桃子舅妈每天从傍晚开始，在离这里不到十步远的一间小饭馆帮忙。因为厨师突然辞职，头痛的老板就看中了很会做菜、又会接待客人的桃子舅妈。虽然不知道真假，不过据桃子舅妈的说法，小饭馆的生意比以前好了一大截。森崎书店这边倒也罢了，但去做那么忙碌的工作，身体真的吃得消吗？当我们为此担心时，桃子舅妈却说："这点工作量算得了什么？阿悟和贵子真是爱操心。"

"你好！"因为三郎一点都没有注意到我的迹象，我只得主动向他打招呼。

"哟，贵子你也在啊？"明明早就进入了他的视线范围，三郎看我的样子却像刚刚才发现我一样。自从桃子舅妈回来，我的待遇就明显一落千丈。以前他对我可是中意得很，甚至说过"嫁给我儿子吧"这样的话，因此我多少有点失落。

"我今天过来帮忙。"

"帮忙啊。看你年纪轻轻，怎么工作日的白天也无所事事，你确实在上班吗？"

"真没礼貌，我们公司工作日请假很容易的。"

被我生气地反击后，三郎哧哧地笑了。他就是这样，人虽然不错，嘴巴却很刻薄。

另一方面，三郎可算是这附近的消息灵通人士，他自己也很引以为豪，因此每次来到书店，第一件事就是向舅舅絮絮打听森崎书店那些常客的情况。

“泷川老爷子最近怎么样？”

“哦，他最近都没出现了，以前两个星期必定来一趟的。”

“但愿不是生病了。”

“总得哪天再来光顾了，我才能放心。”

“那来栖教授呢？那个人应该是用研究费来买书，真是鸡贼。”

“教授两天前来过。”

“山本大叔呢？之前他得意扬扬地夸说藏书已经有五万本了，实在叫人懊恼。不过他绝对是在吹牛啦。”

如此这般，最后一定是以这样一番话收尾：

“不过，大伙儿都上年纪了，这家店如果没有新的客人，那就真的撑不下去了。”

“可不是嘛。”

也不知有什么好笑的，说完两人都笑了起来。他们每次都重复这样的话题，难道不会腻吗？我真是觉得不可思议。

不过关于三郎，我以前就心存一个疑问：三郎究竟是什么来头？

他自称是这一带的消息灵通人士，除了在森崎书店，不管白天晚上，都会在神保町附近的许多地方遇到他。他一直都很闲的样子，从来也没见他忙着做什么事。还有，虽然买的都是便宜书，但以前就买得很多，如果家里相当宽敞自然另当别论，否则那么多书，到底放在什么地方呢？他还有一个很适合穿和服的漂亮太太，这也是个谜。

因此我很自然地产生了一个疑问，三郎从事什么工作？仔细一想，这个人才是最有神秘色彩的人物。

基本上三郎已经不被当作客人看待，因此我如果开口探问，舅舅应该也不会生气。

两人从刚才起就一边喝着茶一边聊东聊西，于是我也加入了话题。

“三郎，方便请教你一件事吗？”

“怎么啦，突然这么一本正经。”

“你是从事什么工作呢？说别人无所事事，你自己恐怕才是最无所事事的人吧。”

三郎似乎早就在等着我问他，俨然冷硬派小说的侦探般翘起嘴角，微微一笑，吊足了我的胃口。

“你想知道吗？”

他从对面的椅子上探出身，凑近我问。真是急死我了。

“是的。”

我心里已经后悔招惹这个话题，但还是如三郎所愿地点了点头。和三郎打交道，经常就是这么麻烦。

“无论如何都想知道吗？”

“呃，还好啦，也没那么强烈。”

“什么，这么冷淡啊！”

“唉，真是的。那我特别特别想知道，如果你不告诉我，我今晚很可能睡不着觉，这样可以了吗？”

“真的吗？”

“是啊是啊，我是真的好想知道，你究竟是做什么工作呢？”我不耐烦地问。三郎满意地点点头，凑在我跟前轻声说：“我、不、告、诉、你。”

我像金鱼似的嘴巴张了又合，三郎见状，捧腹大笑起来。“喂……”真是个让人火大的大叔，完全没把我当回事，“你这是什么意思！”

“哎哟，有趣有趣。”

“你这个大叔……对了，舅舅你知道吧？”

“嗯，记得是……”

“不行，阿悟！”三郎慌忙用力摇头，制止了舅舅，“现在还不到告诉贵子的时候。”

“哎呀，对不起。”

“你们这是什么意思？”

“男人哪，谜团越多才越有魅力。所以我不能告诉你，就是要让你对我格外在意，甚至在意到梦见我。”

“绝对不要。我已经不关心答案了。”

“呵，真是个倔强的女人。”

“才不是，我是真的不关心了，也不会再问了。”我不高兴地说。

“好啦，今天逗贵子也逗够了，我回去了。”三郎将茶水一饮而尽，在咯咯的怪笑声中走出了书店。

“受不了，这都什么人嘛。”我愕然说道。舅舅对此也深表赞同：“是啊，确实很怪。”这家书店真的就是怪人的聚集地。

23

“次郎在哪儿？”

傍晚时分，舅舅突然闹腾起来，偌大的嗓门在狭小的店里回荡。“我送货回来后，就到处都找不到了。”

“我怎么知道。”正一个人边看店边安静读书的我，被他突如其来地打断，没好气地回答。舅舅这个人总是这样，不管别人是在看书还是在干别的什么，都能视若无睹地过来说话。他的神经就是这么大条。

在森崎书店度过的时光一直是很惬意的，美中不足就是舅舅很吵人。以前我住在这里的时候，舅舅因为治疗腰痛天天跑医院，彼此相处的时间很有限，但如今我们在店里的时间几乎重合，我也就不得不整日陪着他。这是舅舅的书店，我却嫌他本人碍眼，说起来未免过分，但他是个对鸡毛蒜皮的小事都很投入的人，像这样无聊的吵闹每天都会发生一次。

“明明我出门的时候都还在这里的！”舅舅在店里吵嚷着四处乱转，又不容分说地把坐在柜台后面的我赶走，在那附近拼命寻找。

“都说了不知道了。是你自己丢在什么地方了吧？”

“对现在的我来说，次郎的重要性仅次于生命，我怎么可能随便乱丢！”舅舅正说得唾沫横飞，突然“啊！”地大叫一声，飞奔上二楼，啪嗒啪嗒的声音楼下也听得很清楚。“桃子这家伙！”

过了一会儿，舅舅抱着一个茶色的坐垫走下楼梯。会为了一个坐垫如此大动干戈的大人，除了他我就没见过第二个。

最近舅舅不光腰痛，痔漏也犯了，长时间坐在椅子上，对他来说不啻于“酷刑”。

话虽如此，干旧书店这一行，一天倒有大半时间是坐在椅子上等待客人。不能久坐的话，也就没法工作了。将他从困境中拯救出来的，就是这个中空的O形坐垫。

坐垫似乎可以大大缓解疼痛，舅舅对这个坐垫寄予了绝对的信赖，还说只叫它坐垫不足以表达爱意，因为是痔漏发作时使用，就给它取名为“次郎”①。这并不是开玩笑，他本人是很认真、非常非常认真的。

“嗨哟！”舅舅把次郎放到椅子上，像动作大片里排爆小组处理爆炸物一样，小心翼翼地坐了下去，其间还不忘嘟嘟哝哝地埋怨桃子舅妈。听起来是舅舅出门送货时，桃子舅妈把次郎拿到阳台晾晒，去小饭馆帮忙前也没有收回来，惹得舅舅心头火起。

“找到不就好了嘛。”好不容易度过了危机，舅舅总算松了口气，我也礼貌性地安慰了一句。

---

①日文里“痔漏”和“次郎”同音。

“年纪大了，什么毛病都来了，真是吃不消。”

“别说这种老气横秋的话。”

“可我就是老人家了啊。”舅舅说话时的表情，就像一条可怜巴巴的狗。

“舅舅，你才四十来岁不是吗？”我吃惊地说。我希望舅舅不要被痔漏打倒，始终保持健康活力。“你还很年轻呢，老人家是指年纪更大的人。”

“可是光这个毛病就让我一点法子都没有。”痔漏的痛苦只有得了痔漏的人才知道——舅舅拿腔拿调地感叹着，仿佛这句话是什么至理名言。痔漏确实是痔疮里相当痛苦的类型，应该会很受罪，但从舅舅嘴里说出来，一切都像是在开玩笑。

“对了，我给贵子也准备一个坐垫吧？”

“不用，我现在又没得痔疮。”我冷淡地一口回绝。舅舅大概也累了，没有再纠缠下去。为什么要给我也准备坐垫，我实在搞不懂。莫非打算给它取名为三郎？像这种奇怪的较真和执着，舅舅身上还真多见，每一样都让人不胜其烦。比如在家里吃咖喱，这个四十多岁的男人就坚持非佛蒙特甜味咖喱不可，要是哪天桃子舅妈不小心买了微辣味回来，他就很不高兴地板着脸，据桃子舅妈的说法，那真是郁闷到“恨不得猛踹他的屁股”。我也完全理解她的心情。

不过好歹次郎已经找到了，舅舅多少总能安静下来吧。我松了口气，准备回到故事的世界。

然而这个想法转瞬就告破灭。舅舅露出天真无邪的笑容，把椅子拖到我旁边，丝毫不长记性地又来多嘴。

“我说贵子——”

“……”

“你在看什么书？”

“怎么啦，真是的。我看什么书都可以吧？”

不管我是不加理会，还是生气发飙，舅舅都完全不为所动。

“嗬，是织田作之助啊。”

他擅自偷瞄了我手里的《夫妇善哉》，一脸了然于心的表情点了点头。

“你喜欢这本书？”

“喜欢啊，这是我第二次看了。这样说你满意了吗？我正在看书，不要打扰我。”

但舅舅对我的话根本听而不闻。

“这也是一个有着悲剧色彩的作家。”他遥望远方般地眯起眼睛，以感触颇深的语气自顾说下去，“原来贵子也喜欢织田作之助，不过关于这个男人的人生，你应该还一无所知吧。啊，这是多么遗憾哪！”

事情到了这个地步，说什么都太晚了。我心里雪亮，舅舅已经迫不及待地想要告诉我，只有老老实实听完才能得到解脱。

舅舅不只对作品如数家珍，对作者的生平也异常熟悉。他对阅读心仪作家的自传、回忆录、传记、书信集等的热衷程度，可以说胜过一日三餐。这和经营旧书店没有关系，纯属舅舅的个人兴趣。他爱一本书，是连作者走过怎样的人生、怎样生活、怎样爱人、怎样离世都包括在内的。

这个爱好本来很棒，问题是舅舅还特别喜欢说给别人听，说得好像自己亲眼见过一样。就这样，我听他讲述了太宰治、福永武彦、佐藤春夫等一众作家的生平。这些名留后世的作家人生过得如何，我当然也深感兴趣，但我总也有不方便、不想听的时候，奈何舅舅才不管我这边的状况，一旦打开开关，眼镜后面的双眸就闪闪发亮，一定要滔滔不绝地说到自己满足为止。

我故意重重地叹了口气（不过不会有任何用处），认命地合上书。读书的时间已经结束了，没办法，这个时候还是听他说话吧。

“作之助富有悲剧色彩吗？”

“嗯，是的。”

“从他的笔调里也隐约可以感觉到。”

“因为他的作品大多来自亲身经历。”

见我愿意聊上几句，舅舅十分满足，用力点头，然后热情地讲述起织田作之助的人生。

根据舅舅所说，作之助的人生确实苦难频仍。读书时代罹患了结核病，大学时也迭遭不幸，中途退学。后来他狂热地爱上了在咖啡馆工作的女孩一枝，结婚后立志要当小说家，却迟迟得不到认可，过了很久穷困潦倒的日子，心态越来越焦躁。之后艰辛终于有了回报，凭借《俗臭》《夫妇善哉》成为崭露头角的小说家。虽然顺利跻身文坛，最爱的妻子一枝却在数年后病倒，最后先他而去……

感觉就像戏剧里的主角一般，真是充满了波折的人生。

“据说一枝过世后，作之助完全不在乎别人的眼光，哭得死去活来。对于作之助来说，一枝是人生中第一个倾心爱恋，也得到对方回报的爱的人。

“失去了精神支柱的作之助，生活颓废不堪，结核病也日益恶化。他自己大概也预感到将不久于人世，因为他曾哭着向临终的一枝诉说，几年后自己也将同赴黄泉。在此后的时间里，他借由酒、咖啡和女人寻求安慰，一边吐血一边写小说。”

舅舅一口气说到这里，仿佛早已熟记于心。这真可以说是他的绝活儿，我也被话题深深吸引，专注地倾听舅舅的话。

“到了晚年，无论精神还是肉体都已千疮百孔的他，为了写小说开始使用非洛滂。因为病情已经加重到如果不这样做，就连笔都握不起来。他的身体已经羸弱至极了。”

“非洛滂……这是一种毒品吧？”

“是的。虽然现今很难想象，但在当时，可以轻易从药店买到。据说注射了这种药物后，可以连续几天不眠不休地写小说。”

“哇……”

这样的事现在真的是无法想象。就算时代、状况有再大的不同，也是一件令人心酸的事吧。

“其实不只是作之助，经常使用非洛滂的作家大有人在。坂口安吾也是‘滂瘾’中相当有名的一位。”

“滂瘾？”

这个词发音很好听，但该不会指的是……

“没错，就是非洛滂上瘾者。”

我又一次“哇”地惊呼一声。

“很可怕吧。”舅舅也感叹地摇了摇头，“不过，作之助的心里始终有一枝。他的一部短篇小说杰作《赛马》，写的就是一个因为妻子过世陷入自暴自弃的男人，不惜盗用公司的资金，从早到晚疯狂地赌一号赛马赢，只因为死去的妻子名叫一代。虽然无从得知作之助是怀着怎样的心情写这个故事的，但无可置疑的是，其中蕴含着对一枝深沉的思念。”

“嗯……绝对是这样。”

这种故事最戳我的心，光是想象就让我心中黯然。

“即使整天吃药，不时吐血，他也照常坚持写小说。就连大量吐血被送到医院的时候，他也大吵大闹，说自己必须写小说，快放他出去。后来他终于在旅馆里病倒，这一次再也没有好起来。他死于昭和二十二年，才三十三岁。”

“三十三岁吗……如果身体健康的话，应该还能写出很多作品。”我满怀惋惜地说。倘若他能活得再久些，会写出怎样的作品呢？

“不过也可以说，正因为一生短暂，无时无刻不感受到死亡的威胁，他才能燃烧当下的生命去创作小说，才会有如此狂热的执着。这样想来，短命的作家多的是，却未必都能因为人生短暂，写出那么优秀的作品吧。织田作之助虽然作品数量不多，但确实留下了杰出的短篇小说。至于这样是好还是不好，就只有去天堂问他本人了。”

舅舅坐在O形坐垫上，不胜感慨地说。

“是哦。”我低语着，不觉看了一眼书架上那一排排书。

“再仔细一想，这里这些书的作者几乎都已不在人世了，感觉有些不可思议。他们留下的作品，至今我们读来还会为之感动。”

没错，名字排列在书架上的那些人，大多已经去了离我们很遥远的世界。一想到这儿，心中不禁百感交集。

“是啊，像这样把思想化为有形的东西留下来，真是很了不起。不只作家，艺术家也同样了不起。正因如此，我们才能从前人留下的遗产中受益良多。”我连连点头，对舅舅的看法深表赞同。

“嗯，确实是这样。”

回过神时，太阳早已落山，窗外被深浓的夜色包围。差不多到了打烊的时间了。我好像被舅舅巧妙地设计了，不知不觉聊得十分热络。

想象着织田作之助的人生，我心想算了，这样也不坏。

话说回来，我觉得舅舅之所以如此深入了解作家的人生，是因为内心深处有一种欲望，想要从他们那里学到些什么，以此获得了解自己人生的线索。

听说舅舅年轻时，曾经对自己的存在倍感苦恼和煎熬。

因此舅舅二十来岁时，在日本存够了旅费，就背上背包，独自一人在世界各国流浪好几个月，钱花光了就回到日本，如此周而复始。换句话说，就是在寻找自我。这话说出来感觉很难为情，不过在做什么事都懒散拖拉、毫无行动力的我眼里，能够毫不畏惧、付诸实施的舅舅真的很帅。

以前去舅舅位于国立的家里玩时，他给我看过当时的照片。那应该是刚刚出发旅行的时候，照片里的舅舅还是个二十岁的年轻人。我那时候刚出生没多久，所以以前从来没见过这么年轻的舅舅。

那不知是在尼泊尔还是印度（舅舅自己也不记得了）的喧闹街头，伫立着一个胡子拉碴、面容憔悴，皮肤晒得黝黑的男人，一双漆黑的眼眸闪闪发亮，直视着镜头。

“哇，简直判若两人。”看了照片，我忍不住发出惊叹。照片里的舅舅气质和现在截然不同，说判若两人一点都不过分。

“那时候我还年轻嘛，都是将近三十年前的照片了。”

“不光是年轻的问题，总觉得凶凶的。”我凝视着照片说，照片里年轻的舅舅也目光严厉地瞪着我。这样一个年轻人，如今竟然变成因为找不到一个坐垫就吵翻天的大叔，人生实在是太捉摸不透了。

“呃，当时有很多烦恼，不旅行的时候就埋头看书。”舅舅抓了抓乱蓬蓬的头发，哈哈大笑起来，似乎想将过去的自己一笑带过。

“每次看到这张照片都很好笑。”一旁的桃子舅妈也咯咯直笑。

漫长的旅行中，舅舅的照片仅此一张。

“因为是第一次旅行，迷茫中只知道拍照，后来再去旅行的时候，就连相机都不带了。”舅舅淡然说道。

“咦，那不是很可惜。”

“不会呀，就算留下了照片，也没多大意义。”

“是这样吗？你和桃子舅妈在巴黎相遇，也是在这个时候？”

“我跟他认识，应该是再晚些时候吧？当时他可没有这会儿这么可怕，眼神要柔和许多。如果阿悟是照片里这个样子，我绝对不会靠近他。”

“是啊，我自己都觉得这家伙怪可怕的。”

“有种要去杀人的气场。”

两个人就这样一唱一和，最后不约而同地捧腹大笑。桃子舅妈拧着舅舅的脸颊，舅舅也没有反抗，和她一起哈哈笑个不停。真是一对有意思的夫妻。

“当时我和老爸合不来，三天两头争吵。不过我总是让他担心，这也是事实。”

“因为你们俩的性格天差地别吧。”

“确实完全不一样。”

外祖父是个很严厉的人，沉默寡言，绝不开玩笑，眉头总是刻着深深的皱纹，甚至认为一丝不苟地生活才符合美学。听妈妈说，他的第一任太太婚后不久就因病过世，和外祖母结婚时已年近五十。一般来说，老来得子难免娇惯，外祖父却完全不是那种人，对妈妈和舅舅从小就严格教养。对于旧书店的经营，也贯彻自己的美学，采取不容许有丝毫妥协的态度，有时还会赶走只看不买的客人，和舅舅的作风完全不同。

“没想到如今你却继承了老爷子的店。”

“是啊，真是不可思议，但愿他在九泉之下别生气。”舅舅开玩笑似的说。

“他准会大发雷霆吧，吵嚷着‘这小子对旧书店根本一窍不通！’让周围的人都头痛不已。”桃子舅妈说完，两人又呵呵笑了起来。

其实，外祖父一定不会担心。舅舅的性格确实和他相去甚远，但重要的部分却是一样的。这一点我自信绝不会错。

我再次定睛细看放在桌上的照片，还是觉得照片里的舅舅完全不是我熟悉的那个人。那双闪着光亮的眼眸，似乎在生气，也似乎在迷茫，看上去隐隐透着悲伤。

我在心里对照片中的舅舅说：没关系，你今后会遇到许多温柔的人，再不用露出那么悲伤的眼神了。虽然有腰痛和痔漏的烦恼，但作为旧书店老板，你受到所有人的喜爱，所以不用担心。

24

“思波尔”是一家从森崎书店步行三分钟就到的咖啡馆。

因为有长达五十年的历史，这家店在这一带无人不晓，过去住在神保町附近的文豪们也多有光顾。

店里四面都是石墙，只有提灯幽幽发光。微暗的光线中，充溢着咖啡丰润的香气，让人的心情异常沉静。客人总是很多，却丝毫不觉嘈杂。人们的谈笑声混杂在店里流淌的轻柔钢琴曲中，听来反而感觉很愉悦。自从三年前的夏末舅舅带我来到这里，我就对这家店的氛围和咖啡的味道十分中意，如今已成了常客。

“思波尔”的老板是个四十六七岁的大叔，一张瘦长的脸孔显得成熟老练。乍一看很吓人，其实是个很好说话的人，一笑眼角就堆起温柔的皱纹。每次推开店门，他都在吧台里泡咖啡，第一时间向我打招呼“欢迎光临”。

今晚推开店门时，也一如往常地受到老板的热情欢迎。“哟，贵子，欢迎光临。”

“晚安，今天生意也很好呢。”我一边跟老板寒暄，一边扫视着店里。店里已经满座，客人比平时多了很多。

“托你的福，眼下这季节，正是咖啡馆赚钱的时候。”老板边擦拭玻璃酒杯边说，还向我投来一个带点戏谑意味的笑容。

“因为天气一冷，就格外想喝温暖的咖啡。”

“说的也是。”

实际上无论春天还是夏天，这家店的生意都很好，但在寒冷的季节喝一杯可口的咖啡，滋味自是格外不同。这里的客人们应该也都有同感。

“今天是约了见面吗？”

“嗯，是的。”

“好极了，你尽管慢用。”

我微笑着低头道谢，女服务生立刻过来，将我领到刚刚空出来的临窗座位。

老实说，我常将这家店作为和男朋友和田约会的地方。他的工作单位就在这附近，因此约在这里见面最合适。

和田因为工作晚来的时候，我就在这里一边喝咖啡，一边看书消磨时间。今晚也是这样，心爱的书一直放在包里，我迫不及待地拿出来翻看。喜欢的人还没出现的这段时间，既沉静又雀跃，像这样在喜欢的店里一边看书，一边等待男朋友到来，感觉真是好奢侈。

读了半小时左右的书，我听到有人砰砰地敲窗。和田就站在窗外，我们视线甫一交会，他便轻扬了一下手。见我举手回应后，他转身走向门口。

“让你久等了。”或许是来得匆忙，在对面落座时，和田有些气喘吁吁。因为工作单位（经营教辅书的出版社）没有着装要求，他工作日穿的也是便服。他的服装风格很固定，通常都是夹克衫搭配修身的长裤。据本人的说法，是“因为选择很麻烦”，不过他正适合这种洒脱的打扮。今天他也是潇洒的黑色夹克衫搭灰色长裤，十分熨帖合身。

“没有啦，我也是刚刚才来。”我合上书，微笑着说。

“那就好。”和田露出清爽的笑容，目不转睛地看着我。他一句话也不说，就这么定定地望着，当我被看得心里发痒时，才终于发现他看的不是我，是我手里拿的书。

“哦，是稻垣足穗的作品集啊。”

“呃——嗯，是的……”

一周不见，第一句话就是这个吗？我有点难以接受，和田却似乎浑然不觉。

“《一千零一秒物语》，很不错吧。”

“嗯。”见他这么欣悦，我也迅速调整了心情，点了点头，“很适合在这种地方看的故事，简短又可爱，感觉和咖啡很搭。”

“没错没错，”和田略显兴奋地说，“像‘漏掉自己的故事’‘朋友变成月亮的故事’，都是光看标题就很好笑。”

“是啊，是很好笑。所以这本书我已经看了五遍。”

和田很喜欢看书，对古早的日本小说尤其着迷，比刚开始读书没多久的我熟悉得多。和很多喜欢看书的人一样，他也很关心别人在看什么书，我看的每一本书他都想知道。如果那是自己也喜欢的书，他就会笑逐颜开，如果是不喜欢或者没看过的书，则会像看到营养午餐里出现讨厌菜色的小孩子一样，露出忧伤的表情。那份忧伤是那么真切，甚至会让我局促不安，仿佛自己无情地背叛了他。不过老实说，我也有点期待看到那样的表情。今天看来是个“中奖”的日子，看不到他忧伤的模样了。

“这一说我想起来了，我们第一次在这家店相遇的时候，贵子也是在看稻垣足穗。”

“咦，是这样吗？记得我当时的确在看书……”

“嗯，不会错的。我对当时的情况印象很深。”和田说得很笃定，让我不禁有些害羞，于是哈哈一笑掩饰过去。

一年前的一个夜晚，我跟和田在这家咖啡馆偶然相遇，一起喝了次咖啡，从此日渐熟络。他原本就是森崎书店的客人，彼此也算相识，但坐下来好好聊天却还是第一次。回想起来，从那时起我就对他有些心动，之后一直保持着良好的关系，但直到夏天来临前，彼此才正式开始交往，因此以恋人身份相处不过三个月时间。

我其实很想直呼其名，叫他“阿朗”，但相遇以来叫惯了“和田”，到现在依然如此。

我们能走到一起，也多亏了老板的暗中撮合，所以我在他面前多少有点抬不起头。

和田为人非常细心有礼貌，除非必要，很怕成为众人瞩目的焦点。例如，在多人聚会的场合，他总是退到一旁，面带沉静的微笑听别人说话，偶尔提出尖锐的意见。和田就是这样一个人。不过他也有古怪之处，有时会突然表现出固执的一面，宣称“今天我想吃炸墨鱼，从早上起就下定了决心，所以绝对不会用别的食物果腹”。不过对于他有些怪异的部分，我也同样很喜欢。

我们的休假日不同，加上和田月底工作很忙，假日加班也是常事，很多时候只能像今天这样，利用晚上的短暂时间见面。

休假时间凑不到一起，对现在的我们来说是个大难题。我们都是本性认真的人，对工作不可能敷衍了事，约会的时间也就必然受到限制。我虽然颇感不耐，心里也很清楚，这件事是无解的。

总之，时隔一周再见面，我们一边喝着咖啡，一边商量待会儿去哪儿吃饭。就在这时，高野难得地从后厨露面了。

高野是“思波尔”的厨师，这个男孩因为瘦瘦高高，说话也怯生生的，看起来一点都靠不住。不过听说他想将来自己开咖啡馆，所以在这家店学艺。

“高野，好久不见了。”

“你好，贵子小姐。哦，还有和田先生也是。”

高野相当怕生，所以对打交道不多的和田不是很习惯。

“晚上好，你是高野吧？”和田报以令人如沐春风的笑容，高野顿时露出安心的表情。和田就是有这种魅力，不论男女，都能不着痕迹地让对方放松下来。

寒暄过后，高野依然像盯上狮子的残羹剩饭的鬣狗一样，一直在我们周围转悠。这让我有点不舒服，于是开口问道：“有什么事吗？”

“啊，没什么……下次再说好了。”高野支支吾吾地回答。与此同时，对面的老板已经在带着怒气叫他：“喂，高野！”高野一听，慌忙回到厨房。

“他这是怎么回事？”看着他纤瘦的背影光速消失，我纳闷地说。

“感觉行动有点可疑。”和田也同样感到不解。

“不过高野行动可疑，也不是从今天才开始的。”

“哦，那我就放心了。”

得出一个对高野很不客气的结论后，我们离开了咖啡馆。

我们在临近打烊的三省堂书店闲逛了片刻，去附近一家和田很中意的定食屋[1]吃了饭，又在街上散了一会儿步。明天我们都要上班，我早上还有会，因此今晚就到此为止，和田将我送到车站。

和田住的公寓距离旧书店街步行十五分钟，我只去过几次，第一次造访时，我相当震惊。

“家里很脏乱。”前往他家的路上，和田几次向我提出忠告，

① “定食”是指日式套餐，以米饭、主菜及酱汤为主，通常另附小碗配菜和一碟腌菜，提供定食的店即为“定食屋”。

没想到真的很脏乱。

一进房间，就看到换下来的衣服、便利店的一次性餐盒散落了一地，很多书书架上堆不下，就随便放在沙发和餐桌上。景象更悲惨的是厨房，水槽里堆满了脏碗碟和平底锅，真是惨不忍睹。虽然还不至于无处下脚，至少也是没地方可坐。半敞的壁橱里堆了许多巨大的瓦楞纸箱，我征得他的同意打开一看，里面装着大量的旧书。其中似乎也有值钱的书，但胡乱堆在那里，光是整理都会大费周章。反正已经乱到不可收拾，倒不如下次由森崎书店打包收走算了。

“真是不好意思。我原本想打扫一下，但这周工作很忙，抽不出时间。”

来他家之前我内心还蛮紧张的，但一看这光景，那份紧张霎时烟消云散，一个人哈哈大笑了好久，感觉是以极其意外的形式看到了他意外的一面。

“还好啦，不过，单身男人的房间都是这样子吗？”

听我这样说，慌乱的和田稍微松了口气。因为是和田，我才会感到惊讶吧，不然这种程度的脏乱其实很常见。只是女朋友第一次过来，如果能打扫得干净一点就更好了……

“以前有女朋友的时候又是怎样呢？”我随口问道。

“这个嘛，回想起来，一直是她在帮我打扫，因为她是个爱干净的人……”和田苦笑着答说。

唉，真不该多此一问。我话刚出口就后悔了，也很讨厌忍不住打探八卦的自己。

和田以前几次带那位女性来过森崎书店，她长得很美，苗条而高挑。当时我们只是认识而已，我悠闲地打量着两人，觉得这一对真是俊男美女，十分般配。然而如今时过境迁，我恨不得将那幕情景连同书本一起塞进壁橱的纸箱里。无谓的嫉妒在我心头燃烧，我决心将这间公寓打扫到不输给她的程度。于是我丢下一旁不知所措的和田，整个下午都变身成疯狂的打扫机器。

最终，那天晚上我在和田家里过夜了。

被和田紧紧拥抱时，我发现自己内心最核心的部分被触动了。这种感觉是此前的人生中从未有过的。另一方面，我也不禁担心，和我这么平凡的人在一起，和田会快乐吗？在这个街区，我遇到了包括阿悟舅舅在内很多有魅力的人（就连那位三郎也自有其魅力），也由此认识到自己是个无知且无趣的人，所以才会格外担忧。

我希望与和田长久相处，共同分享更多的事物，但我不确定和田是否也有同样的心情。我不擅长谈恋爱，在感情上一直很晚熟，或许正因为如此，之前那段感情才会落得一个荒唐的结局，只是我一厢情愿地以为彼此在交往。虽然我百分百确信，和田绝不是那样的人，但我对他来说有多重要，我心里也没底。

和田是那种感情不太外露的性格，所以我时常会很好奇他内心的想法。他期望从女朋友那里得到什么？和前女友相比，他会更喜欢我吗？毕竟我不像她那么漂亮……我总忍不住反复琢磨这些无解的问题。

但有一件事我很清楚，那就是我很了解自己的心情，也希望用自己的语言传达给对方。对于这份感情，还有与和田之间刚刚开始的这段关系，我绝对不接受有任何含糊暧昧的地方。

没想到读书这件事也影响了我对感情的看法。因为接触到了书中描写的种种爱的形态，我开始强烈地感到，应该更加珍惜自己的爱情。

“一到晚上就冷了很多。”

“嗯。”

我们悠闲地走上通往御茶水车站的缓坡。虽然神保町车站要近得多，我们还是特意绕远路。和早早就沉入梦乡的旧书店街不同，这条路两旁大多是乐器店和餐馆，到现在依然灯火通明，路上行人很多，车辆也川流不息。

真想继续在一起，可是已经不能不回去了。

这个念头一直在我脑海里盘旋。我不时瞥一眼走在身旁的和田，他步伐轻快，毫不拖沓，脚步声也很轻。这样的走路方式很符合他的风格。他也会和我一样，感到有些落寞吗？但他的表情看上去一如往常。

我们一边走，一边讨论什么书最适合睡前读。没想到和田很认真地回答说，因为睡前看书会睡不着，倒不如看看电话本。我纠结了很久，最后提名高村光太郎的《智惠子抄》。

“话说回来，因为不想浪费睡觉的时间，其实我睡前很少看书。”

“怎么回事，结果两个人都答不上来啊。”和田笑了，“不过对贵子来说，《智惠子抄》是本很重要的书吧。”

“嗯，因为那样充满爱意的作品，我再找不出第二本了。”

“是啊。即使智惠子患上了精神疾病，他的爱情也只有更加深厚，仿佛与此相呼应一般，写的诗也越发优美动人。”

《智惠子抄》的部分诗作收入学校教材，所以我自然知道。然而从头再读时，依然收获意想不到的感动。从相遇到结婚、发病，最后死别……与智惠子共度人生的日子，爱的喜悦、不安、悲伤、痛苦，种种感情化为一首首诗篇，闪着耀眼的光辉。

我想《智惠子抄》对于很多人来说，都是意义重大、无可替代的书，我也是其中之一。不管什么时候看，内心都充盈着感动，语言在此时是多余的。所以我只在强烈想看时才允许自己打开，因为我很珍惜自己会为这本书感动的心。每次看我都会流泪，哪怕已看过多次，依然忍不住泪盈于睫。像今天这样只是想起这本书，也不觉眼泛泪光。

如果能像作者那样表达自己的感情，那该多棒啊！

正想到这里，车站已出现在眼前，到了告别的时间了。

“再见。”

彼此道别后，我们便渐行渐远。在我目前的生活中，这是最令我难过的瞬间。我很想在分别的时候说点别的，却总也想不出来。

站在车站的检票口前，我久久地望着和田逐渐远去的背影，心里想着：许久没看《智惠子抄》了，今晚临睡前看上一会儿吧。

25

秋意日益深浓，冬天渐渐近了。

迎面吹来的风干燥而寒冷，行道树的叶子也染上了些许颜色。不知从什么时候开始，天黑得早了，夜晚一天天变长，夜色也更深沉。

这是我一年中最爱的季节。在真正的冬天来临前，这不断流逝的季节让人倍感珍惜，总想停下脚步，长久地凝望淡蓝色的柔和天空。因此最近这段时间的早晨，一边仰望天空一边走到单位已经成了我的习惯。

我现在就职于一家位于饭田桥的设计师事务所。事务所规模很小，主要从事手册和宣传单的设计。算上我以临时雇员的身份被聘用的时间，我已经在这里工作了将近三年。

因为基本上是各自为战，上班时间和假日都不固定，只要遵守最低限度的规范，每个人都可以相对自由地工作。我以前上班的公司人际关系很复杂，派系无处不在，令我疲于应付。现在的公司虽小，却不必为人际间的窒碍烦恼。虽然收入比以前大幅减少，却可以按照个人的步调行事，我认为绝对是现在的单位更适合我。

因为不想加班到深夜，我每天都是第一个到单位，晚上早早便收工。和同事们也适当聊聊天，但话题不会深入，工作以外基本不见面。

或许是因为这个缘故，之前有一次难得地应邀参加同事之间的小聚，一个同事对我说："你这个人还挺干脆的。"一问才知道，其他人也都有同样的印象，说是因为我平时少言寡语，晚上也总是立刻回家，所以有这种感觉。虽然有些意外，但我觉得，这主要是因为我的心灵有了新的寄托。

以前我过着往返于单位和家之间的生活，没有什么爱好，也没有强烈迷恋的事物。我对这样的生活说不上不满，但总觉得少了点什么。如今想来，我一直都有这种感觉，却又不知如何排遣。但现在不一样了，不是说已经一切称心、十全十美，我还不至于蠢到这么想，只是我发现，我已经很少去琢磨到底少点儿什么了。

有想去的地方，有想见的人，也有地方欢迎真实自然的我。

没有比这更棒的事了。

总之，工作上我可以按照自己的步调来处理，我喜欢工作的内容，对职场氛围也不讨厌，我有把握今后也能做得很好。

不过最近冒出了一件麻烦事。虽说只是微不足道的小事，说给别人听，别人只会一笑了之，但对我来说确实相当困扰。

事情要从某天的午休时间说起。公司没有明确的休息时间，也没有餐厅，因此我们中午都是各自找地方吃饭。我通常是去附近的咖啡馆，那里中午没什么人，也不会遇到公司同事，最是轻松自在。

然而有一天，我竟然在那里遇到了一位资深的同事。此人说话总是阴阳怪气，不把别人放在眼里，我很怵和他打交道，因此简单打了个招呼后，就准备另找座位。不料他却对我说：“过来坐吧！”

没办法，我只能和他坐在一起。可想而知，餐桌上的气氛冷淡到不行。这固然要怪我没有努力找话题，但也是因为对方一个劲儿地发牢骚、自吹自擂，让我不知道该如何应对才好。

“广告商太蠢了，真叫人头痛。要有更重要的工作才能发挥我的能力，现在的工作内容，我连一半的能力都不想拿出来……”

他一直一脸不快地抱怨个没完，我只能不断地随声附和，午休时间就这样过去了。

照理事情到此就算告一段落，我也只觉得今天真倒霉，遇到个难相处的人，没想到从那以后，他一有机会就来找我聊天。即使在公司里，我正在电脑前工作的时候，他也会特地过来跟我说话，如果我假装没发现继续工作，他就会用力拍我的背，强行引起我的注意，还理所当然似的邀请我一起吃午饭。我实在搞不懂，之前共进午餐时的氛围都那么冷淡了，为什么还要来找我聊天。但因为我立场软弱，没办法每次都回绝，后来又一起去了几次那家咖啡馆。想也知道，等待我的是无比难熬的时间。

这算什么嘛！对他来说到底有什么乐趣？难道是故意整我这个职场新人？我越来越感到烦躁。

“对了，你休假的时候做些什么呢？”第四次被迫和他一起度过午休时间时，他在发牢骚和自吹自擂之余，嚼着三明治突然问我。

“呃，我常去逛旧书店……”冷不防被问到，本来不用说实话的，我还是如实回答了。

“什么呀？为什么去那种地方？你是老人家吗？”他自顾哈哈大笑起来，仿佛自己开了个顶有趣的玩笑。我的假日怎么过，轮得到你指手画脚吗！尽管心里这样想，但他毕竟是资深的同事，这话我说不出口。

“下次休假的时候，我们一起去兜风吧！”又是一个突然袭击，让我更加乱了方寸。

“咦，为什么？”我还以为他是在跟别人说话，下意识地扫视着空荡荡的店里。

“哪有‘为什么’，有空就可以出去玩啊？”

“可是，我有安排了……”

“安排？”

“嗯，就像我刚才说的，我要去逛旧书店。”

“旧书店也不用老是去吧？”

“我很喜欢所以常去，有什么问题吗？”我实在有些火大，忍不住反驳道。他很伤脑筋似的抓了抓头，深深叹了口气。那声叹息里充满怜悯，就像高中老师在升学指导室里接待后进生。

“我说你啊，人生快乐吗？”

“啊？”

“你总是给人很阴沉的感觉，聊天也完全不起劲，是觉得跟我说话毫无意义吗？邀请你出去散心，你却说要去什么旧书店……如果不积极向上一点，人生可是会吃亏的哦！”

撂下这句话后，不等我反驳，他就念叨着“真无聊”，二话不说走人了。我张着嘴愣在原地，好一会儿动弹不得。

“啊——好气好气！”那天晚上，我去了桃子舅妈帮忙的小饭馆，一边啜饮着日本酒，一边滔滔不绝地倾诉白天发生的那件事。

最近为了吃桃子舅妈做的菜，我频频光顾这家饭馆。老板中园先生是个能说会道、待人亲切的大叔，从这层意义上，和桃子舅妈倒是很搭。不过可能是没办法记住每一位客人的长相和姓名，他总也记不住我的名字，每次去店里，不是叫我“美香子”就是“由香子”，不管我纠正几次，下一次还是会叫错。我已经放弃了。

今晚他又叫我“照子”，跟我的本名差了十万八千里，但我正气得发抖，哪还有心思计较。

“喂，不要跑到人家工作的地方没完没了地说醉话呀。”穿上围裙的桃子舅妈，还挺像那么回事。她站在吧台里一边忙碌，一边应付醉汉似的说道。其实我很难得喝醉。

“因为我懊恼得要命啊，那个人那样说我，我当然很生气，但最气的还是自己竟然没能回嘴。”

“是、是，你很懊恼，我知道啦。”

醉意上来后，我越发对他那种蛮横的态度感到恼火。而且也不知是什么命里的劫数，他居然也姓和田，这就更让我反感至极。

“谈不上是劫数吧，和田这个姓很常见，那个人也不是自己喜欢姓和田的。”桃子舅妈吃惊地说。

“可我就是很讨厌，因为我一想到那个人，脑海里就会浮现和田，不是吗？”

“你会想到那个人？”桃子舅妈朝我露出促狭的笑容。我气呼呼地说：“才不是那个意思，我是说会像刚才那样提到他。”

“好啦，既然这么麻烦，就叫他和田二号得了。”桃子舅妈随随便便给他起了个外号。

“说来说去，就是那位和田二号约你出去玩，你却没反应过来？”

“不是，我懂他的意思，只是我想不通为什么要突然开口约我。”

“也就是说，他觉得你很希望有人约你出去玩，于是主动邀请，结果却被你发了一通脾气。”

“所以他感到无法理解，是吗？莫非在他眼里我就是这种德行？”

“在和田二号看来就是这么回事，所以他才会撂下狠话走人吧。”桃子舅妈冷冷地说完，耸了耸肩，示意我别对她发火，“不过，贵子也确实带点这样的特质。”

“这样的特质？”

“就是粗线条。”

“哪里粗线条了，我什么都没做呀。”

“有时候什么都没做就是粗线条的证明，还有的时候，甚至会招来更离谱的事态。”

听桃子舅妈这样说，我不禁悚然心惊，因为确实有过这样的经历。“好像说得也是……我就因此栽过一次大跟头……”

“哦，就是那个让你整天窝在旧书店的事件？”

“什么呀，拜托不要随便起奇怪的事件名。”

桃子舅妈哈哈大笑起来。“贵子虽然有点傻气、有点粗线条，做事也不得要领，但你很温柔，我特别喜欢这样的你。”

桃子舅妈微笑着看着我。日光灯的映照下，她那柔软的短发闪闪发亮。被她这样直率地表达好感，我有一瞬间很开心，但冷静下来一想，傻气、粗线条、做事不得要领，似乎没一句是好话。

“也不知道你是在夸奖我，还是在贬低我。”

“哎呀，大致可以算是夸奖啦。”桃子舅妈又豪爽地大笑，“不过说回刚才那件事，即使和田二号那样看你，也完全不代表贵子就是那样的人，只不过是和田二号戴着有色眼镜看你罢了。总之，贵子你只要变得稍微敏感些，尽量远离会对你不利的人就是了。”

“话是这么说，毕竟是资深的同事……”

“所以你要极力散发出‘不欢迎别人靠近’的气场啊。真的是有这种气场的，就算再迟钝的家伙也会真切地感受到。”

“唉，可这方面我实在不擅长呀。”

“所以我才说贵子很温柔嘛。算了，我希望你按照你的风格生活，所以还是保持现状就好。”桃子舅妈说完，隔着吧台拍了拍我的肩膀。

“这是什么意思？”

“虽然这样难免多吃点亏，但这也是贵子的个性，不是吗？”

“嗯。”

我听得似懂非懂，但总之似乎是让我就照现在这样过下去。

“不过也有那种以自我为中心的人，对他们来说，对象是不是贵子并不重要，换成别人也是一样。”这话听来很刺耳。拜那种人所赐，我过去有过很惨痛的经历，本以为是对方选择了我，事实却并非如此，他们要的不过是类似我这样的人。这等于否定了我的存在，真是太可悲了。但另一方面，我显然也要负一部分责任。

“这个世界上什么样的人都有，那位和田二号也只是他自己人生故事里的主角。不过和田二号当主角的这本小说，我是没多大兴趣去看的。”桃子舅妈就像个淘气的小孩子一样，不屑地吐了吐舌头，“总之，人生短暂，你不必理会这种人，只需要在你自己的故事里，选择真心选择你的人，认为你无可替代的人就好了。你懂我的意思吗？”

“嗯，我完全明白了。”

我是真的觉得明白了。最近我对和田的想法，与她的话在本质上是不谋而合的。选择我，是因为我就是我。和田（当然不是和田二号）是不是这样想的呢？我自己是认定了和田，不可能有人取代得了他。

"是吗，那就铭记在心吧。这可以算是人生前辈给你的忠告。"

"好的。"虽然话题的走向有点奇怪，但不愧是桃子舅妈，在这种场合说得十分精当，让我老实地点头认同。

从第二天起，一连几天不是客户临时要改方案，就是突然接到新的项目，整日忙得不可开交，也多亏这么忙碌，我已经根本无暇在意和田二号的存在。

工作初步告一段落的一个夜晚，我筋疲力尽地离开公司后，脚步自然而然地迈向"思波尔"。那天我并没有约和田见面，纯粹就是很想喝咖啡。我对咖啡已经完全上瘾了。走在去咖啡馆的路上，我忍不住会心一笑。

一推开门，立刻听到一个熟悉的声音在谈笑风生。哟，三郎也在啊。刚转过这个念头，就看到他果然坐在吧台前，正在跟老板聊天。

"你好。"

"你好。"

简单打过招呼后，我在三郎旁边坐下。因为已经饥肠辘辘，除了综合咖啡，我还点了那不勒斯风味意大利面和沙拉。

"喂，高野，那不勒斯风味意大利面一份，快点上！"老板朝着厨房叫道，里面含含糊糊回了声“是”。

“说起来，上次那笨蛋老在贵子你们周围转悠，是不是又说了什么莫名其妙的话？”老板大概是想起了高野之前的可疑举动，向我问道。

“哪里，没说什么呀。”

“要是你觉得厌烦，尽管狠狠打他的脑袋。”

“哎呀，那怎么下得了手。”我吃惊地说。竟然被这样无情对待，高野在这家店里到底算什么啊？

三郎还是那么意气风发，我刚一落座，他就跟我聊东聊西。我不禁暗自佩服，他也好舅舅也好，这帮大叔可真是精神十足。

“怎么回事，你好像很累的样子？”见我聊得不甚热心，三郎一脸无趣地问道。

“噢，因为工作有点忙。三郎你倒总是这么有活力。”

三郎吃吃地笑了：“你得好好休个假才是。不过像我精力这么旺盛，就不需要休假了。”

难道是我的错觉，我总觉得这个人看起来时刻都在休假。

“我有好好休假啦。”

“说得也是，你老是泡在阿悟的店里。要我说的话，需要休息的人是阿悟才对。好不容易桃子回来了，他却一点都没变。照这样下去，桃子早晚又会离家出走的。我为了讨老婆欢心，可是隔三岔五就带她出去旅行、请她吃饭呢。”

“那是，她一不痛快，就会把你的书丢掉嘛。”老板冷不丁又刺了他一句，三郎登时恼了。

“闭嘴，你这死老头！”

“三郎才是死老头吧。”

“唉，是哦，我已经是老头子了。”三郎一拍光秃秃的脑袋，傻笑着说道。我还以为老板会面无表情地擦玻璃杯，不料却听到他低笑了一声，这两人的关系真是不可思议，也不知是好是坏。

话说回来，三郎的看法我也早有同感。

没错，说到舅舅，难得桃子舅妈回来和他共同生活了，他却一心扑在工作上，连假日都开着破旧的小货车去很远的地方进货。这一来，哪里还有时间悠闲地享受二人世界？他明明对桃子舅妈的身体状况异常关切，实际上却又看不出有何照拂之处。

“舅舅也该稍微休息一下，他还有痔漏呢。”我闲闲地喝着咖啡，想起这个让人无可奈何的舅舅，不由得叹了口气。

“既然有痔漏，最好去泡泡温泉，放慢生活节奏。贵子你何不带舅舅舅妈去泡温泉，也算是聊表孝心？”

说得没错，这可真是个好主意。我一扫之前的疲劳，心思活络起来。“这个提议很好，非常好。”

反正舅舅一心扑在书店上，自己是不可能想得到的，出于对他们一向的感谢之情，不如就由我来送他们一次短期旅行，之前桃子舅妈说过，两人的结婚纪念日是在十一月，现在虽然时间略早，也可以当作是我的贺礼。舅舅向来怕麻烦，住宿、乘车等事宜也都由我替他安排妥当吧，他们一定会很开心的。

“是啊，这主意不错。桃子就不用说了，阿悟也应该偶尔放松一下。别看他平时没个正形，工作起来却认真得过分。”

听到老板也这样说，我越发来了精神。不经意间，又有一个想法闪过脑海，让我欣喜不已。没错，这样绝对很棒，我整个人都兴奋起来。

“难得三郎也会说出有道理的话。”

“喂喂，‘难得’是什么意思！”

“不过很谢谢你。”我真诚地向三郎道谢。三郎有点害羞地别过脸，咕哝着说：“不用啦。”看来他平常嘴巴刻薄惯了，反而不习惯被人感谢。

“谢谢你，三郎。”我故意又说了一遍。

“哎呀，不用谢啦。”三郎显得很不好意思，嘟哝着把咖啡杯送到嘴边，那样子让我忍不住好笑。

“像你这么粗线条倒也不错，一天到晚都在笑。”

“可是也有人觉得我阴沉得很咧。”

“哼，那他的眼睛准是瞎了。贵子只在睡觉狂魔的时期阴郁过，如今就是个没心没肺的家伙。”

“是吗？也许吧。谢谢你，三郎。”

“都说了不要谢啦，听得我全身发痒，再说我就不理你了。”三郎咯吱咯吱抓着背说。我忍不住又扑哧一笑。

“贵子终于也懂得怎么欺负三郎了。来，那不勒斯风味意大利面，让你久等了。”老板将覆满番茄酱的那不勒斯风味意大利面送上桌。我立刻专心大嚼起来，肚子吃得饱饱的时候，疲劳感一扫而空，对和田二号的怒火也早已消散。

26

我跟舅舅吵架了。

我们俩相处这么久，像这样正儿八经地吵架还是头一回，而且吵架的原因和内容其实不值一提。

起因是那次旅行的事。在“思波尔”想到之后，我立刻回家，在网上找了几个看上去不错的温泉地，打算让两人从中选一个心仪的，我再去预定。

一个假日的下午，我兴冲冲地来到森崎书店，没想到舅舅扫了一眼我打印出来的旅馆介绍，脸色就沉了下来。

“可这是工作日？”

“因为工作日比周末人少很多。舅舅你也该偶尔离开书店，休息一下。”

“但我不可能关店啊。”

我早就在等着他这句话，当即挺起胸膛说道：“我就知道你会这么说，我可以替你看店。”

其实这个提议背后，我也存了一点私心。如果阿悟舅舅他们不在，当然需要有人看店。这阵子我总在想，只要几天就好，真想再回到森崎书店生活。虽然只要拜托舅舅，随时可以住进二楼的房间，但意义完全不同。我想要在一个短暂的时期里，从早到晚独自在店里晃悠，晚上在那间令人怀念的房间里度过。当我沉浸在自己的心绪中时，不会被旁边的舅舅一声“次郎在哪儿！”扫了兴致。照现在这个计划，舅舅他们可以得到休息，我也乐在其中，真可谓一举两得。

“那怎么行，贵子你也要上班吧？”

“到时我可以休假，不碍事的。”

“那就恭敬不如从命，贵子想得真周到！”在一旁静听的桃子舅妈不出所料，高兴得两眼放光。

“喂，不要擅自做决定。”舅舅埋怨道。

“有什么关系，也就偶尔一次。难得贵子替我们着想，主动提出帮我们看店。”桃子舅妈用力拧了一下舅舅的脸颊，“你这人也真是不通情理。”

“不，不行。”舅舅脸颊被拧得通红，依然顽强地坚持，“万一有什么事，不就麻烦了吗？”

“可是假日反正也去不了吧？”

“是啊，我已经跟埼玉的吉村先生约好，下周去他那里收书。”

“所以就工作日去呀！一两天的话，我一个人也没问题的，你就稍微相信我一下吧。”

“绝对不行。”舅舅斩钉截铁地下了结论。

“为什么？”

“唉，这就没法子了。”桃子舅妈举起双手投降，“到了这地步，跟他说什么都没用了。”

我原也料到舅舅会有所抵触，可没想到他竟然如此顽固。虽说我多少有点私心，但也是出于对舅舅舅妈真心地感谢，希望他们有一个休息的机会。我打心底感到失望，恨恨地瞪着舅舅。“你就这么不愿意吗？”

“不是愿意不愿意的问题，不行的事情就是不行。”

“舅舅你讨厌死了！”

“不行就是不行！”

“我说你们两个，又不是小孩子了。”桃子舅妈吃惊地插嘴。

“要不就和之前一样，我和贵子去吧。像这样子去玩，还不如和贵子一起去更愉快。”

“那样就毫无意义了。”说到这种话，着实就像个负气的小孩子。可是我也有我的坚持，说什么也要让舅舅休假去旅行。

“去吧！”

“不行！”

我和舅舅就这样你来我往地拉锯了好久，最初的目的已经忘到了脑后，变成谁都不肯让步的意气之争。如此无聊的争执，恐怕全世界都难找吧？

最终我心烦意乱地大叫一声：“那就算了！”离开了书店。

冲动之下我反手重重关上门，结果声音比我想象的还要大，吓得我差点弹跳起来，但还是假装若无其事地离去。

这件事发生后第二天，我和四天没见的和田约会，地点当然还是在“思波尔”。

然而当天和田出现在店里时，不知为何表情凝重，一落座就开口道：“我有些话要跟你说……”

我顿时惊慌失措。究竟是什么事？我还以为今晚会度过一段安宁的时光，哪想到会遭遇突然袭击。

“咦？什么？”我略带紧张地问。对方也神色紧张地回答：“可以换个地方吗？”

一听这话，我更觉不安。“那，是好事还是坏事？”我想做好思想准备，于是问道。

“我觉得不算好事。”

怎么办？莫非我做错了什么事？我陷入了恐慌，昨天和舅舅的无聊争吵也早忘到九霄云外。

“去、去哪里？”

“呃，去哪呢……还是在这里好了，也不是什么要紧事。”

我已经听得一头雾水。刚才还显得那么紧张，现在又说不是什么要紧事。有那么一瞬间，我在想难道他打算求婚？最近妈妈经常从老家打电话来催我：“你什么时候结婚？”让我意识到自己已经到了父母操心婚事的年纪。可是他又说是坏事，难道指的就是这件事？过分、太过分了。我明明还想跟和田在一起，甚至还梦想着以后也长相厮守、永不分离。该不会他敏锐地察觉到了我的心意，感到不胜负荷？

“你不会笑吧？”我的脑海里逐渐一片空白，和田却全没理会到，一脸认真地问。

“这、这要听了才知道，不过应该不会笑。”确切地说，我怎么可能笑得出来？一个人的神经要粗到什么地步，才会在心爱的人提出分手时笑出来？

和田表情不变，稳重地点点头说“知道了”，然后说出我做梦也没有想到的话。

“其实，我打算写小说。”

“小说？”他的话在我脑海里回响，我一时却无法理解。写小说？

“嗯，奇怪吗？”

“不，不奇怪。只不过……这就是你要说的事？”

“是啊。”

我恨不得当场从椅子上摔下去。和田这个人，难以理解的地方太多了，我有种强烈的脱力感，忍不住哈哈大笑起来。

“啊，你笑了！”和田很受打击似的说。我赶紧极力解释“这个笑不一样”。于是和田又较真地问：“不一样？那现在是哪一种笑呢？”

不行，这样根本没法沟通。我将杯里的水一口饮尽，叹了口气，心情总算平复了。“你刚才说是坏事，所以我很紧张……”我喃喃地说。和田听了，却露出茫然的表情。

“我没有说是坏事，只是说不是好事。”

“那就意味着是坏事啊……”

“是吗？抱歉了。不过，我只是觉得这不算什么好事。”

“和田先生果然有点与众不同。”

为了报复他刚才让我那么紧张，我语带讽刺地说。和田回了句“是吗？”抱着胳膊又陷入沉思。照这样下去，话题不会有任何进展，我只有催他说下去。“你打算写小说？”

“嗯。”和田终于重拾话题，“其实从高中时代起，我持续写作了近十年，只是最近完全写不出来……不过认识了贵子还有聚集在森崎书店的大家后，很受触动，所以很想写一本以书店为舞台的小说。我不是想拿奖，也不想成为职业作家，只是当我发现原以为早已消失的创作冲动依然还在时，总觉得如果任其不了了之，对自己也不是好事。”和田说罢，有些不好意思地笑了。单纯的我已经忘了刚才的不快，被他的话感动。而他肯向我倾吐内心的想法，也让我格外欣喜。和田是个很认真的人，虽然我听后觉得没什么大不了，但他一定为了是否向我坦白而纠结许久。这件事对他就是这么重要。

“我觉得这是件很好的事，我也想帮助你。”

“真的吗？那太好了。可以的话，我想采访森崎书店。”

“嗯……”

“有什么问题吗？”

“我刚刚和阿悟舅舅吵了架。”

“吵架？和书店老板？贵子你也有发火的时候啊，有点意外。”

其实刚才我也有些生和田的气，他却似乎浑然不觉。不过问题还不只是刚吵过架，因为和田是我的男朋友，舅舅对他一肚子不高兴。

以前我们刚开始交往的时候，曾经一起去过书店，顺带把他介绍给舅舅。和田向舅舅打招呼时，舅舅却僵硬得像个猿猴雕像，而且竟然使出视而不见的狠招。没办法，我只得早早带他离开。

“难不成我得罪了老板？是我在不经意间违反了旧书店的规矩吗？”和田说着，皱起眉头沉吟。

“不不，没那回事。他一向就那样。”我拼命掩饰，心里对舅舅怒火万丈。

回去的路上和田一直在念叨，印象中书店老板开朗得很啊，怎么会这样呢？

之后我一个人回到书店，为舅舅刚才的态度大发脾气。舅舅嚷嚷着“那家伙不配做我们店的客人”。桃子舅妈在一旁受不了地摇头：“你纯粹是讨厌他抢走了贵子吧？”

“少胡说。我只是特别讨厌这种假充知识分子的人，这种人实际上人面兽心，让女孩子伤心哭泣也满不在乎。”

“人面兽心……”我已经不只是生气，简直惊呆了。

“我担心他会欺负贵子。而且他干吗叫我‘老板’？听得我鸡皮疙瘩都起来了。”

“唉，真是的。你差不多也该从贵子这里毕业了吧！和田这个人很不错呀，个子高高的，长相也比你帅一千倍。”

“不管怎样，绝对不允许那家伙再进店里。”

“哟，以前说得那么豪气，‘这家书店向所有人敞开’，到头来还是对客人挑挑拣拣啊？”我冷冷地说。舅舅一时语塞，于是又祭出每当理屈词穷时必说的那句话：“人就是一种充满矛盾的生物呀……”

总之，我打从心底想帮助和田创作小说。当我这样提议时，和田显得很高兴。只要他高兴，我也就高兴。

“你早点跟老板和好吧。当然，这跟我的小说没有关系啦。”分别时，和田在车站的检票口前挥着手说。

第二天下班后，为了跟舅舅和好，我特地去了即将打烊的森崎书店。既然和田那么说了，我虽然还有些生气，但也没办法。只要我主动低头，相信可以搞定。

而且在舅舅说出不去旅行时，桃子舅妈看起来十分遗憾。为了桃子舅妈，我也一定要说服舅舅去旅行。于是我决定改变作战策略。

“舅舅！”

“什么事？”

因为大门已经关了，我从后门走进书店，跟舅舅打招呼，舅舅立刻发出警惕的声音。夜幕降临后，书店里潮湿的气息越发浓重。

“讨厌，要不要这么警惕呀。”我苦笑着说。为了讨好舅舅，我问他有没有进什么好书。只要一说到书，舅舅就会立刻忘记不愉快，简单得很。这次也不例外，他顿时忘了吵架的事，很起劲地说：“哦，你来得正好，昨天刚进了书。”

“哦，是什么样的书？”

“这本是有名的作品，今天读来依然会感触颇深。”舅舅抽出谷崎润一郎的《阴翳礼赞》递给我。

“是随笔啊。‘阴翳礼赞’是什么意思？”

“呃，简单来说，就是在日常生活中不要只看到光亮，也要看到黑暗，其中潜藏着美感，还有要亲身体验日本的传统美吧。内容很深奥，可能有些难读，不过难得赶上，不妨读读看？”

“谢谢，下次我好好拜读。”

“现在就读读看嘛！”舅舅凑近我劝说道。反正他只是想趁我看书时在一旁解说，我于是扭过身躲开他。

“现在还是算了，下次我在没人打扰的安静地方慢慢看。”

“为什么不现在看呢？店还没关门。”

“都说了我想在安静的地方看。”

“这里还不够安静吗？”

看来他做梦也没想到，自己正是破坏这份安静的罪魁祸首。

“对了，关于旅行的事……”我把书放回书架，一边说道。舅舅的表情立刻变得严肃，仿佛在说“看吧，我就知道”。但我也不会认输。

“如果实在为难就算了。”说完这句言不由衷的话，我微微低下头，“一直以来我都在依赖舅舅，很想表达自己的感谢之情。

我不会勉强你，但桃子舅妈也很想去，如果你们俩能好好休息一下，我会很开心的。”我尽量充满感情地说出事先想好的台词，“我也希望舅舅把店继续开下去。但如果为此连休息都顾不上，身体绝对会撑不住的。一想到舅舅说不定会过劳死，我的心都要碎了……”

这话说得我自己都难为情，因为舅舅是个杀也杀不死的人，过劳死什么的，实在太离谱了。但舅舅对这种话毫无抵抗力，一听眼睛就湿润了，凝视着我说：“贵子，你这孩子……”

“你明白我的心意吗，舅舅？”

舅舅感慨颇深地连连点头。“原来是这样，你这么关心我……”

“所以你就去吧！”我趁热打铁地劝道。舅舅条件反射地点头：“嗯，嗯嗯。”

“那你要好好照顾桃子舅妈哦。就定在下周如何？我也要安排时间。”

“咦？噢……”舅舅似乎有点不太乐意，但最后还是勉强应承了。作战成功！

离开书店后，我们一起走在去车站的路上。舅舅一路都在不停念叨：“你一个人真的能打理好书店吗？没问题吗？”我只有挺起胸膛，自信百倍地回答："包在我身上！"

入夜以后很冷，我裹紧了围巾。身旁的舅舅还在唠叨，呼出的气息化为模糊的白雾，在黑暗中浮现又消失。

27

早上醒来后，我拎着装有两天换洗衣物的提包，前往森崎书店。

舅舅他们直接从家出发去旅游，所以从今天起，我将真正代替舅舅，从早到晚地打理书店。想到这里，内心不由得激动不已。

也因为如此，我提前将近一小时离开家门，正好赶上地铁的早高峰。我现在的公司是十点上班，可以稍微避开高峰期，因此遇到这种拥挤的状况，还是从上家公司辞职后头一回。当初掌握的在满员电车里自如移动的技巧，因为太久没练习已经忘得干干净净，我在人潮中被推来推去，热浪蒸腾，我在内心尖叫了至少三十次。

以前每天早晨在挤满乘客的电车里摇晃时，我见识过很多怪人。有阴森森地自言自语的人，有破口大骂的人，也有明显恶意冲撞的人。还经常发生因为色狼骚扰而厮打起来，导致全车人都被卷进去的纠纷。一清早就看到这些事，让人打从心底厌烦。不过置身于久违的杀气腾腾的车厢里，我开始觉得那也是在所难免。每天早晨被关在这么悲惨的地方，任谁的内心都会扭曲。

熬过了地狱般的十五分钟，我在神保町站下车，来到书店。此时九点刚过，离十点的开店时间还早。没办法，我决定先把店里仔细打扫一遍。

一旦专心致志地打扫起来，一转眼就到了开店时间。

“好了，开始工作吧！”

给自己鼓劲后，我拉开书店的卷帘门，开始第一天的营业。

早上打开店门看店，晚上把营业额放进保险柜，拉下卷帘门。当然我还没办法给高价书估价，如果有想要卖书的客人登门，我会说明缘由，先把书留下来。只是两三天的话，我一个人应该也能顺利胜任。

环顾街道，其他店也正在准备开门。不知从哪里飘来桂花的甜美香气。离店最近的斜对面那家旧书店，我正好和老板饭岛先生对上视线，连忙向他道早安。

“咦，今天阿悟不在？”

“他从今天起去旅行了。”

“哦哟！”饭岛先生瞪大了眼睛，“这可真是难得，难不成要下雨了？”

“如果下雨的话，那就抱歉了。”总之我先表示歉意。

一如往常，整个上午几乎无人光顾。不过向来都是如此，我早已习惯了，只要一边拿着掸子掸掸灰尘，一边静候客人到来就好。而且老实说，只是被书本包围就让我感觉很幸福，即使没有客人来，我也照样自得其乐。

可是从早上到现在，舅舅已经打来三通电话，我真是服了他了。看来只要远离了书店，无论如何他都会放心不下。我已经疲于应付，随口敷衍几句就挂断电话。

时间过得很慢，上午我接待零星到来的客人之余，时而用掸子打扫卫生，时而整理堆在墙边的书本，感兴趣的就拿起来看看。

既然机会难得，我把谷崎润一郎的《阴翳礼赞》也拿出来看。作者基于自己的亲身体验，讲述对阴翳的深入考察，对日本城市明亮感的质疑。文章写得很有力度，仿佛侧耳可闻。我被深深地吸引住了，不知不觉已完全沉浸在了书中……

到了下午，真的下起了雨。起初是淅沥小雨，渐渐越下越大，很快整条樱花路都黑了下来。

下雨是这条旧书店街唯一的天敌。书一旦被雨淋湿，那可是大事，而且人流量也会立竿见影地减少。我慌忙冲到门外去收拾推车，其他店也都在火速收拾摆在店头的商品。

开店前跟我开玩笑说该不会下雨的饭岛先生，此刻也正在和大雨搏斗。

“真的下雨了啊！”

“可不是嘛。”

我们一边把各自店头的推车推到屋檐下，一边苦笑着说。

天空覆盖着厚重的云层，雨势越发猛烈。安排舅舅去旅行果然是失策吗？但愿他那边没有下雨。

“嗯，今天看来会很闲了。”我自言自语地说着，回到了店里。

关上拉门后，在外面时听到的激烈雨声顿时减弱，变得宛如温柔的呢喃。雨水打湿道路的淡淡气息飘到店里，和旧书的气味混在了一起。

店里一下子没了客人。我坐在柜台后面的老位置上，久久地闭着眼睛。真安静。集中精神去听时，依稀听到雨点啪嗒啪嗒敲打窗户的声音，还有车辆在雨中驶过时低沉的轰鸣声。我有种奇异的感觉，自己和书店已经成了一体，意识脱离了自我的存在，扩展开来。

不行，不能这样。既然负起了看店的责任，就算再闲也不能“摸鱼”。

不过像这样被年头悠久的书籍包围，时间的流逝也发生了变化。我可以清楚地感受到，自己正身处时间之流中。旧书店这一行，若以动静来区分的话，显然属于静的工作。当然，工作不可能这么简单地二元化，但提到旧书店，无不给人安静的印象。待在这里，我恍然有种得其所哉的感觉，很想一直这样待下去。

舅舅也曾有过这种感受吗？不，他的感受必然比我还要深切。这家书店是舅舅从曾外祖父和外祖父手中继承来的，他之所以会为经营这间店感到自豪，其中想必也包含着对苦心守护书店至今的人们的敬意。

凝视着窗外雨中朦胧的街景，我漫无目的地想着这些事。

四点过后，雨势渐渐减弱。突然哗啦一声，门被打开了。

“嗨，打扰了。”

太久没有客人上门，我一听到声音就跳了起来。但发现原来是三郎后，就像舅舅那样咕哝了一声“嘿哟”，又坐了回去。他大概是来看看我以消磨时间，脸上挂着嘲弄的笑。我给他递了杯热茶，他做了个合掌道谢的动作后，便哧溜哧溜地喝了起来。

我正因为太过寂静而有些不安，所以很高兴三郎的到来，跟他闲聊了一会儿。

“今天怎么样？”三郎问我的口气，就和平常问舅舅一样。

“很不好。”

听我这样回答，三郎又吃吃地笑了。笑声在店里回荡，经历过刚才的静寂，听来感觉有些奇妙。一旦充溢着人声，店里的氛围又截然不同。我觉得这也不坏。

“你也够好事的，每周都特地跑来这家没人光顾的店。”

“三郎才好事呢，每天都来这种店露面。”

“不不，这么说我会难为情的。”

“别这么谦虚嘛。”

“我是不能跟你比啦。”

“哪里的话，我可赶不上三郎。”

我们悠闲地喝着茶，一本正经地聊着天。

三郎果然什么也没买就回去了。不久太阳落山，雨也完全停了。墙上的时钟走得很准，当我回过神时，已经到了七点，该打烊了。时间看似漫长，却又倏忽即逝，我慢慢站起身，着手准备打烊。

舅舅仿佛看准了这个时间似的，又一次打来电话。我告诉他已经顺利关了店，拜托从明天起只打一通电话。

“那就隔段时间打一次，总共打三次吧！”舅舅在电话那端叫道。

真是够了，隔什么时间啊……

二楼的房间比以前还要舒适。一度住在这里的桃子舅妈，现在已回到国立的家中和舅舅一起生活，所以这里目前无人居住。不过应该是出于桃子舅妈的打理，房间依然保持着整洁，书本也井然有序。飘窗上装饰着天竺葵和非洲菊，窗框上贴着桃子舅妈写的便条纸，说明应该如何浇水，看来要是忘了的话，后果可是很严重。房间中央放着那张我以前常用的小矮桌。

之后，我怀着又想看又怕看的心情，稍稍打开隔壁小房间的拉门。微暗的光线中，只见房间里堆满了藏书。沉默的书本们浮现出黑色的轮廓，令人毛骨悚然。我轻轻关上拉门，只当什么都没看见。

就在这时，矮桌上的手机响了，吓得我一个哆嗦。一看屏幕，是和田打来的，大概是因为跟他说过从今天起看店，他放心不下吧。

“情况如何？”

“嗯，很顺利。你工作忙吗？”

"现在有点忙，我还在单位。"

"是吗？辛苦了。那很难有空写小说了吧？"

"写小说是慢慢来的事，不着急。那我回去工作了。"

"好，不要太拼了。谢谢你这么忙还打电话过来。"

之后我简单吃过晚饭，洗了澡，就没有什么事要做了。我躺在床上，从书架上抽出一本书随意翻看，却因为困倦而集中不了精神。但就这么睡了，又有几分可惜。天花板上一只小蜘蛛在缓慢地爬行，追随着它的足迹，我怔怔地看了好一会儿。

终于我振作精神起床，打开窗户，冷冽的秋风顿时吹了进来。月亮在远方的天空闪着银色的光辉，远远传来街头的喧嚣：车辆沉重的行驶声，路上行人的说话声，突然嘎吱一声，附近响起拉下卷帘门的声音，那声音消失后，周遭更显寂静。

"阴翳礼赞。"不知道用在这种场合是否合适，但我还是不自觉地低吟。我关了房间的灯，闭上眼睛坐在窗前。

过去不知有多少次，我曾像这样在这里度过漫漫长夜。那时我想都没有想过，时间会流逝得如此之快。那些日子已离我而去，去到遥远的所在。我绝不会再回到过去了。想到这里，甜蜜的酸楚蓦地在心头蔓延开来。

不过已经没必要去追忆，现在的我，比过去幸福得多。

到目前为止的人生，虽然平淡朴实，却也并非坦途。我有过自己的烦恼和挫折，甚至觉得自己沉在黑暗的海底，再也不想浮起来。但在这个静谧的夜晚闭目沉思，我深刻地体会到，其实我很幸运，遇到很多好的人和事，一路支撑我过来。是的，我真的有过很多好的际遇。微微睁开眼看时，柔和的月光正从窗外悄然洒落，月光笼罩之下，我感到被幸福一点点包围。

不知为何，就像紧闭的门扉突然打开似的，我想起许多儿时的往事。

我是个烦恼很多的小孩，或许应该说，孩提时代的烦恼远比长大以后还要多。我想是因为作为独生女，生性内向，加上父母都忙于工作，很少有时间陪我，使得我不太擅长正确处理不安和悲伤的情绪吧。

那些无可言说，也遍寻不到解决头绪的问题和悲伤，就这样不断膨胀开来，晚上上床后，内心不安得就像巨大的气球快要被挤爆。当然如今想来，孩提时代的烦恼都微不足道，像是暑假结束时，为体育课的单杠测试而发愁；听说了樱花树上埋着尸体的传闻，害怕起自家院子里的樱花树；被同班的男生起了“骨头”的外号（因为我又高又瘦），陷入绝望的心情。

对那样的我来说，最大的乐趣莫过于放长假时回外祖父家。

那里有阿悟舅舅，他也很期待和我见面。对我来说，那是很大的救赎。舅舅所在的那个房间，就像是有铜墙铁壁一般，去到那里我就安心了，再也不用害怕什么。

在舅舅的房间里，他总是温和地听我想到哪里说到哪里，天马行空地聊各种话题。我可以一口气说上几小时。等到终于说够了，就从舅舅收藏的唱片随手抽出一张播放，我们一起大声跟着唱。因为实在太吵了，有时外祖父会从亲戚聚会的客厅冲到房间，脸红脖子粗地怒斥。我和舅舅就一副乖乖模样假装反省，但等到只有我们俩时，又相对窃笑不已。我在学校总是怯怯的，和舅舅在一起时却逞强得多，仿佛不再是平常的自己。

就这样，我感到那些难以言喻的不安逐渐减少。在此之前，我总觉得世界在日渐枯萎，但和舅舅在一起，仿佛一下子打开了新天地。

回想起来，那时和舅舅相处的每一段记忆都是如此温馨，如同沐浴在从树叶罅隙洒下的和煦阳光里。

说不清是怀念还是想回到过去，我的眼里已不觉泛起泪光。

在洒满月光的房间里，我逐一小心解开那些沉睡在门扉后的温暖记忆，最后沉入梦乡。

28

翌日早晨是个晴天，清澄的秋日天空上飘着几片浮云，水洼映着耀眼的朝阳，闪闪发光。

“今天不会下雨了吧？”斜对面的饭岛先生不太有把握地问我。

“应该不会了吧……”

“如果今天再下雨，下次听说阿悟要去旅行，我一定全力阻止。”也不知是开玩笑还是说真的，饭岛先生说完，又忙着准备开店。

担心归担心，一天都是大晴天。店里的生意也因此比昨天好得多，从早上就有客人陆续上门，一直没间断过。我还卖了一本标价五千元的小林秀雄的书。

快到中午时，很难得地来了两个看似大学生的女孩。两人都颇有气质，其中一个女孩身穿碎花洋装，脖子上挂着看上去很昂贵的单反相机。她们悠闲地翻看着书，最后问我有没有什么推荐的。我纠结了好久，最后推荐了岛崎藤村的《黎明前》，她们似乎很喜欢，当即买了下来。

“方便拍点照片吗？”离开时，带着相机的女孩很有礼貌地问，说是学校布置的课题。

“可以，请便。”

听我这么说，她顿时眼睛发亮，立刻开始给店里拍照。

“可以的话，给大姐姐也拍一张吧。”

在她的要求下，我勉强坐在柜台后面的椅子上。大概是表情太僵硬了，女孩又怯怯地说：“可以像平常那样吗？”

可是对着镜头，我怎么可能和平常一样？平常我一有空就坐着发呆，那样子要是被照下来，只会徒添笑柄。最后我找了各种理由，逃也似的缩到角落里。

“其实以前就很喜欢这家书店的氛围，很想拍照片。”女孩一边说，一边轻快地按着快门。同来的女孩也在一旁微笑。两人都很讨人喜欢，给人的感觉很舒服。

“这样子吗？”

“因为有独特的风味，氛围很好。”

“哦，这么说也对。”我闲闲地答道。的确，老旧木造建筑的书店不能说没有风味，不过第一次来这家书店时，我的感想只有一个词——“破旧”。

“不过往常……呃……”

“都是那个奇怪大叔在看店，所以不好开口？”我笑嘻嘻地说，女孩顿时慌乱起来。

“不、不是，没那回事……好吧，是这样。”

“我就知道。”

两人不明所以地愣住了，我自顾放声大笑起来。

“今天真是帮了大忙了，非常感谢。书我们也会好好读的。”拍完照后，她们客气地向我道谢，离开了书店。

除了女孩拍照这件事，今天也很忙碌，不知不觉就到了晚上。确认了账本后，我将今天的营业额收进保险柜，简单打扫过后便打烊了。今天和昨天大不一样，不知为何，舅舅竟然一通电话也没有打过来。莫非他终于信任我了吗？他倒真是随性，不过没有电话又觉得少了什么。总之，完成打烊工作后，我便出门去买食材。

今晚小朋要过来看我。之前我打电话告诉她，时隔许久又要回店里生活，她就说等下班后一定来找我。以前我住在店里时，小朋就时常过来，她特别喜欢这里。

因为小朋将近九点才到，我决定利用之前这段时间，仿照桃子舅妈住在这里时的做法，自己下厨准备晚饭。因为桃子舅妈平时在这里给舅舅做午饭，所以米和调料一应俱全。晚饭是鸡肉煮羊栖菜、炸豆腐、盐烤秋刀鱼，还有油炸豆腐皮和芜菁做的酱汤、梅干饭，这是桃子舅妈亲传的纯日式料理。因为只有单眼煤气灶，烹饪花了比预想中更久的时间。我不禁对桃子舅妈深感佩服，这么简陋的设备，她每晚却能做出那么可口的菜式。

九点刚到，楼下的后门那里就传来很有活力的声音："晚上好！"我于是下楼迎接小朋。

"咦，好香的味道？"

"我做了晚饭。你也还没吃饭吧？我是想着我们一起吃。"

"哇，这怎么好意思。"

"什么话，我自己也要吃饭。"

小朋以前打零工时，在"思波尔"做过服务生，我们在那里认识并成为朋友。第一次见到她时，我就直觉我们会很投缘，后来跟她说起这件事，才知道她当时也有同感，真令人高兴。那以后她果然成为我难得的好朋友。

小朋谈吐稳重，皮肤雪白，头发乌黑亮泽，所谓日式美女，指的就是小朋这样的人吧。她还是个才女，研究生读的是日本文学专业，听说现在在某大学图书馆担任图书管理员。今天她身穿雅致的黑色洋装，戴一条有小鸟坠饰的银项链，我觉得她天然就知道什么样的服装最适合自己。

小朋帮忙把做好的菜摆到矮桌上。虽然两个人吃饭挤得很，但也是没办法的事。

“啊，好久没来这个房间了，给人的感觉还是那么沉静。”小朋坐在矮桌前，扫视着房间感叹道。随后她又一眼看到窗边内田百闲的《阿房列车》，这本书是我昨晚的睡前读物，为的是想体验旅行的感受。

“啊，这本我也看过。”小朋顿时两眼发亮。

《阿房列车》是写于昭和二十年代的游记，作者的旅游没有任何缘由，也不是特意想看什么，纯粹是兴之所至就去旅游，享受的是旅游本身的乐趣。那些一时兴起的想法，说白了很无聊，也没什么意义，一个年过花甲的男人却无比认真地付诸行动，那样子实在很有趣。文章也如行云流水，趣味盎然，读来颇能感受到旅行的氛围，还可一窥当时的风土人情。

“百闲老师太棒了！”小朋笑吟吟地说。从“百闲老师”这个亲切的称呼，可以感受到她对作者深厚的感情。

“是啊，写得好极了。还有同行的喜马拉雅山系君也是，这对组合简直可爱得不行。”

“我也想跟他们一起去旅行。”

“会不会去了之后发现原来很难打交道，一路都很辛苦？”

“可他给人的感觉是个快活的大叔，很讨人喜欢，不是吗？”

小朋可爱地笑了。那笑容里似乎有母性流露，让我吃了一惊。

小朋吃饭细嚼慢咽，不慌不忙，不知为什么我在吃饭上却很性急，总是三下五除二就吃完。于是我也向她学习，刻意放慢了吃饭的速度。好在饭菜很受小朋的好评。小朋原本饭量就小，再加上最近很忙，吃饭经常凑合了事，已经很久没吃过日式料理了。看到对面的她笑逐颜开地称赞“真好吃”，我也不觉泛起微笑。

一起吃着晚饭，我们聊了很多，诸如彼此的工作、最近看的书。虽然平时也经常发信息、打电话，但还是直接见面说话更愉快。吃过饭后，我们依然围在矮桌前继续聊天。

“图书馆管理员的工作很适合小朋啊。”

“那是大学的图书馆，其实我更向往国会图书馆。”

“哦，那家图书馆收藏有过去所有出版过的书？”

“没错没错。不过我没通过录用考试。”

“是吗？好可惜。”

“我现在工作的图书馆虽然规模不大，但藏书室里也保管着过去的珍贵文献，让人很兴奋。不过大学生的年轻活力，有时也真是吃不消。”

小朋的声音圆润柔和，用筷子的姿势也十分优雅，盘子里的秋刀鱼只剩下鱼骨和鱼头。而我吃完留下的战场就难以恭维。我觉得她应该是有很好的家教。听说实际上小朋家里经营着当地最大的建筑公司，换言之她其实是董事长千金，但她自己坚持说“没那么夸张”。

“说到年轻活力，你比他们也大不了几岁吧？”

“可我已经没有那样的活力了。”

“有没有感觉还不错的男生？”

图书馆的接待处有小朋这样的女孩，想来少不了有男生为她倾倒。我擅自在脑海中想象男生一见小朋就意乱情迷的模样，然而小朋干脆地斩断了我的想象。

“完全没有。倒是贵子怎么样？跟和田先生交往顺利吗？”

“呃，啊……嗯。”冷不防话题抛给了我，我不由得紧张起来。

仿佛看准了时机似的，我的手机响起提示音。拿起一看，是和田发来的信息，问是否方便过来店里坐坐。看来他的工作已经告一段落，准备下班了。

“和田说想过来这里，可以吗？”

“当然可以，我很想见见他。”

我常和小朋说起和田，但两人还没有见过面。既然如此，难得有这个机会，就把和田也叫过来吧。只是这个房间坐三个人，实在太挤了。

“小朋也来了，方便的话过来吧。”

回信息后不到十分钟，窗外就传来“喂——”的叫声。

“欢迎光临。”我朝着走上楼梯的和田说道。

“晚上好，幸会。”旁边的小朋露出灿烂的微笑。

“小朋小姐，久仰大名，请你多多关照。”和田向小朋点头致意。

“‘小姐’就免了吧。”我笑着说。但看到和田如此郑重，小朋也肃然回道：“哪里，我才要请你多关照。”

“你还没吃晚饭吧？不好意思，我们已经吃过了。早知道你要来，就把你那份也准备上。”

“没关系，我坐一会儿就走。”

不知为何，和田一副心神不定的样子，一个人在房间角落不自然地正襟危坐。我问他是怎么回事，他答说第一次来二楼的房间，感到很兴奋。

“不过未经老板允许，随意四下打量也不合适……”

看来他在拼命压抑着自己仔细观察房间的欲望。

“话是这么说，可你人都来了呀。”我愕然说道。

“唉，到底还是输给了好奇心。不过决不能突破最后的底线，不能屈服于烦恼而做出失礼的事。再说我还很有可能被森崎老板讨厌。”和田露出苦恼的表情，保持着僵硬的端坐姿势，纹风不动。

“贵子说得没错，真是个妙人。”

“我就说吧？”

我们彼此点了点头，极力忍住爆笑的冲动。

“咦，我什么地方很有趣？”和田发挥与生俱来的较真风格，十分认真地问道。我们终于再也忍耐不住，“扑哧”一下笑出声来。

和昨晚截然不同，这真是个热闹的夜晚。

末班电车的时间将近，小朋必须回去了，于是和田也一起离开。我想呼吸一下外面的空气，便决定送他们一程。

在地铁的入口和小朋道别后，我立刻问和田见到她后的感想。

“小朋很出色吧？”

“嗯，是的。”

和田见到小朋后会有怎样的反应，我内心也有些忐忑。没想到他的反应如此淡然，我一方面感到安心，另一方面又有些懊恼，觉得他并没有充分体认到我引以为豪的朋友的优秀之处。心里不免发急，为什么感受不到她的魅力呢？

“只是她……”和田迟疑着又说。

“怎么了？”

“不，没什么，就是觉得她仿佛人不在那里。”

“咦？”

“嗯，该怎么说呢，她应该是个习惯于孤独的人吧，更确切地说，是个刻意想将自己置于孤独中的人。”

“是吗？我一点都没有感觉出来。”因为太过意外，我对他的话一时很难认同。在我心里，一直觉得小朋是个任谁都会喜爱的开朗女孩。

“或许应该说，她深知如何保护自己。虽然很难形容，但可能因为我自己也有那种特性，所以会敏感地感受到。四目相对的那一刹那，就闻到了我们是同一类人的味道。不过，想来只是初次见面，我太过紧张的缘故。抱歉，忘了我说的话吧。”

听他如此说，比起小朋的事，我更在意和田。从他刚才的话来看，果然正如我以前就隐约感到的，他还没有完全向我敞开心扉。我不禁心生落寞。

“送到这里就可以了。”和田在大街的信号灯前停下脚步说道。于是我半开玩笑地开口邀请：“不如就在店里住一晚？”

“不行，那是森崎老板的……”

“嗯，我知道了。”我打断了他的话。他的回答完全在情理之中，所以我也不觉得失望。只是对这个不出意料的回答，还是感到有些伤心。

“再见。”我不想被他看出自己的情绪，于是不等他回应便转身离去，快步回到店里。

第二天一早起来，我的情绪就很低落。

茫然地坐在椅子上，我沉浸在自己的思绪中。每当想到与和田相识以来的种种，我的内心就分裂成自我肯定派和自我否定派，经常展开争论。今天一早争论就白热化了。

将对方每一个细微的言行都放在心上，试图由此衡量感情的深浅，我觉得自己真是难缠又麻烦。话虽如此，爱上一个人不就是会这样吗?

于是肯定派的我向否定派的我解释:“我就是这么喜欢他。”而否定派的我立刻反唇相讥:“包括这种个性在内，你这个人就是麻烦得要命。”否定派今天仍然气势如虹，肯定派照旧落于下风。

“请问……”

突然有人向我搭话，吓了我一跳。慌忙抬头看时，只见高野躲在书架的缝隙间，正定定地看着我。

“喂，高野，你什么时候来的?”

“刚刚才到。”

一看时钟，已将近中午了，看来他是利用咖啡馆的午休时间过来的。高野只穿了一件七分袖T恤，上面印着画得很拙劣的米老鼠。也不知为什么，这么冷的天气他却穿得很单薄，难道是因为内心还是少年？

“来的时候打个招呼啊。不对，应该说，是不要悄没声地就进来了。”

“对不起。其实我打过招呼了，不过你表情很严肃，好像在沉思什么。”

高野抓着头，显然很不解自己为什么挨骂。我知道自己是在拿他撒气，也相当不好意思。

“有什么事吗？”我清了清嗓子，打起精神问他。

“听老板说，贵子从前天起一个人看店。”

“对，是这样。”

“所以我有点事找你。”

“不是都问了你有什么事吗？”高野说话总是这么不痛快，我有些不耐烦起来。

“是关于相原朋子小姐的事。”

“小朋？”

这就是所谓的既视感吗？记得以前也发生过一模一样的情景：我独自一人在店里，高野走进来，向我提起小朋的名字——

没错，高野喜欢小朋，而且是一往情深。当时他来找和小朋交情很好的我，希望我帮忙从中撮合。然而就在两人逐渐走近时，小朋因为毕业工作而不再在咖啡馆打工，结果两人的感情就此停滞不前。

"哦，怎么啦？"我用手托着下巴靠在柜台上，毫不在意地应付道。老实说，我自己的事都顾不过来，对高野的话没有丝毫兴趣。

"别这么露骨地嫌麻烦嘛。"高野无精打采地说，"反正每天过着幸福生活的贵子是不会理解我的。"

"等等，是你主动来店里找我的，别随便自暴自弃好不好。"

"我现在怎么可能不自暴自弃？"高野说完，还自嘲地冷笑一声。这个年轻人怎么这么阴郁？见他这副十足颓废的模样，我也暗暗心惊，看来昨天晚上小朋来过这里的事，还是不告诉他为妙。

"总之，你可以先听我说一下吗？"高野说罢，悲伤地叹了口气，然后讲述了如下的情况。

小朋辞去咖啡馆的工作后，两人依然会互发信息（主要是关于书的话题）。不过因为从一开始就是高野主动发信息，为了不打扰到对方，他总是隔段时间才发一次。然而两个月前，当他时隔许久又发信息时，不仅没有回音，信息都没有发送成功。后来他又发了几次，始终提示错误，根本发不到她那里……

“那就是被拉进手机黑名单咯？因为我的信息她都收到了啊？”

我不认为小朋会做这种事。但如果她确实做了，那难道是高野有什么过分之举？我当即给她发信息测试：“谢谢你昨晚过来，下次再会。”果然，手机屏幕上显示“发送成功”。

我把手机递给高野，他死死盯着屏幕，沉默了好一会儿才仰头对天花板大叫：“为什么！”

“高野啊，你有没有在小朋的家门前偷窥，或是捡拾垃圾袋、安装窃听器什么的？”

我常听说有人因为爱慕之情始终不被对方接受，最后心灵扭曲做出那些行径，但高野涨红了脸坚决否认。

“为什么我会干出那种犯罪勾当？虽然老板总说我没有眼力见儿，但我根本不可能对她做出过分的事，何况还是跟踪狂的行为！”

“说得也是，对不起。我只是觉得小朋会那样做很奇怪，所以先向你确认一下。高野你一向胆小，本来也不可能做那种事。”

“说得没错！”高野挺起胸膛，断然说道。

就在这时，小朋已经迅速回了信息。看来她刚好在午休。她说“为了感谢昨晚的招待，下次请来我家玩”。我大喜过望，立刻回复：“那就下周吧！”

高野看我的眼神越来越绝望，语气激切地控诉：“为什么？到底为什么？为什么只和贵子联系？”

这种事问我，我也不得而知。但想到昨晚小朋的可爱，我不禁也同情起高野。如果我是男性，多半会和高野一样爱上她。要是自己被她拉黑，只怕会当场躺上一周起不来。昨天我一心在思量自己与和田之间的关系，但现在听了高野说的种种，不由得也在意起和田说过的关于小朋的话。

“那么，高野你想怎样？”

“我想找本书。”

“咦？”高野没头没脑的一句话，听得我愣住了。为什么要找书？这和小朋的事有什么关系？

“相原小姐有本想要的书。很久以前在‘思波尔’的时候，她和老板说过，有本书一直很想要，但始终没有找到。我在旁边听到了……”

“什么书？”

“记得叫《金色的梦》，作者的名字我忘了，应该是日本古早的作品，我猜是小说。”

“你是想找到这本书，送给她吗？”

“下个月十四号是相原小姐的生日吧？可以的话，我想在那天送给她。不过我对书不是很熟，按理说贵子应该知道吧？！”

话是这么说，但我从未在店里见过这本书。“假设你送了小朋这本书，对她有什么期望呢？”

“不，我没有任何要求。我纯粹是为了自我满足，并不是想让她回心转意，或是讨她欢心。如果她确实在回避我，以贵子的名义送她也无妨。”

高野的这番话令人钦佩。从他的口气中，我也可以感受到他对小朋是一片真心。小学的音乐课上学过《多娜多娜》，歌词里即将被卖掉的小牛“露出悲伤的眼神”，我相信指的就是现在高野的眼神吧。

“对于相原小姐来说，我大概只是过去打工地方的同事，但正因为有她的笑容，我才能一路坚持下来没辞工。所以我很想用某种方式表达这几年的感谢之情，只要能让她开心，我就很满足了。”

“嗯，我明白。”即便心烦如我，听了他的这份心意，也不能不出手相助，“我会帮你找这本书，当我们两人的礼物送给她，这样应该没有问题吧。我也希望小朋高兴。”

“谢谢你。”高野的表情这才开朗了一些。

晚上打烊前，舅舅他们过来看看情况。本来旅行回来直接回国立的家就好，看来舅舅到底还是不放心。我扬扬得意地向舅舅报告，看店期间没有任何问题。或许是温泉的效果，桃子舅妈的皮肤比往常更显润泽，她说“玩得很开心”，还送给我温泉馒头当伴手礼。但她身旁的舅舅却绷着脸不说话。

“说起来，从第二天起你就再没打电话过来了。”

听我这样说，舅舅也只是回了声“嗯……”，感觉有些没精神。

我担心地望向桃子舅妈，她解释说：“哦，好久没旅行，有点累了。”又说：“在那边好好玩了几天，没事的。”

“哦，是吗？”我觉得有点奇怪，但也没再追问。既然说两人都过得很愉快，那就够了。

“打烊的事就交给我吧。”因为要负责到底，我便让两人先回去了。

明天起我又将投入工作，在森崎书店的短暂时光也将结束。虽然很想继续在店里生活，我还是拉下卷帘门，回到自己家里，回归往常的生活。

29

到了下一周，寒潮暂时退去，天气恢复了温暖，白天穿件外套都嫌热。

按照和高野的约定，我着手寻找小朋想要的那本《金色的梦》。

找旧书的话，问舅舅应该是最可靠的办法，于是我首先就问了舅舅。

没想到舅舅说他从没见过也没听过这本书。原以为只要是日本的旧书，舅舅理所当然都会知道，结果完全落空。而且往常如果有自己不知道的书，他会比我还要上心地去调查，这次却兴味索然。这阵子舅舅的样子总是怪怪的（虽然他从前就是个怪人，但这次的含义不一样）。然而当我关切地问他："你没事吧？"他又反问："能有什么事？"看来也不需要太担心。

没办法，我只能利用下班时间跑旧书店，勤勤恳恳地一家家去找。高野猜那是本小说，但既然连舅舅都不知道，很可能是小说以外的类型，所以绘本专卖店我也不放过。

从数千本堆成小山般的旧书中寻找一本线索寥寥的书，就像寻宝一样，别有一番乐趣。说实话，我热心找书固然是为了高野，但对书本身也有着浓厚的好奇心。小朋那么想要的一本书，究竟是怎样的书呢？很有趣吗？还是读后人生观都会改变？上周以来为了和田的事心绪很乱，更加想要找到这本书一睹为快。

然而找书的难度比预想中还要大。尽管我跑了很多旧书店，但别说找到书了，连知道这本书的人都没找到。我也问过和田，他也说不知道。看来小朋想要的这本书相当冷僻。不过越是知道这本书很难入手，我的兴趣也就越浓厚。

于是我请舅舅带我参加旧书会馆举办的拍卖会。

对旧书店从业者而言，拍卖会是批量获得旧书的最大机会。甚至可以说，如果不定期参加拍卖会，几乎不可能把旧书店开下去。旧书会馆举办的拍卖会，神保町的旧书店老板们自然也是汇聚一堂。这种地方很容易获取资讯，不需要跑遍旧书店也能遇到珍稀的书籍。

其实我有点怵这种场合。虽说可能因为大都是熟人，气氛还算比较和谐，但毕竟也弥漫着严肃的氛围，让我感到很紧张。

总之，拍卖会一旦开始，就没有我的容身之地。所以我只有利用一开始确认拍卖品的自由时间，紧跟着舅舅四处调查有没有要找的书。舅舅也唯有这种时候才会全神贯注地浏览拍卖品、做笔记，所以我也不好意思打扰，只能闭上嘴巴，逐一仔细查看书名，可惜还是没找到那本书。再问那些熟悉的老板，得到的答案也都是“不知道”。

“嗯……”

我悄悄溜出会场，在走廊上沉吟。如果在这条街上都遍寻不获的话，到底要去什么地方才能找到呢？当然也可能是我有疏漏，但高野也勤恳地跑了许多书店，还尝试上网搜寻信息，同样未见成果。

最后在“思波尔”和高野讨论的结果，只有在旧书节的时候一拼运气了。

十月底到十一月初举办的旧书节，是神保町一年中最大的盛事。

平时时间流逝缓慢的街道，只有这一周时间大变样。整条街上摆着一排排堆满旧书的推车和书架，还会出现卖烤面、杏子糖的小摊。来逛的人很多，当然都是来买书的。我也一到这个季节内心就雀跃不已。知道有这么多爱书之人，让我很高兴，也不禁一厢情愿地感叹，神保町这个街区看似只被少数人需要，实际上还是广受喜爱的。

森崎书店当然也每年都参加旧书节。不过我们是小店，和开在大路旁的大型书店不同，只是在店门前整齐摆出大减价的推车，店里设立特价书专柜。今年这些事都由桃子舅妈一手包办，几乎用不着我帮忙。而最喜欢节庆活动的舅舅，每年一到这个时候就兴奋得四处乱窜，根本无心经营，这次却表示“我会好好做生意的，放心交给我吧”。

因为工作的关系，最终我只能参加一天，不过那天我一早就来店里帮忙。搭建了展位的大路上，热闹的音乐声一直传到书店。樱花路上则是成排的小吃摊，酱汁的甜香和烤肉的香气也随风飘来。

中午我们三人就在店门前吃舅舅从小吃摊上买的大阪烧和热狗。“真好吃！”舅舅吃得十分投入。一旁的桃子舅妈则冷静地指出：“这种东西就是吃个气氛，根本谈不上美味。”

等到太阳开始西沉，我和结束工作的高野一起，四处寻找那本《金色的梦》。

我们在人潮中快步而行，沿着马路一家家地逛过去。高野走在我身旁，黯然低语：“三年前，相原小姐也和我们一起逛呢。”

的确，当时还有小朋同行，如今却被手机拉黑……说不定对高野而言，那一天才真是《金色的梦》。

有限的时间内很难逛完数量庞大的旧书店，于是我们途中决定分头去寻找，一小时后在森崎书店门前会合。最终我一无所获，而一看高野回到书店时的表情，结果也是不问可知。

就这样，旧书节也到了结束的时刻。晚上我和高野、舅舅舅妈去吃咖喱饭。

“哦，还是没找到？那也没法子啦。”顾不上毫无胃口的高野，桃子舅妈大口吃着牛肉咖喱饭。

“那本书连我都不知道，很抱歉帮不上忙，高野。”舅舅也同情地对高野说。他自然是点了甜味的咖喱。

“不不，没那回事。”尽管高野拼命摇头否认，还是一眼就看得出他的灰心丧气。

这时我也已经筋疲力尽，开始怀疑这样辛苦寻找，真的有意义吗？与其绕远路，倒不如直接去问小朋，毕竟她是不是还没找到这本书，我们也没有确切的证据。但即使明知是徒劳，高野也还是会尽全力寻觅吧。这是他善良的地方，正因为知道这一点，我决定不去多嘴。

“找不到也没办法，不过高野这么尽心寻找，已经足够让小朋高兴了。”

“是啊是啊，过程也很重要。”

“这样子吗？”

“不过呢，想靠一本书把女孩子泡到手，可没有这么简单的事。”

桃子舅妈说完，高野立刻探出上半身，极力反驳：“我没有这个打算，我根本没想过要把她泡到手。”

“哎呀呀，真的吗？”

“是真的。”这次轮到我维护高野，“高野连信息都被拒绝接收，哪里还会有痴心妄想。”

“什么！原来人家这么讨厌你？那也太悲惨了！”桃子舅妈大吃一惊，脱口说出不啻宣判高野死刑的绝望结论。

“喂，你怎么这么说话。”舅舅在旁嗔怪道。

“贵子……”

不知为何，高野向我投来怨恨的眼神，我慌忙用双手捂住嘴：“啊，对不起，一不小心说溜了嘴。”

可是已经晚了。这时我才想起，他之前说过被拉黑的事要保密。

“这孩子就是嘴太快，你可得小心了。”

“哪有，贵子不管嘴巴还是钱包，都看得可严实了。”

“总之，害得贵子也跟着到处奔波，实在不好意思。”高野没理会舅舅舅妈的多嘴，向我低头致歉。

“这不算什么，借这个机会逛了许多书店，我也蛮开心的。”

“那就好。真是很对不起。”

“都说了没事啦。倒是如果小朋同意的话，就给她办个生日会吧，我来约她看看。”我跟他这样说。明明自己正沮丧不已，温柔的高野却还不忘关心我，正因为他是这样的人，才会受到周围人们的喜爱吧。要是小朋愿意稍微多了解他一些就好了，我在心里暗想。

那个星期天，我去小朋位于根津的住处找她。这是我第一次登门拜访。因为她固定在周末休息，我便在下班后过去。从车站出来不到五分钟，就看到一栋二层的女性专用公寓，小朋就住在二楼的边间。

我提着在车站买的蛋糕，按响门铃后，小朋立刻出现，笑容满面地把我迎进家中。

小朋的房间与我想象的差距不大，简单整洁，颇为雅致。从窗帘、家具到被单都是统一的暖色系，感觉是个品位高雅的女性房间。只除了一点，书架实在是太巨大了……

直抵天花板的书架，让人很想问是特意定制的吗？里面当然是堆满了书，没有一丝空隙。数量之多，看来足够开一家相当规模的旧书店。我去朋友家里时，总是很好奇书架里有什么书。趁小朋去泡红茶，我仔细观察巨大书架里陈列的书，其中大半是日本早期的小说，也有波德莱尔、罗登巴赫等海外作家的作品，还有《地海传奇》《魔戒》等系列奇幻小说（就我所见，没发现我和高野在找的那本书）。

“这么多书，搬家的时候会很麻烦吧……”我仰望着书架说。

“可不是嘛！”小朋深有同感地回答，“光这些就要装十个纸箱，我已经尽量不买书了。贵子你整理或是搬家的时候，会怎么做呢？”

“嗯，我还没有这么多书，而且也不觉得一定要带走，所以应该会打包卖掉。”

“也对。”小朋沮丧地说，“我也得再卖掉一些才行，可是一旦喜欢上，就说什么都不想放手。”

喝过茶，吃着小朋做的精致东南亚菜肴，聊起她的二十六岁生日即将到来，我约她到时再聚餐。没想到她生日那天还没有安排，于是很顺利地定下当天晚上一起吃饭。

我顺势又问：“方便也约上高野吗？”

一听到这个名字，小朋伸向越南春卷的筷子倏地停住，神情苦涩地看着我："高野？"

"是啊，不行吗？"

"也不是不行……"小朋含含糊糊地说。从她的语气可以感觉得出，如果再追问下去，会让她很为难。看来是有某种隐情……可是为了高野，我至少要确认他是不是做错了什么。于是我将从高野那里听到的情况简要说给小朋听了，然后委婉地问是不是发生了什么事。

"因为……"小朋越发支支吾吾，"已经不在那里打工了，没必要再联系了吧……"

小朋会因为如此消极的理由，就做出手机拉黑这种极端举动吗？高野和小朋原本以前关系很不错，在我看来，如果一直延续下去，自然而然地成为情侣也不稀奇。除非高野犯下了无可挽回的过错，否则根本解释不通。

"该不会他有什么让你不快的地方？"

"怎么可能？"小朋吃惊地抬起头，这一次她断然否认。我听后也松了口气。不知不觉间，我已经变得像高野的妈妈一样，替他患得患失。

"绝对没有那种事。高野是个内心纯真的人，我很尊重他。他没有任何过错，错的是我。"说完，小朋紧抿着嘴唇，又低下头去。看到她眼里泛着泪光，我彻底动摇了。

“不对，小朋。这并不是你的错。不能接受高野的心意，绝对不是你的责任。”我发觉自己不小心说溜了嘴。高野喜欢她的事，一直以来从未挑明过。

“对不起……”

“没关系。他对我有好感，我早就心知肚明。很久以前我们三人去逛旧书节时，我就隐约感觉到了。只是我一直假装没发现，反正高野什么都没说，那就假装不知道做好朋友吧。”

“可是，这也不算什么错……”

“不是的。我没办法面对异性的好感，突然就会感到害怕，然后就变得不想接受了。总感觉一旦接受了，自己就不再是自己，所以很恐惧。我也觉得自己不正常，可是无能为力。”

小朋再也没碰桌上的菜，一直低着头陷入沉默。她的大眼睛里盈满了泪水，眼看就要簌簌而落。没想到我把她逼到这样的地步，看着都觉得心痛。一片死寂的房间里，只有天花板上的日光灯发出轻微的滋滋声。

我踌躇着不知道该不该再问下去，小朋也察觉到了，说：“你能再听我说几句吗？我不知道能不能说清楚，但我很想说出来……”

“那我去泡杯茶。”为了防止她的情绪越发消沉，我刻意开朗地说，“喝点热热的东西，心情也会平静一些。”

“啊，我来……”

我拦住想要起身的小朋，去厨房把刚才的茶杯、茶壶洗干净，重新泡了红茶。

“谢谢你。”小朋接过茶杯，慢慢送到嘴边。

“高野没有错，错的是我。”她的情绪稍微缓和了些，重复了一遍刚才说过的话。

“我以前和贵子说过吧，我开始读书的起因。”

“记得是受你姐姐的影响……”

“没错。我有一个大我五岁的姐姐，从儿时开始，不光是读书这件事，做任何事我都会模仿我姐姐。她和我不一样，从小长得就好看，人又聪明，做什么都很在行。虽然脾气有点大，但对我总是很温柔……”似乎是想起了当时的记忆，小朋闭目片刻，然后继续说下去：“姐姐有个从高中起一直交往的男朋友，性格和姐姐正相反，是个沉默寡言的人。老实说，姐姐也是受他的影响才开始读书。而我本来没必要连这种地方也受影响，却和姐姐一样喜欢上了那个人。他是我的初恋。不过小学时我并没有发现这一点，只是常要他陪我一起玩。真正意识到是在上中学以后，但姐姐他们在所有人眼里都是很般配的一对，很长时间里我不敢有丝毫流露，只要在两人身边，不时能加入他们的圈子就满足了。”

说到这里，小朋喝了一口茶，向我瞥了一眼，窥探我的反应。见我默默点头表示“我在认真听”时，她露出悲伤的表情微微一笑。

“但在我刚满十七岁那年，姐姐因为事故过世了……姐姐去大学常搭的那辆公交车，被对向司机打盹的来车正面撞上。”小朋紧抿着嘴唇，有那么一瞬间，她闭上双眼，像在哀悼姐姐之死。我想说什么，但她摇头制止了我。

“姐姐的死让我悲痛至极，那真是撕心裂肺一般。然而过了一段时间，我发现内心深处萌生了别样的感情。既然姐姐已经不在了，他会不会把目光投向我呢？——就是这种期待的感情，多么丑恶又黑暗的感情啊。”

“不要这么说……小朋……”

小朋低着头，死死地盯着地面的某一点，仿佛在凝视无边无际的阴沉夜海。我绞尽脑汁，也想不出一句合适的话，可以让她的视线柔和下来。

“我无法原谅有这种想法的自己，无论谁说什么都不会改变。我那么喜欢的姐姐过世了，多么令人悲伤，而我却……”说到这里，小朋蓦地抬起头，抱歉地说，“对不起，说到这么沉重的话题。”

我连连摇头。“那你姐姐的男朋友……”

“自从姐姐的葬礼以后，我再也没有见过他。我们两家一向有往来，他有了新的女朋友后，依然常来看望我父母，听说也想跟我见面。但我一生都不会再见他了，因为不想再回忆起当初自己内心产生的感情，哪怕对方是其他人也一样。”

“所以当别人像高野这样对你有好感时……”

“对，我就会害怕地逃避，恨不得大叫：别这样！我不是个值得别人喜欢的人……所以我尽量避免成为别人的恋爱对象，只想独自坚强地生活下去。但高野总是那么亲切，人又很纯真，让我有点依赖他。结果却给他带来不愉快的感受，真是太糟糕了，下次一定要好好向他道歉。”

“可是小朋，你不觉得悲伤吗？”

“悲伤的时候我就读书，一口气读上几小时。只要开始读书，纷纷扰扰的内心就会重归平静。因为唯有书本的世界，即使忘我地沉浸其中，也不会有谁受到伤害……”小朋说完笑了，但她的笑容却比我以往看过的任何表情都更悲伤。不，或许是我一直想当然地认定她是个开朗活泼的好女孩，才会对她隐藏在深处的表情全然视而不见。

然而现在我知道了，我又能想出话语，融化她冻结的心吗？

当眼前的小朋露出笑容，对我说“谢谢你听我说话，我感觉轻松多了”时，我一句话也说不出来。只是，一想到她是因为这样的理由而读书，我就有种说不出的难过，胸口深处揪心般地痛。

去小朋住处找她的两天后，那个下着小雨的晚上。

我在森崎书店露了个脸就离开，因为也没有约和田，就顺道去了我第二喜欢的咖啡馆“吉作”。小朋说过的话至今仍在我心头激荡，让我一直郁郁寡欢，无心立刻回家。

在那里茫然地坐了一小时后，我决定踏上归途。当我撑起雨伞，沿着大马路走向神保町车站时，视线自然而然地落在前方不远处的男性身上。

穿着外套的背影看来十分眼熟，没有错，就是和田。他应该是刚刚结束工作，现在下班回家吧。

我快步追上去，正要出声招呼他时，和田蓦地在信号灯前的药店门口停下脚步。仿佛约好在那里碰头似的，一个女子冲了出来，站在他面前。

从红色的雨伞下斜瞄了一眼，我就立刻认出那是谁。不会错的，她就是和田以前交往过的女友。无论穿着打扮还是气质，都和在森崎书店见到的时候别无二致。

不知两人说了什么，和田向她点了点头。我立刻躲到定食屋的招牌后面。我自己也不明白为什么要这样躲起来，但当我回过神时，就已经这样做了。此时两人已并肩迈步向前。

我这是在做什么？我一边问自己，一边与两人保持一定距离，跟在后面。这不就像跟踪一样吗？我心想。没错，如果这不叫跟踪，还能叫什么？下着小雨的靖国大道上，满是打着伞的下班男女，和田他们完全没发现我跟在后面。两人一路径直前行，而后停下片刻，很自然地走进眼前的罗多伦咖啡馆。

我在店前徘徊了好一会儿，以为他们很快就会出来。回家的上班族们似乎觉得在店门口转悠的我很碍事，路过时都会斜睨我一眼。

在那里待了十分钟左右，我的头脑似乎冷静了几分，但又像是越发混乱了。一看周围，雨势已经小了很多，路上的行人都收起了伞。

我发出不知是“噢”还是“啊”的沮丧声音，也收起了伞，啪嗒啪嗒地再次走向车站。

30

那天晚上发生的事，对我的打击比想象中还要大。

每天都感觉心浮气躁，夜里睡不着，更无心读书。工作上也犯下匪夷所思的失误，发给业主的资料里竟然出现重大错误。为此和田二号大发雷霆，但这百分之百都是我的责任。

总之，从那晚过后，我就整个垮了，做什么都心不在焉。

晚上独自躺在房间被窝里，我总是不停地想东想西。

恋人是什么？望着天花板，我茫然地思索这个问题。我们一起看过电影，吃过饭，也在房间里过了夜。但如果没有进入那个人的心里，就不能算是在一起吧？对和田来说，我究竟是怎样的存在呢？比如，我有权利追问他那晚的事吗？不，光是思考有没有权利本身，就让我觉得有什么地方不对劲……

我哪有资格大言不惭地说高野，我的心理年龄充其量也就是初中生的程度。

正因如此，我也害怕跟和田说话。以前我总是很期待他的电话，如今一看到手机屏幕上显示他的名字，我就有想逃的冲动。

那天晚上过后，和田打来电话时的声音依然一如往常，亲切而又沉稳。以前听到他的声音就很安心，仿佛在眺望静谧的湖面，现在却感觉那声音十分遥远。

“怎么了？”见我很少说话，和田关切地问，“身体不舒服吗？”可以感觉出他声音里的困惑。

“没事，没什么。那我挂了，再见。”

挂断电话前，我以会工作到很晚为由，婉拒了下周的约会。

又过了几天，我一个人胡思乱想已经到了极限，当我回过神时，脚步已经自动迈向桃子舅妈工作的小饭馆。

“哎呀，原来和田干出这么无耻的事？”

原本我只说是一个朋友遭遇的事，然而这如何瞒得过桃子舅妈，她一眼就看穿其实是我自己的事。在身穿白色围裙的桃子舅妈的陪伴下，几杯酒一落肚，我的话就像解开的线团般连绵不绝，最后连自己现在的心情也毫无保留地说了出来。

“真是的，什么时候这里已经变成恋爱咨询所了。”

“对不起。”

“算了，谁叫你是我心爱的外甥女呢。”

我有点怀疑她是不是真的这么想，但桃子舅妈说完，咧嘴一笑。

“你害怕向和田确认吗？”

被桃子舅妈一问，我默然点头。

“可是和田并不是那种人吧？”

“正因为我相信他不是那种人，才更加害怕。一想到会被背叛，我就害怕得要命。”虽然如此回答桃子舅妈，我却渐渐意识到本质上完全是另外的问题。因为和以前交往的男朋友之间发生过某件事，此后我一直下意识地避免全心信任对方。而且我也很恐惧，恐惧因为轻信他人的缘故，又像以前那样受到伤害，让我诅咒自己的浅薄无知，恨不得抛弃一切。所以不只是这次这件事，对于和田的一言一行，我的反应都过于敏感。

“我说，贵子。”桃子舅妈绕过吧台，坐到我身旁。

“我没多少学问，阿悟读十本书的时间，我铆足全力也只能读上一本，所以对书本我不大了解。不过，我自认还算有看人的眼光，就我所见，和田绝对不是会刻意伤害你的人，他的眼神说明了这一点。问题反而在于，你自己筑了一道墙吧？”

“墙吗……”我重复了一遍。旁边的桃子舅妈定定地凝视着我：“贵子其实心里很清楚吧？”

“嗯，或许确实如此……”

“自己不敞开心扉，却一味去要求对方，这不是太自私了吗？除非你主动向前迈出一步，否则解决不了任何问题。即使是和田那样的人，恐怕最后也会受不了贵子患得患失的毛病，到那时后悔的一定是你。”桃子舅妈的话深深刺进了我的心。我对和田要求多多，自己却从未有所付出。正如桃子舅妈所说，和田的眼神、表情里诉说了很多，我却只顾从一些细枝末节忖度他的心思。

就在我陷入沉思时，厨房那边传来老板中园先生的高声大叫：“桃子，help me！”桃子舅妈连忙大声回应：“来了来了！”从椅子上站了起来。

“那我过去了。别让桃子舅妈我太担心，要快点让我安心呀！”桃子舅妈拧了一下我的脸颊，不等我回话，就一溜烟跑向中园先生还在尖叫“Help！ Help！”的厨房。

几天后的星期四晚上，举办了小朋的生日会。

说是生日会，其实只是三个人的小小聚会。应小朋的要求，地点定在森崎书店的二楼。我从书店那里搬来当作柜台使用的长桌，准备一起吃火锅。

原本也邀请了舅舅和桃子舅妈，却被他们谢绝：“我们老人家就不去凑热闹了。”这个理由真是过分。高野担心小朋不想见到自己，一开始也没答应，但我保证绝无此事，硬把他也拉来参加。他过来时一脸紧张，衣着依旧很单薄，只穿了件颜色暗淡的橙色连帽卫衣。我心想好不容易见到喜欢的女孩，好歹也该穿得光鲜点吧。

小朋当然知道高野会来参加，但两人只在书店门口互道了一句“好久不见”，之后便尴尬地相对无言。我因为和田的事，也有点打不起精神，但这样下去实在不妙，于是勉力想要炒热气氛，然而事与愿违，反而陷入了冷场。

沉闷的气氛中，我们默默无言地吃着火锅。我和高野喝啤酒，不喝酒的小朋喝橙汁，小朋只吃青菜，高野只吃豆腐。

难得给小朋过个生日，看着两人一直沉默地动着筷子，我不由得心里发急。这份着急的矛头，自然是首先指向了高野。

“高野，别光吃豆腐，也吃点青菜和鸡肉呀！”

高野刚才又夹了两块豆腐，一个人默默地吃着。

“啊？对、对不起，我是看豆腐剩了，以为你们都不爱吃……”高野顿时慌了神。我继续连珠炮般地追击：“你不要随便想当然。我是想吃得营养均衡，小朋也想吃豆腐吧？”

冷不防被问到，小朋吓得肩膀一抖，抬起了头。“不，我没关系……高野，你吃呀。”

“小朋，你不要客气，今天可是你的生日。”

高野也拼命点头：“是啊，我答应绝对不再碰豆腐，请尽量吃吧。”

见他要把碟子里的两小片豆腐放回锅里，我赶紧喝止。

之后我们把主菜丢到一边，为了豆腐的事情吵个不停，小朋一筹莫展地看着我们，最后在我大声怒吼“你这个一年到头都穿得很单薄的男人”时，她终于忍不住了，开口制止道：“好了，不要再为豆腐争吵了。倒是我要向高野道歉。”说完，她转向高野，深深鞠了一躬，“我单方面对你做了很过分的事，真是对不起。”

高野果然如我预料的那样狼狈，想要站起来的时候，膝盖重重地磕到餐桌角上。

“别这么说，应该道歉的人是我才对。”高野强忍着膝盖的剧痛说道。小朋再次向他道歉，我拿抹布擦着被高野弄脏的桌面，一边对两人说：“这样就够了吧。”不知是因为膝盖疼痛还是对小朋的思念，高野眼里含泪，似乎还想再说什么，听我这样说，只好怏怏地坐下来，闭上了嘴。

不过经过这么一闹，刚才沉闷的气氛倒是有所缓和。我趁机送出给她的生日礼物。我准备的是小朋喜欢的百合花形状的胸针，高野准备的是彩色玻璃台灯。高野的台灯是灯塔造型，十分精致，如果送的人是一位服装得体的男士，那就再完美不过了。小朋终于露出笑容，称赞两样礼物都很可爱。

“其实呢，高野原本想送的是别的礼物。”不顾高野的阻止，我还是说了出来。反正现在也没必要隐瞒了吧。

“可惜他没找到。《金色的梦》这本书，小朋你一直在找吧？”

小朋吃惊地张大了嘴，看了看我，然后脱口叫道：“什么？你们在找这本书？”

“是啊，怎么啦？”

“对不起，以前在‘思波尔’听相原小姐说过，我一直记在心里。这是我多事了，很抱歉。”

听了高野的话，小朋又一次露出错愕的表情。

“不是的，高野。这本书在现实中是不存在的。”

这次轮到我和高野目瞪口呆。

“这、这样吗？可是……”

“对不起，是我的说话方式引起了误会。”

“可是高野在网上搜寻过，留言板上也有人在找这本书。”

高野在旁连连点头。

“那应该是相信这本书存在的人留的言吧？一些人甚至称它为梦幻之作，结果就这样以讹传讹了。”小朋带着歉意说。

如果是这样的话，在全世界最大的旧书店街也找不到就是很自然的了，也难怪舅舅不知道。高野这家伙，听到风就是雨！我恨恨地瞪着愣在一旁的高野。不过我也丝毫没怀疑过这本书不存在，所以也不能全怪他。

当下小朋详细地向我们说明了这本不存在的书。

昭和初期，一个名叫冬野美津子的无名作家发表了一篇作品《黄昏的一瞬》，描写一个双目失明、行将就木的孤独老人，和雇来给他读书的中年女性之间的故事。然而或许是因为内容太过浪漫，小说发表后，在文坛和大众之中都不受瞩目，而《金色的梦》则是故事临近尾声时，负责朗读的女性给余日无多的老人读的小说。就故事层面来说，这是很重要的一本书。当时就出现了几名想要寻找这本书的狂热书迷，他们之间还引发了一场骚动，不过数年过后，最终证实这本书实际上是作者的创作。

“在《黄昏的一瞬》中，《金色的梦》被描绘成一本令人屏息凝神的杰作。因为读了这本书，一直以来不知爱为何物的老人，终于意识到自己对长年陪伴在身边、成为自己眼睛的女性的爱意。故事就在这里结束。

“是姐姐告诉我有《金色的梦》这本小说。她说那本书很棒，你绝对值得一读。这是她遭遇车祸半年前的事。只要是姐姐说的话，我都深信不疑，所以很热切地寻找这本书。然而它实际上并不存在……”小朋向我自嘲地一笑。在一旁听得似懂非懂的高野，不停地困惑地眨着眼睛。

“姐姐应该是从一开始就知道那本书不存在，因为她说她是向男朋友借来看的。

“为什么姐姐要骗我？姐姐并不是会说这种无聊谎言的人。所以为什么？纯粹是想捉弄我？还是发现我暗恋她的男朋友，想要报复我……不管怎样，姐姐已经过世了，我永远也不会知道答案。

“即便知道那本书不存在，到现在我依然会去旧书店寻找。别人问我有什么想要的书时，我的第一反应就是《金色的梦》。我似乎在期待只要找到了那本书，就会像小说中的失明老人那样，内心发生某种变化。尽管知道这是幼稚到不行的想法……

“我完全不知道你们在帮我找那本书，真的很对不起。”最后小朋又一次向我们道歉。

“哪里，这是我们自己要去找的……”

原来我和高野是在丝毫不知内情的情况下，花了整整两周时间找那本书？恐怕再没有比这更毫无意义的事了吧？小朋不仅仅是在找那本书，她是在找书背后的答案，一生都不会知晓的答案。她被姐姐的死，还有随之发生的事束缚住了。不，应该说，她是自愿被束缚的。

每当提起姐姐的事，小朋总是会落寞地微笑，看得我心里很难过。

“祝你生日快乐！”高野突然大喊一声，站了起来。

“是相原小姐的笑容给了我勇气，因为想要看到那样的笑容，我才能坚持下来，一直没有辞去咖啡馆的工作。”

这个男人冷不防想说什么？我吓了一跳，用力拉高野的袖子，但已经无法制止兴奋的他。

“也、也就是说，我想说的是，即使相原小姐没有发现，但这里就有一个人是因此而获得了帮助。在相原小姐生日的今天，这里就有一个人真心感到高兴。可以的话，希望你能记住这件事。我想说的就是这些。”

高野滔滔不绝地说完，最后又怯怯地说了一遍：“祝你生日快乐！”然后像生气似的涨红了脸，“扑通”一声坐了下去。现场霎时一片静寂。我十分理解他是想鼓舞小朋振作起来，但无论如何，这也太突兀了吧？

因为眼前的火锅已经沸腾，我关了卡式炉的火。小朋依然闭口不言，从刚开始就低着头。过了一会儿，她缓缓站起，打开隔壁堆满藏书的房间的拉门，走了进去，从里面关上了门。

“我说没说什么不合适的话……”高野脸色苍白地看着我。

隔壁房间里悄无声息。我们等了好半天，小朋也没有出来的迹象。开始担心的我敲了敲拉门，然后向里望去。也不知是怎么回事，微暗的光线中，小朋竟然正襟危坐，专心致志地在看书。即使我打开了拉门，她也一眼都没看过来。

“小朋？”我朝着她的背影唤道。

“嗯？”

“你在做什么？”

“做什么？我在看书啊。”小朋淡然回答。

“为什么要在这时候看书呢？”

“因为我突然想看书了。”小朋的视线始终不离书本，这意味着她是想逃避眼前的现实吗？刚才高野那番话，等于是表白了爱意。

当高野走到她身后时，小朋把脸凑近书本，看得更加投入了。我和高野困惑地面面相觑。

不知高野想到了什么，他在小朋身旁静静地坐下，拿起手边一本文库本，默默地看了起来。

有那么一瞬间，小朋抬头看了高野一眼，旋即一言不发地收回视线。

“怎、怎么回事，好可怕……”看着两人的背影，我忍不住低喃。

但两人没有任何反应。要是就这么看到早上，那该如何是好？就在我有些不安时——

“相原小姐。”高野沉静地开口了，“我嘴巴很笨，不大会表达，不过我可以像这样默默地陪着你。需要的时候，请呼唤一声，我会飞奔过来的。”

小朋依旧看着书，没有抬头。但幽暗中，她的身体微微一动，像是轻轻点了点头。高野也看到了，他浅浅一笑，也看回自己的书。

没想到高野一直比我更理解小朋，或者说，更理解人性。当我在为如何对待小朋烦恼时，他思考的是怎样让小朋安心。基于本人意愿关闭的门扉，不能强行撬开，要从内侧主动打开才有意义。想通了这一点，看着默默并肩读书的两人，我很自然地觉得，离小朋主动打开门扉的日子不会太远了。

我也拿起手边的一本书，靠在墙上。翻着书页，我在心里做了一个决定。是的，我要给和田打电话，约他这几天见面。自己筑起的墙，必须由自己来拆除。

就这样，在小朋生日的这个晚上，随着翻动书页的声音，夜色悄然深浓。

31

受台风横扫西日本的影响，东京连日来风狂雨骤，行道树的叶子也被吹光光，枝干有点害羞似的伸向空中。

和田这阵子工作都很忙，最终见面是在小朋生日四天后了。那天本来是休假日，但和田因为临时来了工作，一直忙到下午，见面时已近傍晚时分。

大概是觉得我最近的状况很不对劲，一见面和田就关切地问："发生了什么事吗？"于是我决定告诉他那天晚上的事。

"原来贵子是因为这件事无精打采？"

听我说罢，和田恍然大悟似的喃喃说道，然后又说："这样啊，这也难怪。"语气就像犯下了大错。叹了口气后，他闭上眼睛，一动不动。

今天"思波尔"里也是座无虚席。隔壁桌上坐着一名身穿西装的男性，一边喝咖啡一边悠闲地将报纸摊在桌上看。对面的座位上，一对年轻情侣正凑在一起聊得火热。今天一早雨就停了，久违的太阳露了面。黄昏时分柔和的光线，从窗外悄然洒进微暗的店里。

和田从刚才开始就没再碰咖啡，表情一直很严肃。夕阳将他临窗的肩膀染成了金黄色。见他久久不动，我不禁担心地问：“你没事吧？”

“哦，我没事。”和田睁开眼睛，说话的声音比平时更认真。

“对不起，没告诉你是我的错。而且我也欠考虑了。该怎么说呢，我以为说出这件事，会让贵子心情不好，没想到因为没告诉你，反而让你担心。真的很对不起。”和田语速飞快地说完，又向我解释和前女友见面的经过。……那天傍晚，他正在上班，一年没见的前女友突然打来电话说要还书，他说就当送给她好了，但对方表示已经到了附近，无论如何要见一面。结果不知为何，一见面就要求复合……听到这里，我打断了和田的话。

“不用再说了，够了。”

“够了？”和田瞪大眼睛问道。

“已经没事了，我很清楚你们之间并没有什么。”说完我笑了，笑得很自然。老实说，许久没见，在见到和田之前，我其实相当紧张。但当他就在我面前时，心情却又一片大好，我真的觉得已经没事了。

“可是……”和已经自行想通的我相反，和田皱起了眉头，显得有些茫然。每当他感到困惑时，就会无意识地露出这种表情。大概是听到了和田的声音，隔壁桌上的男性从报纸上抬起头，朝我们投来一瞥，旋又失去兴趣，回到自己的世界。

“我并不是因为想说这件事才约今天见面的，纯粹只是想见面而已。”

“可是因为在意这件事，贵子才……”

我摇了摇头。“那件事真的已经不重要了。我确实因此受到了打击，但最令我震惊的，还是这次的事让我意识到，自己竟然无法信任你。我不知道该怎样来面对……所以问题是在我这里。”

“问题？”和田又皱起了眉头，今天他一直显得很困惑。

“是的。我是个胆小鬼，总是避免向你袒露真心。我下意识地害怕受到伤害。被桃子舅妈指出后，我才终于明白。所以我决定不再逃避了。”说话间，我感到无谓紧绷着的神经骤然松弛下来，心情异常舒畅。我是真的没事了。本来只要好好看看和田就会明白，我却没有这样做。从交往以来一直如此。

和田不住地眨着眼睛，定定地看了我好久，最后不胜感慨地说了声：“是吗？”

“嗯？”我反问。

“没什么，原来这一个礼拜，你为了我想了这么多。”说着，他终于喝了口咖啡。

“嗯……”我侧头沉吟着，“与其说是为了你，应该还是为了我自己吧。如果不这样做，总有一天我会陷入深深的自我厌恶，到那时也就无法再和你在一起了。这是我绝对不能容许的。”

听了我的话，和田抓了抓头，有点害羞地笑了。“今天的感觉就像坐云霄飞车一样。”

“对不起，说了很多奇怪的话。”说完，我将咖啡一口饮尽，准备就此结束这个话题。

“哪里，这是我的错。总之，我和她没有什么，今后也不会再见面了。请相信我。”离开咖啡馆前，秉性耿直的和田有些局促地补充道，我禁不住扑哧一笑。

之后我们漫步在夕阳西沉的街道上，走向和田的住处。尽管明天一早我们都要上班，今天还是想在一起。

“我也要坦白一件事。”一如往常身姿挺拔地轻快前行之际，和田忽然开口说道，“我很羡慕贵子。”

“羡慕我？为什么？”这实在太意外了，我讶然问道。

“贵子有很多真心相待、值得信任的人吧？”和田如是说。

“你是指阿悟舅舅他们？”

“嗯。”和田微笑着点头，“一看就知道，他们都很爱护贵子。”

“这样吗……”虽然不是没有体会，不过更多时候感觉他们都喜欢逗弄我，尤其是桃子舅妈和三郎。

“那是因为贵子的确很有魅力，而且你也很珍惜周围的人。”

“哎呀，魅力这种事谁知道呢。”我难为情地说，“不过来到东京后，很长时间里我没几个朋友。不对，在老家时也一样，几乎没有像阿悟舅舅、桃子舅妈还有小朋这样可以无拘无束说话的人。所以我也觉得现在这样还蛮厉害的。”

第一次去舅舅的书店时，我做梦也不曾想到有如此丰富的际遇在等着我。与和田的相遇也是，如果没有那场悲惨的失恋，我就不会来森崎书店，和舅舅的关系也依然疏远，多半也不会遇到和田。想到这里，我只觉得真是不可思议。所有这些因素环环相扣，我们如今才能并肩走在薄暮时分的街道上。

不过和田会羡慕我，着实让我感到意外。像他这样的人，应该走到哪里都有很多人喜欢，过得很好才对。

“不，根本没这回事。”和田坚决否定了我的想法。

“从小我就常被人说理性，我也的确无论在哪里都会过得不错。但另一方面，我经常只能抱着旁观者的心态与人相处，我的内心始终很冷静，从儿时起几乎没有情绪上的大起大落。我自己也不清楚为什么会这样，我想过也许是因为我在一个极端冷漠的家庭里长大，与父母关系也很疏离，但这绝不是唯一的原因。或许我天性就是如此。”和田一边凝视着自己的右手掌，仿佛在确认自己的身体构造，一边继续说道，“和我这样的人在一起，即使起初觉得很稀奇，时间久了任谁都会厌烦。所以大家都自然而然地离我而去。我的房间一开始不是很脏乱吗？该怎么说呢，我觉得那种状况很能代表我这样的人，尽管多少学会了粉饰外表，内在却乱七八糟，无从收拾。

“但看到贵子还有森崎先生他们时，我打心底觉得真好啊，自己也想成为其中的一员。我真的很向往。我会提出写一本以书店为舞台的小说，也是想以自己的方法加入大家的圈子，哪怕只有一丁点效果也好。”

和田说完看着我，露出有点不好意思的表情。我也同样凝视着他。原来他是这样的想法，在此之前我根本一无所知。到现在我才终于理解，为什么坦白要写小说时，他的表情会那么紧张。

“我希望被大家接受，和大家一起高兴、一起悲伤。这真的是我第一次这样想。”

我轻轻握住和田温暖的手。“当然可以，因为你是很出色的人。”

“是吗？”和田没有自信地低语。我朝他坚定地断言：“是的，我可以保证。”

和田有些惊讶地看着我，然后眯起眼睛笑了。“谢谢你。”最后和田这么说。这也是我想说的话。我很高兴和田跟我分享他的心事，也很高兴他喜欢我，还有那些我深爱的人。我有种获得奖赏的感觉，因为我鼓起勇气，袒露了自己的心意。

表达自己的想法，看起来简单，实际上却很难。如果面对的是自己很重视的人，就更是如此。走在他身边时，我在心里这样感叹。但只要拿出勇气，就能拉近彼此的距离。

拐过弯，和田住的公寓出现在眼前。我们依旧手拉着手，径直往前走。

用不了几天，冬天就要到来了，我最爱的季节终将过去。不过，这样也不坏。

今后无论冬去春来，季节如何变迁，我们一定都会每天过着安稳的日子，我喜欢的人们也都会欢笑着生活吧。

走在黄昏的道路上，我没来由地这么觉得。

32

我有点事跟你说。

阿悟舅舅突然说出这话，是在十二月过半的时候。

休假日一早我就去了森崎书店，因为忙这忙那，我已经两周没来了。到打烊为止都过得很平和，就在我准备离开书店时，舅舅叫住了我。

“还有时间吗？”说话时，舅舅显得有些心神不定。

“嗯，有啊。”

最近舅舅比以前沉默了一些，我虽然心里纳罕，但因为和田和小朋的事，再加上每天忙忙碌碌，实在也关注不了那么多。但最近舅舅的样子明显不对劲，不说别的，他会这么说话，本身就很反常。舅舅向来是有话就要直说的人。

总之，我们两人合力，很快完成了打烊工作，离开了书店。

一出门，冷冽的夜气扑面而来。这是个如假包换的冬日夜晚，周遭比平常更显静谧，空气也冰冷而紧绷。黑沉沉的夜空中，几颗星星在闪烁。

“我们走一会儿吧。”我向舅舅提议。呼吸外面的空气，稍微活动一下身体，或许会让人提起精神。

“可是很冷啊。”

“就是因为冷才想走走。”

“是吗，那我陪你一道。”

我们穿过樱花路，走到大街上，再拐个弯，就此一路向前。

舅舅腿虽然短，走路却很快，而且也不会有意识地配合走路慢的人，所以跟他一起走路，距离总是越拉越远。不过我知道走到一定程度，他必然会停下脚步，等着我追上去，所以我也并不着急，只管按照自己的步调，安闲地追着舅舅的背影前行。一切都和过去一样。小时候和舅舅一起出去散步，我也总是用目光追逐着他那瘦小的背影。

走到皇宫前的护城河，我们决定在返回前稍事休息。护城河上倒映着朦胧的路灯光，波光粼粼的水面上，优雅游泳的鸟儿宛如黑色的剪影。树篱的深处，皇宫幽暗而静寂。舅舅说声“可别感冒了”，从自动贩卖机上买了两瓶热柠檬水，递了一瓶给我。他还是像以前那样爱喝热柠檬水。

“嘿哟。”舅舅吃力地坐在护城河前的长椅上。

“屁股没事吧？”我苦笑着问。

“这点毛病不算什么啦。”舅舅用力竖起拇指。

从这里可以清楚地看到夜空。天边挂着一弯新月，更远处是猎户座在闪烁。皇宫另一侧报社的大楼里，还有许多窗子亮着灯光。护城河边的大道上，很多人在气喘吁吁地慢跑。我和舅舅不时看一眼他们奔跑而过的身影，慢慢地喝着热柠檬水。

“对了，谢谢你安排的旅行。不管怎么说，去了还是不错的。

桃子也很高兴。仔细想想，我们已经十年没有那样去旅行了。”

旅行的事已经过去一个多月了，舅舅现在才想起来道谢。

“这不算什么，因为我一直多承你照顾。”

“哎呀，也没怎么照顾啦。”

“从小舅舅就很照顾我。”我仰望着夜空说。想到这个人知道很多自己小时候的事，不禁有些不好意思。

“是吗，这么说来，我们的缘分也有二十多年了。”舅舅也抬头望向夜空，怀念往昔似的眯起了眼睛，“时间过得真快啊。”

“不过也有很长一段时间没见面。说实话，自从青春期以后，我就一直很怵和舅舅打交道。我不知道你在想什么，老大不小的人了，还成天四处闲晃。”

“好过分，我被打击到了。”舅舅呼出一团棉花般的白气，像平常那样放松地笑了起来。

“对不起。不过小时候我可喜欢你了，回想起来，那时全是快乐的回忆。我到现在才明白，舅舅对我是多么亲切。”

“啊哈哈，所以没意识到的时候就很讨厌我啰。原来如此，难怪你好久都没来看我。”

“不是讨厌，是不知道怎么相处。不过现在完全不会这么想了。”

“那就好。”

和舅舅聊着天，不知为何我总有种违和感。一旁的舅舅和平常一样说笑，温柔的声音也一如往常。可就是有什么地方明显不对。舅舅在为什么事困扰。在这样静寂的夜晚和他单独相处，我可以清晰地感受到他的情绪，内心颇感不安。这种不安在心头一点点蔓延开来。

“舅舅，你不是有事要说吗？”我开口问犹豫着迟迟不进入正题的舅舅。

“哦，是的。”

“该不会是不太好的事吧？”

回过神时，我已经握紧了那瓶热柠檬水，尽管身体很冷，手上却在出汗。舅舅瞟了我一样，轻轻点头。

“算是吧。”

“到底是什么事？”

嗯——舅舅又点了一下头。

“其实，”舅舅一脸严肃地说，“最近我的痔漏又加重了！哎呀，真是好头痛啊！”

为他担心的我实在太蠢了。我一言不发，伸出双手用力一推舅舅，他差点从长椅上跌下来，发出“哒——”的奇怪尖叫声。

“贵、贵子，你干什么！拜托不要刺激我的屁股了！”

“笨蛋！”像要释放刚才的紧张一般，我深深地叹了口气。虽然被气得不轻，但一颗心也落了地。原来是痔漏的事啊，痔漏这么痛苦吗？虽然也是麻烦事，不过幸亏只是这样，真是太好了。我心想。

“明天一定要去医院看。”

“嗯，我会去的。”

“一定要去哦！”

我轻快地跳了起来，催促舅舅：“差不多该回去了。”再不回去，真的要感冒了。

但舅舅迟迟没有从长椅上站起来。难不成痔漏这么痛吗？没办法，我伸出右手，准备拉他一把。

舅舅注视着我伸出的手，始终没有去握。我不耐烦地催说“快呀”，他才幽幽地说道：“是桃子那家伙的事。”

“什么？”因为来得太突然，我脱口反问道。

“其实是那次旅行时她告诉我的……”说到这里，舅舅顿了一下，抿紧了嘴唇，然后缓缓开口，“前不久癌症复发了。她自己很早以前就从医生那里得知，但一直说不出口，所以据说已经进展得很快……”舅舅呼出的白气摇曳着升上天空，逐渐消失。

“现在只有我知道，不过早晚大家都会知晓，所以我想在那之前，先跟贵子说一声……”

一股奇妙的感觉向我袭来，仿佛被抽走了脚下的支架般，我站都站不稳了。手脚在急速地变冷，伸向舅舅的那只手不受控制地软垂下来。

“你是在骗我吧？她明明那么硬朗……”多么希望这只是个谎言。我在心里祈祷着问道，然而这并不是谎言。

舅舅那悲伤而又认真的眼神，已经说明了一切。

33

一群候鸟正在单调的冬日天空中飞翔。它们排成一列，用力拍打着黑色的翅膀。本以为会飞到上空，没想到原地打了个旋，就又飞远了。那乘风而去的身影，很快就变成了小黑点。

它们要飞去哪里呢？

思索着这个问题，我从病房的窗口怔怔地眺望着鸟群。

今天的风很大。为了便于患者散步，医院设有相对宽敞的中庭，温暖的午后常会看到人影，今天却谁也没出来。成排的松树在大风劲吹之下，树枝嘎吱嘎吱剧烈作响。外面的冷空气从微微打开的窗户灌了进来。

“可以看到什么有趣的东西吗？”回过头时，坐在床上悠闲织毛线的桃子舅妈正看着站在窗前的我。我轻轻关上窗户。

“没有，感觉今天风很大，窗子还是关起来吧。”

“嗯，谢谢。”

桃子舅妈手上的棒针在很有节奏地舞动着，这阵子她热衷于做毛线活，视线总不离手边。

“这是在织什么？”

“手套。”

“可是都二月底了呀。”

“没关系，我就是图个乐子，用来消磨时间正合适。”

“这样啊。”我坐在旁边的折叠椅上，视线也投向她手上的动作。

“贵子，等织好了就送给你吧？我没有戴手套的习惯。”

“嗯，我戴手套。可是多久才能织好呢？”

“这个嘛，要到三月了吧？不过明年不是也用得上嘛。”

明年吗……

我在心里重复着这句话。也许那时桃子已经不在人世了，我怎么也无法想象，不，是不愿想象。为了摆脱脑海里浮现的恼人念头，我刻意开朗地回答："好，那就给我吧。"

"好的。"桃子舅妈抬起头，朝我微微一笑。那是个毫无杂质、充满亲切感的微笑。

桃子舅妈住在都内一家综合医院三楼的四人间病房。听说她以前也是在这家医院做的手术，就住在同一层的不同病房。那时她已经离开了舅舅独自生活，所以应该没有人陪在她身边。我想当时她心里应该很不安吧。

病房里总是弥漫着医院特有的消毒液和药品的味道，还有淡淡的汗味。米色的窗帘，雪白的墙壁，虽然整洁，但也有些冷冰冰的。

"医院就是这样啊。"桃子舅妈说，还露出惊讶的表情，仿佛在说"这不是理所当然的嘛"。

"好了，你回去吧。坐时间长了，我也受不了。"桃子舅妈手上不停，冲着门口扬了扬下巴。每次来看她都是这样，坐不到一小时就叫我回去。我也不知道她是在体贴我，还是真的觉得是个负担。

不过就算她这么说，我也不会轻易就走。最后她总是哼上一声，说："不用这么照顾我，你看，我没事的。"

我就这样被赶着离开了病房。

话说回来，桃子舅妈气色很好，皮肤也有弹性，看上去确实很健康。饭菜也总是一转眼就吃光，即使在病床上，也照样坐得笔直。这么说可能不太合适，不过她那一点都没变的样子，简直让我有点气馁。

“那家伙真是让人头疼。”

一起出去散步的那晚，回来的路上舅舅几次这样抱怨，接着就是低低的叹息。仿佛被禁止走得快一般，我们肩并肩慢慢地走向车站。我甚至完全不记得从皇宫怎么回来的，只有舅舅那低低的叹息，饱含着内心的万千思绪，后来一直在我耳边回响。

我还得知了几个完全没有预料到的事实。

桃子舅妈复发的癌症进展很快，已经转移到淋巴结，很难进行手术。这是医生告知的情况。桃子舅妈也接受了现实，这次不打算做手术了。起初舅舅坚决反对，经过和主治医生反复讨论，才逐渐认同这可能是最好的做法。最重要的是，他觉得应该尊重桃子舅妈的想法……

一旁的我只能无力地应和着“嗯”“是吗”。突然摆到眼前的事实，让我来不及思考，也不知道该怎样思考。唯一体认到的，就是事态远比我想象的还要严重。

舅舅的叹息声夹杂着路上车辆驶过的声音，传到我耳边。

我盯着柏油路默默地走了一会儿，忽然想起一件事，于是问道："你刚才说是旅行的时候得知的？"

"嗯，起初我很吃惊，怎么突然说这话，但桃子虽然爱开玩笑，却不是拿这种事开玩笑的人，所以我当下就知道她是说真的。"

"那舅舅很早以前就知道了啊……"

我原本只是希望他们通过那次旅行，可以好好放松一下，没想到两人之间发生了这样的事。不过回想起来，舅舅明显变得沉默，就是在那次旅行之后。这些日子他始终不说出口，把秘密藏在自己心里。我似乎能理解为什么连告诉我都是那么艰难，因为感觉一旦说出来，就等于完全承认了这个事实。那一定很可怕。

"舅舅一个人扛着，很难受吧。"我幽幽地说。

"还好，也不至于啦。"舅舅干笑了一声，"而且就像我刚才说的，也不是马上就会怎样。再过些时候会安排她住院，不过那也是视情况而定。"

"这样啊……"

可是不做手术，就意味着不可能治愈，换言之，桃子舅妈剩下的时间不多了。

最令我震惊的就是这件事。盘踞在桃子舅妈身体里的病灶，不久就会攫住她，把她带到另一个世界。桃子舅妈很快就会离开这个世界了吗？我怎么也无法相信。原本我想当然地以为，桃子舅妈会活成一个和善的老太太，和成了老爷爷的舅舅一起，一直一直打理着森崎书店。

回过神时，我已经和身旁的舅舅一样，发出低低的叹息。舅舅好像接收到信号一般，喃喃地说："服了她了。还以为过了五年终于回来了，没想到这次是生病，还快到晚期了。她自己却没事人一样，让人一点真实的感觉都没有。多少也要像个病人的样子呀。"舅舅无奈地摇着头，又轻声叹了口气。

"嗯……"

"真是服了她了。"走到车站之前，舅舅一再这样感叹。

之后一段时间，日子就如舅舅所说，平静得仿佛什么事都没发生。桃子舅妈依然在书店接待客人，一周有几天去小饭馆帮忙。为了看到她亲切的笑容，三郎这些熟客时常来逛书店。表面上没有任何变化。

得知病情后，我去书店看桃子舅妈，她的态度也十分淡然。

"总之，就是这么回事。"桃子舅妈满不在乎地说。

"可是……"我想说点什么。不等我开口，桃子舅妈就开朗地说："这是没法子的事，我心理上已经有所准备。所以拜托你不要表情那么沉重，让我的心情都跟着低落了。”说完她用力拍了拍我的背，总觉得反而是她在鼓励我。

既然当事人都这么积极面对，我又怎能一味消沉。

在那一天到来之前，作为外甥女兼忘年之交，我会尽可能地陪桃子舅妈一起度过。无论以什么形式都好，我希望为舅舅舅妈出一份力，这是我强烈的心愿。

又过了些日子，桃子舅妈的住院时间确定了，是在开年之后不久。

基本上是短期住院，但视病情也有可能就此长期住院。桃子舅妈向中园老板说明了缘由，在小饭馆帮忙到一月底就休假。这是中园老板主动提议不要辞职，代之以休假的形式。总之，一月还可以看到桃子舅妈穿着围裙忙碌的身影。

舅舅千方百计想让桃子舅妈开心，还提议再去旅行一次，但桃子舅妈希望在家里安静地生活。

当舅舅怀疑她是担心自己不乐意关店休息时，桃子舅妈明确地表示：“去过一次就够了，阿悟你要好好开店。我想看着你开店的样子，哪怕多一天也好。”

既然说到这个程度，舅舅也就没法再多说什么了。

到了这个时候，神保町的人们也都知道了桃子舅妈的病情。

他们乍一听闻，反应都是："是那个桃子吗？"和我一样根本无法相信。三郎甚至带着怒意打来电话，要我告诉他详细情况。但因为桃子舅妈希望一如往常地生活，表面上谁也没有表现出特别的担忧，或是流露出沉重的表情。

住院前，桃子舅妈因为小饭馆的工作已经请假休息，时常去光顾"思波尔"。

有时桃子舅妈也会跟三郎、老板还有高野聊天，她到这时依然很开朗，甚至还有心情逗弄沮丧的三郎等人。她也很喜欢老板特地为她制作的奶昔，每次都喝得一脸幸福。

我跟和田也陪她喝过茶。当时桃子舅妈故意当着和田的面问我："你跟和田二号最近怎么样？"看到和田很认真地问："和田二号？那是谁？所以我就是一号啰？"她乐得不得了。

接着她似乎想起了什么，突然对和田说："贵子就拜托你了。她虽然有些优柔寡断，但是个很好的孩子。"

这一点都不像是桃子舅妈会说的话，我直接惊呆了，一旁的和田回答"这是当然"的同时，也忍不住瞪大了眼睛。

最近舅舅的脸色一直很憔悴，感觉状况比桃子舅妈还要糟糕。但书店依然照常营业，我也不时去看望他。

"舅舅，你还好吧？"

当我不放心地问他时，他总是答说："嗯，我没事。"可他才不像是没事的样子。

如果再多嘴，舅舅就会不耐烦，于是我试着换个能让他来劲的话题。

"有什么推荐的书吗？"

"嗯？哦，这个啊。今天一时想不出来，下次先帮你找好吧。"

就连平时一准眉飞色舞的话题，舅舅的反应也这么迟钝，而且依然一个劲地叹气。

"有什么我帮得上忙的事吗？"看着舅舅憔悴的侧脸，我实在于心不忍，很认真地向他提议。只要是我力所能及的事，我都愿意去做。但舅舅却吃惊地看着我，仿佛在说"怎么说这种话"。

"贵子已经帮了很大忙了，还经常去医院照看，如果再要求什么，那也太过意不去了。"舅舅说完，无力地笑了笑。

再也没有舅舅爽朗声音回响的森崎书店，对我来说，已成为一个不胜凄凉的地方。

二月初，桃子舅妈住院一周后，医生宣布她只剩下半年的寿命。从舅舅那里得知这个消息时，我完全没有真实感，觉得这就是句毫无意义的话。我根本无法想象，桃子舅妈很快就会离开人世。最重要的是，她现在还在呼吸、还在说笑，从她身上丝毫感受不到那样的征兆……

我总觉得死亡这件事还远得很，要到很遥远的未来才会发生。或者说如果是桃子舅妈的话，她大概会一笑了之，只当没这回事吧？看着桃子舅妈，我甚至有这种想法。

我去病房探望桃子舅妈，主要就是为了确认这一点。看到桃子舅妈跟以前没什么两样，心里就偷偷松了口气。什么嘛，这不是一点问题也没有吗？看上去很健康啊！我是真的这么想。

等到十月，不，九月也可以，总之天气凉快以后，就再去爬御岳山吧。

那天在病房里，我向和平常一样忙着织毛线的桃子舅妈提议，我们可以像上次那样坐缆车上山，还住在那座类似集训宿舍的山庄。老板娘和阿春应该都还在那里，我们再去看看她们俩，然后在观景台上俯瞰群峰绵亘的美景，晚上并排躺在被窝里一起入睡。

“好不好？之前你不也说过，玩得很开心吗？”我从椅子上探出身体说道。

“嗯——”桃子舅妈懒懒地缩了缩肩膀。

“贵子肯定会好累啊，脚好痛啊，一路抱怨个不停。”

“我不会抱怨的。”

“你抱怨过哟。”

“我应该只是稍微念了几句，这次我不会说的。”

“靠不住，你总是撑不了多久就要叫苦。”

“我可以发誓。”

“对了贵子，当时你还在山上结结实实摔了一跤，真是好笑极了。”

到最后她也没有明确地回答我，到底去还是不去。

从病房的窗户望出去，中庭里早开的樱花已开始凋落，花瓣如同打旋般在路旁飞舞。

34

进入夏天以后，桃子舅妈依然很有活力。因为天气持续炎热，我担心她会撑不住，但她胃口依旧不错，气色也很好。这些日子她不断住院又出院，时不时就休息，但还是会去森崎书店露个面。有天晚上小朋来看我，我们三人还一起去中园老板的小饭馆吃了饭。

然而到了秋初，日间的风也有了凉意的时候，事态却急转直下。在家中疗养的桃子舅妈病倒了。原本预定一周的在家疗养因此取消，当天就紧急决定再次住院。

“医生昨天跟我说，要做好心理准备。”电话那端，舅舅用僵硬的声音告诉我，“贵子有时间的话，可以再去看看她吗？”

舅舅的电话虽然简短，却有着极大的威力，彻底粉碎了我半年来隐隐的期待。而我深藏心底的隐忧，极力逃避的现实，也在那一瞬间终究清晰地来到眼前……

第二天，我利用午休时间赶到桃子舅妈的病房。不安和紧张啃噬着我的心，当我推开病房的门时，立刻听到她的声音：“哟，贵子，你又来了。”

还是熟悉的台词，但她的声音虚弱无力，跟以前简直不能相提并论。大概是身体很难受，以前她很少躺在床上，总要坐起身来，这次却直到我走进病房，依然没有坐起来的意思。明明一周前来看她的时候，还是那么生龙活虎呀……

桃子舅妈和我对上视线时，就像个难为情的少女一般，轻声地笑了。

“桃子舅妈……”我忍不住带了哭腔，但旋即调整好情绪，极力挤出一个笑容，“接到舅舅的电话，我可着实吓了一跳。”

“我这样子也很虚弱了吧？”

新的病房是个单间，桃子舅妈一个人躺在中央的白色病床上。虽然房间很宽敞，却有种奇妙的压迫感。不知为何，只是待在这里就有种强烈的感觉，此前有很多病人在这间病房、这张床上生活过，而后离开了人世。

“舅舅呢？”

“刚才回家拿换洗衣物去了。因为太仓促，什么都没预备。”

“是吗……”

我一直在病房里等到舅舅回来。桃子舅妈也没有像以前那样催我早点回去，而是安静地躺着。

“贵子，谢谢你经常来看我。你还会再来吧？”临别之际，她突然说出这句话。

“桃子舅妈，这话可不像你的风格。”

“因为会难为情啊，只有虚弱的时候才说得出口。”

“可还是坦率说出来比较可爱。”

“哎哟，怎么跟我这个大婶讲这种话？”

“我很快还会再来，所以你要好好休息，知道吗？”

桃子舅妈转过头，朝我微微一笑，老实地点头称是。

我感到体内有块热热的东西。那热块就在胸口附近，不断往上寻找着出口。从病房出来，我靠在走廊的墙上，死死盯着天花板上的日光灯，直到情绪平静下来。

从那以后，因为舅舅频繁去病房看护桃子舅妈，森崎书店休息的日子也就很自然地变多了。尽管桃子舅妈不希望这样，但无论她说什么，舅舅都不为所动，坚持继续跑医院。

舅舅明显地瘦了下去。原本他就很瘦，现在更是瘦脱了形，我看着都觉得难过。眼睛下方出现了黑眼圈，脸颊也凹陷下去，短短几个月时间，整个人就像老了五岁。

舅舅还总是发呆。哪怕客人就在眼前把书递给他，他也注意不到。

“舅舅，有客人。”我悄悄戳一下他肩膀。“啊，真是不好意思。”他才慌忙接过书结账。等到事情一了，很快又开始出神。

书店的样子还是和以前一样，书本都按照舅舅的分类各得其所，打扫得也很彻底。然而如今我却强烈地感到，这样反而把书店变成了一个很压抑的地方。

我委婉地劝舅舅稍微休息一下，但舅舅根本不听，说只有这样才不会胡思乱想。

“可这样下去你会病倒的。”

“没事的，我没那么脆弱。”平日里动辄叫苦连天的舅舅，这时却这么逞强。

“因为桃子会向我道歉，觉得给我添了麻烦，很过意不去。要是听到她说这种话，我恐怕会疯掉。所以我必须证明自己很冷静。”

“舅舅……”我不知道该说什么好。

“我太没用了。”舅舅坐在次郎上，茫然地望着空中叹息，自言自语般地喃喃道，“本以为这半年来，我已经做好了送走她的心理准备，谁知道还是不行。真到了这个时候，还是觉得哪怕多一天也好，想要跟她在一起。我还在全心全意地企盼她不要离我而去。连她都很自然地接受了现实，到头来反而是我接受不了。我实在太贪心了。”

“你并不贪心。”我坚定地说，但舅舅摇了摇头。“不，我很贪心。最近我总在想，只要能让桃子活久一点，我宁愿牺牲其他一切。”舅舅蓦地浮现一抹苦笑，又补上一句，“我真是个罪孽深重的人啊。”说完他似乎突然清醒过来，看着我说，“啊，对不起，只顾着抱怨了。”

“没关系，我唯一能做的也就是倾听了。”我能做的事，真的就只有这样。我对自己的无能为力深感沮丧。

当我在一旁情绪消沉时，舅舅却突然“哦”了一声，站起身来。“有桂花的香气。”说完，他深吸一口气，闭上了眼睛。我也跟着吸了一口气，真的是。在霉味当中，有一股入夜以后更显浓郁的甜美香气，不知从何处飘了过来。

“已经到了桂花飘香的季节呢。”听我这样说，舅舅露出了当天第一个真正意义上的笑容。“桃子以前就很喜欢这种香气，但愿那家伙在病房里也会注意到。”仿佛在祈祷一般，他久久地闭着眼睛。

时间流逝，日子一天天过去，谁也无法阻止。

我最后一次见到桃子舅妈，是在十月初一个沉静的午后。从窗户吹来怡人的秋日气息，中庭里开放的桂花也香飘室内。窗帘被风吹得微微晃动。一片静寂中，连细微的衣服摩擦声都清晰可闻。就是这样一个午后。

我一走进病房，舅舅就念叨说还有点事，匆匆离开了。回想起来，多半是因为已经到了最后的日子，他想让我和桃子舅妈单独相处。这是舅舅特有的体贴。

“给我讲个故事吧？”桃子舅妈昏睡了一会儿，醒来后向我说道，“今天感觉好多了，有点想听故事。”

“什么样的故事呢？”

“什么都行。对了，就比如贵子小时候的回忆。”

这个突然的要求让我有些为难，努力回想着有什么合适的回忆。最好是很好笑的事，能让桃子舅妈破颜一笑，忘掉身体的难受，哪怕只是一瞬间也好。

“这么说我想起来了，在你和舅舅结婚前，他带我去过一次夏日的祭典……”

“哦，和阿悟吗？”

“那年夏天，我照例跟着妈妈去外祖父家，离开前一天晚上，附近依稀传来祭典的音乐声。我磨着妈妈一定要去，可妈妈说明天一早就要搭飞机，今天得早点睡觉。我很喜欢和舅舅一起玩，想到明天早上就不在这里了，心里很失落，于是舅舅带我去了。舅舅自己当然也很兴奋。结果刚刚抵达会场，祭典就结束了。但是能去到那里，我已经十分满足，感觉简直赚大了。因为小吃摊上什么都没买着，舅舅就在附近的便利店里买了冰激凌，我们落寞地吃着冰激凌回家。”

说话间，我隐约想起了当时明亮的灯笼、热闹的人声、空气中残留的白天的热度。本来早已忘怀，不知为何现在又成了很重要的记忆。

“总之，就只是这样。对不起，要是能想到更有趣的事就好了。”我带着歉意说。桃子舅妈望着天花板，慢慢地摇了摇头。

“感觉那情景就在眼前……很棒啊，我也想去那里。我想和小时候的贵子、阿悟一起去逛祭典。”

“不要啦，桃子舅妈。不是说了几乎等于没去成吗？”

“可这样的事跟你们俩很搭，不是吗？”桃子舅妈说着，扑哧一笑，我也笑了。我以为自己在笑，但回过神时，已经有冰凉的东西滴落在手背上。我还来不及思考，雨点般的颗粒就从脸上纷纷落到手上。意识到不能这样时，已经太晚了。

我早已决定绝对不在桃子舅妈面前哭泣。在最痛苦的桃子舅妈面前流泪，实在是自私又难为情的行径。尽管已经下了决心，却在这个午后前功尽弃。感情一旦冲开堤防，泪水就再也止不住了。胸口那团一直翻腾着寻找出口的情感，在此刻一下子爆发出来了。

“对不起。”我一边道歉，一边极力想要收住眼泪。可是情绪一旦找到了出口，就不顾理性的阻拦，化为泪水不断地流出来。

“对不起、对不起。”我低着头再三道歉。桃子舅妈伸出手，像要揽住我的头一般，轻抚着我的头发。“好了。”她在我耳边细语，“不要道歉。”

听到她温柔的低喃，我的泪水更是止不住了。“可是……对不起。”

“贵子，不要道歉，好吗？”

我流着泪勉强点了点头。桃子舅妈无力地捏了一下我的脸颊，她的指尖很凉。我拉住她那苍白冰凉的手，冲动地紧紧握住。多么小巧的手啊！桃子舅妈本来就生得娇小，有一双少女般的手。可是现在，感觉她的手更小了，紧握着她的手，总觉得会越来越小，如淡雪般消融不见。

“谢谢你为了我哭泣。”桃子舅妈说，“悲伤的时候不要强忍，就应该好好哭一场。对于你们这些还要活下去的人来说，泪水是必需的。今后的人生中一定还有许多悲伤的事情，免不了要在其中摸爬滚打。所以不要逃避，悲伤的时候就痛快地哭出来，然后和悲伤一起前进。人生就是这么回事。”

“嗯。”我紧握着桃子舅妈的手点点头。房间里依旧残留着桂花淡淡的甜香，我一边抽泣，一边感受着这股香气。

“贵子，我一点都不后悔。能够再次见到阿悟，余下的人生在他身边度过，还有说再见的时间，我真的觉得太好了。而且和贵子也相处得这么好，要是再奢望什么，可是会遭天谴的。”

原来如此。桃子舅妈之所以回到舅舅身边，为的是想要和舅舅说再见。得知癌症复发后，她也依然淡定如常，或许就是因为自己的愿望已经全部实现了。而且桃子舅妈直到住院后，也一直很照顾周围人的感受，始终表现得那么坚强，她是真的一点都不后悔。

“不过我死以后，只有一件事无论如何放心不下。”桃子舅妈突然又说，“贵子，已经给你添了那么多麻烦，本来不该再开口，但你能不能听听我最后的心愿呢？”

“心愿？”我抬起满是眼泪鼻涕的脸，看着桃子舅妈。她也用那双蕴含坚强意志的眼睛回望着我。

“阿悟他自从知道我癌症复发后，一次也没有流露过悲伤，总是用那种背负了一切的表情笑着面对。可是我再清楚不过，我的病情到了如今这样，他有多么伤痛。可他是绝对不会承认的。我担心的就是我走了以后，他连哭都哭不出来，也不会向别人寻求帮助，一直背负着悲伤生活下去。因为他是一个那么温柔，又那么笨拙的人。”

“嗯。”想到舅舅最近那令人难过的笑容，我的胸口一阵疼痛。

“所以如果我死后阿悟也不会哭泣，贵子，希望你能陪在他身边。我们没有孩子，除了贵子，我想不到还有谁可以完成我的心愿。如果阿悟躲在自己的世界里，你要冲他发火，让他哭出来。因为我最大的愿望，就是他能继续往前走。”

桃子舅妈用力握住我的手。可能是身体什么地方不舒服，她的表情有些扭曲。

“对不起，提出这样任性的要求。”

"我答应你。"我定定地看着桃子舅妈的眼睛说道。我希望让她知道，我完全理解她的想法。

"谢谢你，我感觉安心多了。"桃子舅妈说完，表情终于放松下来，向我微微一笑。那是个由衷感到安心的柔和微笑。然后她用手帕轻轻擦着我泪水纵横的脸。我就像孩子接受母亲安慰一般，一动不动地闭着眼，直到她把泪水擦干净。好久好久，就这样动也没动。

那是一个沉静的午后，只有米色的窗帘在风中静静地晃动。

三天后的早晨，桃子舅妈过世了。

35

葬礼在舅舅家中举行。

当天是十月一个晴朗的日子，很适合桃子舅妈。因为桃子舅妈的双亲在她年轻时就已去世，参加葬礼的亲属只有我父母等寥寥数人。不过神保町很多跟她有交情的人都来了，以三郎为代表的书店常客、"思波尔"的老板、高野、中园老板和小饭馆的熟人，还有桃子舅妈以前工作过的山庄的老板娘……当然还有和田和小朋。小朋和山庄的老板娘为了帮忙准备守夜的用餐，第一时间赶来，对因为人手不足忙得不可开交的我和妈妈来说，可真是及时雨。

知道有这么多人喜爱她、为她惋惜，我发自内心地感到高兴。我们也都觉得，应该愉快地送她最后一程。桃子舅妈直到最后一刻都那么坚强，展露出花一般的开朗笑容，如果在愁云惨雾的氛围中送别，怎么想都不对。这是我们共同的想法。

所以守夜的时候，我们围坐在桃子舅妈的棺材旁，和平常一样谈笑风生。喝得醉醺醺的三郎因为在桃子舅妈生前答应过表演自己拿手的浪曲[①]，最终却未能实现，一口气说唱了半小时以上，最后被太太骂“少丢人现眼了”。桃子舅妈一个远房女性亲戚看到我们闹得火热的样子，紧皱着眉头一脸“太不严肃了”的表情，其实这真是天大的误会。我们当然也很悲伤，只是想用桃子舅妈乐意接受的做法来表达。

我觉得这是场令人难忘的好葬礼。到现在我也坚信，桃子舅妈一定会喜欢的。事实上棺材中的桃子舅妈表情安详，甚至给人以明朗生动的感觉。我们都异口同声地表示，“桃子舅妈的表情很愉快”“是啊，感觉她跟我们一起乐开怀似的”“绝对是这样”。

---

①日本的一种说唱艺术，又称浪花曲、难波曲等。表演方式为一个人说唱，并以三味线伴奏。

只有一件事让我十分在意。

那就是阿悟舅舅。他在葬礼过程中几乎没开口，饭菜和酒也完全没碰，只是郑重地向前来吊唁的人们鞠躬，再三表示感谢。就连桃子舅妈火化时，三郎和老板他们都止不住拭泪，站在旁边的舅舅却只是呆呆地望着空中，仿佛要看到天空的尽头似的，就是那么遥远的眼神。

哪怕舅舅当场失声痛哭，甚至举动失常，我们都做好了温暖抚慰的准备。老实说，我很希望舅舅能依赖我们，和我们一起悲伤，可以的话，让我说些安慰的话。可是舅舅丝毫不肯表现出软弱的态度。

桃子舅妈临终时，守在身边的当然是舅舅。我不知道当时舅舅是怎样的表情，在想些什么，又说了什么话。但至少舅舅在葬礼时的表现，给我的印象正如桃子舅妈担忧的，他在极力避免自己的情绪外露。

“我想关店一阵子。”葬礼过后不久，舅舅这样告诉我。

那天因为挂念舅舅，下班后我先去了森崎书店。明明还是营业时间，书店却卷帘门紧闭。担心之下，我当即打电话到舅舅家里，等了好一会儿舅舅才接起电话，当我问他时，他用疲惫不堪的声音回答“我决定休息了”。

困惑的同时，我也有种“啊，不出所料”的感觉。我早就有隐约的预感，舅舅应该很快就会宣布这个决定。

“身体不舒服吗？”我问。

“没有，不是这方面原因。”电话那端，舅舅有气无力地说。

“你好好吃饭了吗？我去给你做点什么？”

“没事的，只是有些累。那就……”电话就此挂断。不过这一个月来，舅舅已经憔悴到让人看不下去的程度，我也赞成他好好休养。我希望他经过充分休息，情绪平静后，重新回到书店。对舅舅来说，这也肯定是最好的做法。

原以为只是几天时间，最多不过一个礼拜，没想到森崎书店的卷帘门一直沉重紧闭，丝毫没有开门的迹象。卷帘门中央不知什么时候贴了张白纸，上面写着“暂时休息”，那张纸历经风吹雨淋，早已耷拉下来。

“阿悟打算什么时候开店呢？”以前每天都要到店里露个面的三郎，仿佛失去了一个去处般落寞地说，“我很理解阿悟的心情，但还是希望他继续经营书店。我们这些常客虽然帮不上多少忙，也会尽力支持。可是阿悟不在那里，就是想鼓励他也做不到。”

如果有机会见到阿悟，替我转告他——三郎在电话里托我带个口信。

是啊，还有很多人在等着这家店开门，舅舅当然也知道这一点，可是……

结果之后书店的卷帘门依然没有打开，舅舅休息了将近一个月。说到这段时间他在干什么，好像几乎都窝在家里。明明在桃子舅妈过世前，无论怎样的状况他都坚持营业……莫非是当时绷得太紧，现在那股劲一下子泄了？

我去国立的舅舅家里看望他。虽然电话里他每次都说自己有好好吃饭，声音却是有气无力的，于是我决定途中在超市买些食材，做点东西给他吃。

我去的是车站前的大型超市，以前和桃子舅妈一起逛过好几次。因为那家超市特价时比其他店便宜，所以很受桃子舅妈青睐。每次一起去逛超市时，身手灵活的她总是把全身的重量都压到购物车上，在通道上轻快地滑行，惹得我哈哈大笑。这些琐碎又无关紧要的回忆，在她死后却总是不经意地想起，每次都让我体会到心里裂了一个洞的感觉。

失去挚爱的人的失落感，到现在依然在不同的场合、以不同的形式，一次次感受到。

买完食材，我两手提着超市的塑料袋，沿着住宅区里的小巷走向舅舅家。被夕阳染红的天空中，有几只蜻蜓飞过。其中一只飞到我附近，似乎要落到我肩上，转眼又飞上高高的天空。走着走着，我几乎要哭出来，赶紧加快脚步，急急向舅舅家走去。

我事先已经通知舅舅，会在今天傍晚时过来，但按门铃却不见舅舅出现。门没锁，我自行走进玄关，对着楼梯再次呼喊，才听到从二楼舅舅的房间传来一声“嗯”。

我先在客厅桃子舅妈的佛龛前合十祭拜。遗照是一位爱好摄影的书店常客半年前拍的，以森崎书店为背景，桃子舅妈在照片里微笑。那张照片拍得很出色，看着看着，连我的心情都振奋起来。

随后我走上楼，敲了敲舅舅的房间，推开一看，明明已是黄昏时分，舅舅却穿着一套睡衣，躺在被窝里睡觉。他头发睡得乱翘，胡子也没刮，看上去就像漫画里的小偷。那副模样实在太落魄了，我忍不住叫道：“舅舅！”

舅舅无神的眼眸向我看来，莫名其妙地打了个招呼“早啊”。房间里到处都是薯片的包装袋和便利店的快餐饭盒，难不成他最近整天就这么过活？

“你在干什么？”

“睡觉。”舅舅突然从被窝的空隙里伸出双手，摆出V字手势。

“V个鬼啊！”我一把扯掉毛毯，舅舅顿时像潮虫似的缩成一团。我也不去管他，又把紧闭的窗帘一口气拉开。

“不要啊！阳光一照我会化成灰的！”

“胡说！”回过神时，我已经带了哭腔。不知为何，我反而松了一口气。舅舅还好好地活着，确确实实地存在着。

我并不觉得舅舅会追随桃子舅妈而去，但这些日子舅舅独自背负了一切，给我的感觉异常遥远，现在就算变成潮虫一样，却是确实存在着的，这已经足够让我高兴了。

“对不起，贵子。”舅舅似乎察觉到了我的心情，有些难为情地坐在被窝上，戴上镜片脏得不像样的眼镜，躲躲闪闪地看着我。

“算了。我还是先去做饭，我们俩一起吃吧？你这阵子都没好好吃饭吧？”

“嗯，对不起。”舅舅老实地点头承认。

我去厨房做了舅舅喜爱的咖喱饭，当然是按照舅舅的口味，用佛蒙特甜味咖喱来做。厨房看样子有段时间没用了，显得分外干净。

我将装好盘的咖喱饭、沙拉和蛋花汤端到客厅，然后去叫舅舅。我劝他吃饭前先去洗手间洗脸刮胡子，舅舅听话地去了洗手间。因为睡衣也很脏了，我让他换掉，他就在二楼换了一套颜色和款式几乎一样的睡衣。

然而一看到走进客厅的舅舅，我就发出了尖叫。他的嘴角被血染得通红。

“怎么了？”舅舅茫然地张开嘴问我，还要继续向我走来。我吓得大叫：“血！血！”

“哦，太久没刮胡子，大概是刮得太狠了。”舅舅漫不经心地说着，拿起纸巾擦拭嘴角。

“呜哇，这下可严重了。”等看到染血的纸巾，他才像个傻瓜似的惊叫出声。

“呜哇什么啊，你要仔细对着镜子刮胡子。”

“可是现在这副邋遢模样，我自己都不想看到。”

看来他也很清楚自己这样子见不得人。可是就算在这种时候，这个人也会做出让人无法理解的举动，所以还是不能掉以轻心。

总之，我们总算坐下用餐。舅舅依然双眼无神，表情也没有变化，只是机械地把咖喱饭送到嘴里，一点也不像是吃饭的样子。不过，这总比什么都吃不下去强。

“三郎他们都很担心，说等店再开了，想去看看你。”

吃着对自己来说过甜的咖喱饭，我向舅舅转告了三郎他们的话。

“是吗？那真是抱歉了。”

“他们都在等着你。”

“嗯。”

“下次我也会帮忙，我们一起去店里吧？”

“嗯，我会考虑的。”舅舅不带感情地说了这几句，随后就放下了汤匙，“不好意思，我吃饱了。”连一半都没吃完，可见身体还相当虚弱。可是如果任由他这样下去，事态是不会好转的。我答应过桃子舅妈，要帮助舅舅继续往前走，但具体该怎么做，我却毫无头绪。我能做的只是帮舅舅做饭、洗衣服、陪他说说话而已。要是书店开门的话，我至少还能多帮一点忙。

“舅舅。”我不禁担心起来，忐忑不安地问道。

“嗯？”

“你该不会就这样关店歇业了吧？当然，我也觉得休息很重要，所以现在只是暂时休息对吧？”

听了我的话，舅舅吃惊地抬起头，但眼神旋即又黯淡下去，低下了头。“我不知道……”

“舅舅……”

“我真的不知道。我不是不想经营那家店，也很清楚客人在等着我，可是我太痛苦了。那家店是我和桃子两人做起来的，她不在我身边的时候我也坚持开店，是因为她就在远方的天空下生活，当她累了、受伤了，走投无路的时候，我要为她留下一个可以回来的地方。这就是我的想法。”

说话间，舅舅的表情又变得僵硬，不时还痛苦地扭曲。

“可是现在待在那里，我只有痛苦。那里有太多的记忆，那些记忆让我真切地体认到，桃子已经死了。我不希望时间继续向前，因为时间一旦前进，桃子就会离我越来越遥远。”

舅舅盯着房间角落里的挂钟。那只挂钟从外祖父那一代用到现在，依然嘀嗒嘀嗒走得很准。看舅舅的样子，似乎恨不得阻止挂钟指针的走动。但我当然不会让他这样做。于是我慢慢地开口道：“舅舅的心情我很理解，至少我自认为多少能理解，因为我也同样深爱着桃子舅妈。可是你的想法错了，你也知道自己错了吧？只要我们还活着，时间就不会停止，所以无论脚步多么沉重，都要一步步往前走。”尽管一瞬间心头难过，我还是说了下去，“哪怕会因此离不在的人越来越远。”

“贵子……”

我想直视着舅舅的眼睛说话，他却很快移开视线。但我不为所动，继续往下说：“舅舅你还没想通。你教过我很多事，也跟我说过很多话。所以尽管我现在心里很乱，还是努力找出话来说，希望多少有几句你能听进去。你不是教导过我吗？用自己的话和别人交流的重要性。”

舅舅一直垂着眼，也不知在不在听。最后他仿佛放弃了一切似的，郁郁地吐出一句："是啊，我想不通。不过就这样吧……"

之后森崎书店依然没有再开。

我现在能做的，只有保持书店的整洁。旧书如果长期存放在密闭不通风的环境中，就会发霉卖不出去。我希望当舅舅想要重新营业时，书店随时可以开门。这无疑也是桃子舅妈的期望。

下班后，我利用从借住时保管至今的钥匙，打开后门进入书店。室内已经闲置了一个月，空气沉闷，充满潮湿的霉味。我在黑暗中摸索到开关打开灯，日光灯闪烁几下后，店里终于一片明亮。因为灰尘的关系，我打了个喷嚏，声音满屋子回荡。

我先把窗子全部打开换气，然后花时间认真打扫地板，拿抹布仔细擦拭地板和书架之间的空隙。在白得过分的灯光照耀下，书店显得格外空虚，仿佛深藏地下的仓库。只是待在这里，落寞之情就不断堆积在心头。或许是我的心理作用，坐垫"次郎"也因为主人许久未曾光顾，显得十分寂寞。

舅舅曾经那么热爱的地方，对许多人来说都很重要的地方，如今却被置之不理，谁也不再需要……这让我忍不住心痛。

我走上二楼，用喷壶给窗边桃子舅妈养的盆栽浇水。因为多日没有浇水，这些盆栽都已经打蔫，无精打采地耷拉着。我对着花低声说“对不起”，给它们一一浇足了水。

九点过后，我离开了书店。夜晚的空气很干燥，风也刺骨般冰冷。我不由得缩起了身子。呼出的气息在黑暗中异样的白，让我心头一惊。

这个世界又要到冬天了。

即使人不在了，季节也依旧流转，周而复始。这原本是理所当然的事情，此刻却觉得极不合理。

我还会再来的。我回头望着书店，在心中如此低语，然后离开了那里。

“贵子做得很好。”和田在电话里安慰我。最近我的情绪一直很消沉，虽然知道不对，还是会不自觉地依赖和田。

“可是我的话他一点都听不进去，真是难办啊……”

到底要怎样做才能完成桃子舅妈的心愿，让舅舅继续往前走呢?

“没办法，毕竟对于森崎老板来说，这个世界上最重要的人过世了。这么说可能不太好，不过如果再也见不到贵子，我恐怕也会像他那样放弃一切。”

听和田这样说，我也想象了一下相反的情况。尽管只是一瞬间的想象，眼前已经一片黑暗。原来如此，桃子舅妈的过世固然让我很悲伤，但无论如何也比不上舅舅的悲伤程度。我不禁后悔那天在舅舅家里，竟然大言不惭地说自己多少能理解他的心情，桃子舅妈对于舅舅，就像一枝对于织田作之助一样。

“那家店对舅舅来说，也象征着和桃子舅妈共同度过的岁月。”

森崎书店里的记忆太多了。我想起舅舅说这句话时的样子。二十年来悲欢交集的记忆，在那里如同地层般厚重堆积。

“他现在应该还接受不了把那些岁月当作记忆来回顾吧。”和田说，“不过正因为充满了那样的记忆，总有一天他会觉得那是很重要的地方。在那之前，贵子只要相信他，安心等待就好。”

“嗯，也只能这样了。”

之后每隔几天，我就找时间去一趟森崎书店。虽说我能做的只是通风、打扫，检查藏书有没有发霉，但只有事先做好准备，舅舅才能想开店随时都可以开店。

后来有一天晚上，小朋也来帮忙。老实说，晚上一个人在书店，我会想起很多往事，有时心里也很难过。所以她过来陪我，让我十分感激。

两个人一起干，不到半小时就打扫完毕。小朋还干劲十足地提议，把二楼的藏书也整理一遍。但藏书那么多，一旦动手整理，肯定赶不上末班电车，于是我委婉地回绝了，只说下次再找机会。

话说回来，无论是桃子舅妈葬礼的时候，还是最近这段时间，小朋一直都很热心帮忙，对于这一点，我是真心地感谢她。

这次是个好机会，我再次向她表示感谢，小朋还是一贯的谦虚："哪里，我也没帮上什么忙。"

"但是真的给你添了很多麻烦。"

我坚持表达谢意，这时小朋突兀地来了一句："年底回老家时，我打算跟姐姐以前的男朋友见个面。"

"咦，这样吗？"

"是的。听说他一直很关心我，我却总是在回避他，我觉得应该向他好好道歉。说做个了结可能有点夸张，但只有这样，我才能往前看。"

"原来如此，绝对是这样做才好。"我很高兴小朋能这样想，也由衷地赞成。

"我会有这种想法，也多亏了贵子和高野的帮助。"

听小朋这么说，我慌忙回道："哪里，我什么都没做呀。"

她扑哧一笑："你看，你也这么说吧？所以我们是彼此彼此。我并不是为了得到你感谢才做的，你也一样。就是这么回事。"

十二月初，街头已可以看到华丽的圣诞灯饰。

那晚我又去了森崎书店通风、打扫，这已逐渐成为一种习惯。例行的作业全部结束后，到了该回去的时候了，我却无意离开书店。总觉得还舍不得离开，想要再逗留一会儿。于是我茫然地坐在柜台后面的椅子上，这完全是下意识的举动。虽然开了暖气，但因为到刚才为止窗子都敞开着，店里和外面一样寒冷。我搓着手心想，怎么还没暖和起来呢？

一看墙上的时钟，已经将近十点。内心知道得尽快回去了，身体却和想法唱反调，一点也不想动。可能是刚参加完年终聚会，一群人热热闹闹地从窗外走过。

不经意间，我的视线落在柜台下方工具盒里的账本上。说是账本，这家店也没有什么重要事项可记，无非是记录卖了什么书，金额多少。但舅舅平常用的账本是皮革封面，也更厚实，因为用得久了，已经满是皱褶。眼下这本明显要薄一些，而且还比较新。这会是什么呢？我心里想着，把似乎是刻意藏在工具盒深处的账本抽了出来。

“啊……”打开一看，我不禁惊呼出声。每一页都密密麻麻写满了龙飞凤舞的文字。

这是桃子舅妈的记录。

与其说是日记，更像是简单的备忘录，记载着日期、天气和当天书店发生的事情。日期是从桃子舅妈突然回来，在书店二楼生活没多久后开始的。

“今天书卖得不错，阿悟很高兴。”

“仓田先生想要森鸥外的书，替他留好了。”

“别忘了整理推车！”

“因为下雨，一上午都没进账，难过。”

“贵子今天无精打采？担心。”

看过前面几页，我啪地合上账本。这里面确切地保留了桃子舅妈的部分感想，记录着她和舅舅、我一起度过的日子。虽然不是流传后世的名篇，也不是文豪的遗作，对我们来说却异常珍贵。

得马上拿给舅舅看！我心里想着，正准备从椅子上起身时，只听“砰”的一声，后门猛地打开了。我吓得跳了起来。定睛看时，不知怎么回事，竟然是舅舅气喘吁吁地站在门口，脸上还露出吃惊的表情。但发现是我后，立刻就变成失望。

“是贵子啊……”舅舅无力地笑了笑，喃喃地说。

“我无意中晃到旧书店街，看到店里亮着灯……”

后面的话不用再听，光看舅舅的表情我也能猜到。他以为是桃子舅妈在这里，即使理智上明知不可能。不过舅舅的突然到来，真是让我震惊到无法形容。

“贵子……？”舅舅不解地看着我。

会有这样的巧合吗？我只能认为是冥冥中某种力量在起作用，才会发生无法用语言形容的、不可思议的事。我发现了桃子舅妈的账本，正想拿给舅舅看，他本人就冲了进来……

“那个……”还没有从震惊中恢复过来的我，将账本递到舅舅面前。

“这是桃子舅妈记的账本。”

“桃子吗？”舅舅怔怔地望着我手上的账本，过了一会儿才缓缓伸手接过，“我可以坐下看吗？”

舅舅坐在次郎上，慢慢地翻着账本，仔细看着上面的文字，忽然露出微笑：“那家伙到底是什么时候记的？”

“可不是嘛。”

店里的暖气终于有了效果，逐渐暖和起来了。舅舅一直在专心地翻看，只听到纸张翻动的声音。我心想不如去泡个茶好了，正要上楼去拿茶壶和茶杯时，舅舅突然“啊”地惊呼一声。

“怎么了？”我觉得奇怪，从旁边瞄了一眼，自己也禁不住叫出声。最后一页写了一篇很长的文章，开头是“致阿悟”，也有日期，是桃子舅妈病倒被救护车送到医院的两天前。

“这是……”我开口问。舅舅眼光不离账本，默默地点头。他的手在微微颤抖。

“要不我暂时离开一下？”

“不，不用。你就留在这里。”

“好吧。”我点点头，然后闭上嘴。

舅舅花了不少时间看那篇文章，然后久久地仰望着天花板。随后他调整姿势又看了一遍，这次看得更慢了。其间我在店里东张西望，走来走去，突然舅舅沉默地将账本递给我，吓了我一跳。

“这怎么可以，我就算了吧。”

“没关系，我想让贵子也看看。”舅舅凝视着我，催促似的把账本递过来。我稍一犹豫，还是决定接下。

致阿悟：

你会在什么时候发现这封信呢？如果你已经重新振作精神，就没有必要特意来看，请拿来擦鼻涕然后丢掉。

我也想过要不要留下遗书，但如果那样做，阿悟立刻就会看到，我觉得那就失去了意义，所以决定写在这里。总之，这封信请当作我的遗书来看。

很遗憾，我没办法比你活得更久。我想这也是命运的安排吧。所以对不起，我要先走一步了。

抛下爱哭的你，是件令人倍感痛苦的事。你向我求婚时，也曾哭着说“你没有我或许没问题，但我没有你不行”。当时我只是笑着回了句“你这个人真让人头大”，内心还是很高兴的。哪怕走遍全世界，也只有你会对我说出那么丢脸，又那么动人的话吧。其实我也不能没有你。

之后我们甘苦与共，度过了很多愉快的日子，但我的任性也给你带来很多烦扰。尽管如此，你依然来迎接决定离开的我，对我说回来吧。你是个温柔的人，温柔到让人难以承受的程度。直到最后你都没有丢下我、放弃我。

我决定今后直到我死，每天都要对你说一次“谢谢”。一直以来你为我做了那么多，就算这样做也不足以表达我的谢意。总之，只要能让你稍稍感受到我有多么感谢你，我就很高兴了。

唉，文章越写越杂乱无章了。“杂乱无章”的汉字是这么写的吧？如果写错了，你也不要较真。

对我来说，和阿悟的记忆非常美好。所以我希望你也一样，和我的记忆没有悲伤的色彩，而是温馨的、快乐的。如果你还像在病房时那样，每天愁眉苦脸地过日子，我希望你知道，这绝对不是我所期望的。我希望你笑着生活，我喜欢你的笑容。

你的周围有很多支持你的人，请你记住这一点，并学会依赖他们。我会向其中我最信任、最喜欢的人提出一个小小的请求。

最后还有一件事。

森崎书店今后就拜托你了。那里有你我曾经在一起的证明。我知道你有多么热爱这家书店，我也同样很喜欢这个地方。可以的话，我还想再多看几眼你在店里工作的身影，因为在店里忙碌的你是最光彩照人的。当然这只是我任性的愿望，但至少我希望你今后也能和森崎书店一同前进。

这家书店充满了我们，还有其他很多人的记忆，请阿悟今后也继续守护它。

森崎桃子

桃子舅妈真狡猾，既然留了这么一手，早点告诉我不就好了。我不知道她是预见到舅舅会关店，还是为了保险起见，总之，这篇文章里饱含着对舅舅和森崎书店的感情，倾注了桃子舅妈几乎要满溢出来的思绪，还说我是她“最喜欢的人”……

“真是个让人头痛的家伙。”我将账本还给舅舅后，他露出一抹苦笑，“贵子，她拜托你什么了？有没有麻烦到你？”

“舅舅，别再硬扛了。”

听我这样说，舅舅装傻地瞪大眼睛，笑着问：“我扛什么了？”

“桃子舅妈说过，‘希望你尽情地悲伤，然后继续向前走’。”

“不，贵子，我……”

舅舅想说些什么，但我没有理会，继续说下去：“我什么都帮不了你，但我至少可以陪你哭一场。所以你不要再一个人沉浸在伤痛中了。”

舅舅盯着手中的账本，仿佛在强忍着什么，许久没有动静。接着他的嘴唇开始微微颤抖，突然发出一声野兽般的嘶吼。宛如要挤出所有空气一般，他不停地发出不成语调的声音。我走到舅舅身边，抚摩着他消瘦的脊背。看到舅舅这个样子，我的眼泪也涌了出来。

“每次去病房看她，她总是说‘谢谢你’。我说别再说了，我要疯了，她还是一直……就连临终的时候也……”

我们毫无顾忌地抽泣着，然后一起放声大哭。舅舅无力地蹲在地上，捂住了脸，一旁的我任由泪水滴落地面，不停地抚摩着舅舅的后背。

我们的呜咽在深夜的书店回荡。两个人的哭声响彻整个房间，连空气也在簌簌震动。

就好像书店已经和我们融为一体，也在哀悼桃子舅妈的死。我们一起为桃子舅妈的死而悲伤不已。

我们哭了很久很久。

无论怎样痛哭，泪水也不会干涸。

哭声一直在店里回荡。

深邃而漫长的夜，温柔地包覆着我们，也包覆着森崎书店。

森崎书店重新开业的消息，是在第二天晚上，意外地由和田告诉我的。

“我有个好消息。”电话里的和田难得地显得很兴奋，滔滔不绝地说：“今天因为提早结束了工作，我就去旧书店街转转，发现森崎书店亮着灯。”

“是哦。”还在工作的我站在公司的走廊上，安心地舒了一口气。

“咦，你没有多高兴嘛。莫非森崎老板还是三郎已经跟你说过了？”

“没有，我只是觉得舅舅应该已经没事了。阿朗，谢谢你特地告诉我。”

昨晚过后心念一变，隔天就开门营业，这还真像是阿悟舅舅的作风。而我顶着哭肿的脸去公司上班，感觉丢人极了。

“这样啊，总之太好了。我也当成自己的事一样又开心、又兴奋。而且我一走进店里，森崎老板就给我泡了茶，说‘谢谢你来参加葬礼’。”

“咦，有这种事？”

“我们还聊到以这家书店为舞台写小说的事，他说等写好了拿给他看看，如果写得很无趣，他会狠狠批一顿。”

“什么嘛，这也太过分了。”我吃惊地说。

“不会呀，我很高兴，打心底高兴。不管怎么说，这真是太好了，贵子。”

“嗯。”

昨晚发生的事就像做梦一样，我在不经意间发现了账本的存在，而舅舅刚好出现了……

难道这也是桃子舅妈的安排？因为担心在悲伤中度日的舅舅……这样的想法在心头一掠而过，我决定不再多想。就算想了也不会知道答案。最重要的是，我们今后还要继续向前走，仅此而已。

“阿朗，我下班后过去找你，可以吗？”

“好啊，不过森崎老板已经回去了哦。”

“没关系。”

“那就在‘思波尔’见？”

“嗯。”

“好的。”

窗外已是一片黑暗，微缺的圆月绽放出耀眼的光辉。

36

休假的日子，我走在熟悉的巷弄里。虽然是晴天，二月的午后依然很冷。浅蓝色的天空上，飘着几朵有如水彩画出的浅淡云彩。我戴着桃子舅妈织的手套，很温暖。

今天的旧书店街一如往常，充满沉稳的氛围，擦肩而过的行人看上去脚步都很悠闲。我沿着低矮建筑连绵不断的道路前进，然后拐进小巷。不出所料，只听有人大声呼喊我的名字：

“贵子——！”

我难为情地加快脚步，来到声音的主人前抗议。

“不是说了不要在路边大声叫我名字吗？”

“为什么？”

“因为很丢脸啊！”

无论我怎么说，舅舅依然我行我素，这一点着实让我伤透脑筋。但听到他的声音，我又感到很安心。因为我会觉得，这个地方是我的安身之处，这里永远是欢迎我的。

“还好吗？”舅舅笑容满面地问。

“嗯，挺好的。”

“那就好。很冷吧，我给你泡杯热茶。”

“嗯。”

从那以后森崎书店一直正常营业，和以前一样，每天从早开到晚。

刚刚重新开店时，舅舅一度都快哭了：“怎么办？休息了一个多月，现在营业额为零。”不过叫苦归叫苦，他还是继续坚持下去，不久店里就迎来小小的轰动。以三郎为首的常客们得知书店开门的消息，每天络绎不绝地前来，于是舅舅重新开业后要做的第一件事，就是向他们再三鞠躬致歉。不过他们其实都很高兴，没有一个人是当真生气的。

受到这么多常客的温暖欢迎，舅舅看上去真的很高兴。从他的表情来看，不用问我也心里有数，已经不需要为他担心了。当然他并没有从桃子舅妈过世的打击中恢复过来，这份悲伤今后也不会完全疗愈，但舅舅已经决定向前走，带着所有的悲伤继续前进。

我这边也有一些变化。我跟和田将在近期结婚，已经见过双方的父母，现在正一起寻找新居。其实我今天来到店里，也是为了报告这件事。但舅舅依然毫不掩饰对和田的敌意，我刚以不经意的语气提起和田这个名字，他就突然一本正经地跟我谈论“面对电子书籍的兴起和出版业界的不景气，旧书业界将会走向何方”，真是让人无奈。

“哎呀，这个人就是这种地方烦人。”桃子舅妈如果在场，百分百会这么说。我甚至觉得她就坐在旁边，一起喝着茶。

“算了，舅舅他就这样。”我朝着一定就坐在旁边的桃子舅妈苦笑。

“怎么了？”舅舅一脸茫然地问。

“没什么。”我笑笑掩饰过去。

“对了，你还记得以前一起去逛夏日祭典的事吗？”

“夏日祭典？”

“对。我小的时候，我们不是一起去逛过祭典吗？”

“啊，是有这么回事吧。贵子听到祭典的音乐声，吵着一定要去，怎么劝都不听。”

“没错没错，然后在便利店买了冰淇淋一路吃回来。”

“是啊，那回可真惨呀。”舅舅想起当时的事，轻声地笑了，“不过你怎么突然想起这事？”

“我去病房看桃子舅妈时，她要我讲个故事，我就说了那天晚上的事。”

“是吗。”

“桃子舅妈说，她好想当时也在场。”

“嗯。”

“到现在我还时常想起那时的事。”

“是吗。”

“嗯，就是这样。”

我们同时啜了口茶。我想起了桃子舅妈当时的表情，舅舅似乎也想起了什么，嘴角浮现淡淡的微笑。

就在我们心生感慨时，我听到了门被轻轻拉开的声音，不经意地望过去时，禁不住惊叫出声。

从拉门的缝隙探头进来的，竟然是那位谜一般的常客——纸袋老爷爷。他已经好久没来了。

老爷爷拎着装满书的纸袋，表情一如往常地走进店里，我却看得目不转睛。因为老爷爷那件宛如古代遗迹般的毛衣不见了，现在这件虽然同样是灰色，但正面织有大大的鹿头，相当花哨，而且是没有任何绽线的新毛衣。

更令人吃惊的是，老爷爷在书架上物色了几本书拿来结账时，主动跟舅舅说话了。“怎么回事，原来还在开啊。”

之前无论发生什么事，他都从来没有开过口，舅舅也有些惊讶。

“哎呀，实在不好意思，休息了一阵子。”舅舅抓了抓头，很抱歉地说。

“还以为店倒闭了呢。”老爷爷低声嘟哝了一句，不等舅舅回答就接过书，塞进装得满满当当的纸袋，离开了书店。

仿佛被老爷爷牵引着一般，我和舅舅都走到店外，并肩目送老爷爷迈着蹒跚的脚步离去。

“老爷爷还挺精神的。”我对舅舅说。见到这个意外的客人，让我感觉很开心。老爷爷渐渐远去，终于看不到了。外面寒意料峭，风也冷飕飕的，午后柔和的阳光将小巷照得很明亮。

“是啊，太好了。”

“关店休息的时候，他一定来过这里。”

“嗯，真是抱歉了。”

“他穿了新毛衣。”

“是很新。”

“很花哨呢。”

“是很花哨。”

“以前那件终于穿不了了，所以添置了新的吗？”

“贵子。”

“对不起，我知道啦。不要追根究底，对吗？”

“没错。”舅舅用力点头，仿佛是讲给自己听一般，又说了一句，“这里是卖书的店。”

舅舅春风满面的脸上，带着几分骄傲。

有一位我很喜欢的作家，在作品里写过这样的话：

“人会忘记各种各样的事，借由遗忘生存下去。但人的思念却如退潮后在沙滩上留下的痕迹般，永远都存在。”

这样也好，我由衷地想。这句话给了我无限的希望。

远方的天空有飞机飞过，留下一道崭新的尾迹云。

“舅舅，看，尾迹云哦。”

我指着天空，舅舅也抬起头，眯着眼睛望去。

尾迹云不断延伸，在浅蓝的天空上画出一条鲜明的白线。

这里是东京旧书店街上一间小小的旧书店。

这里充满了各种小故事，也充满了许多人的思绪。

图书在版编目（CIP）数据

在森崎书店的日子 /（日）八木泽里志著；李盈春译．--海口：南海出版公司，2020.3
ISBN 978-7-5442-6950-6

Ⅰ．①在… Ⅱ．①八… ②李… Ⅲ．①长篇小说-日本-现代 Ⅳ．①I313.45

中国版本图书馆 CIP 数据核字（2019）第 178482 号

著作权合同登记号　图字：30—2019—147

在森崎书店的日子
〔日〕八木泽里志 著
李盈春 译

出　　版　南海出版公司　(0898)66568511
　　　　　海口市海秀中路 51 号星华大厦五楼　邮编 570206
发　　行　新经典发行有限公司
　　　　　电话 (010)68423599　邮箱 editor@readinglife.com
经　　销　新华书店

策　　划　好读文化
责任编辑　李玉珍
封面设计　所以设计馆
内文制作　韩　笑　尚春苓

印　　刷　山东韵杰文化科技有限公司
开　　本　850 毫米 ×1168 毫米　1/32
印　　张　11
字　　数　180 千字
版　　次　2020 年 3 月第 1 版
印　　次　2024 年 10 月第 11 次印刷
书　　号　ISBN 978-7-5442-6950-6
定　　价　55.00 元